サービス開始から三年、
アルカディア
今更始める仮想世界攻略
壬裕 祐
Illustration くろでこ

ハル
ソラ

カグラ

サービス開始から三年、

アルカディア

今更始める仮想世界攻略

壬裕 祐
Illustration　くろでこ

新紀元社

CONTENTS

第一章　夢の世界へ……… 007

第二章　歩み逸りて……… 058

第三章　出会い連ねて道は続く……… 156

第四章　砂上の楼閣、流転するは玉座……… 231

書き下ろし番外編
並び立つために……… 310

第一章　夢の世界へ

――ついに、このときが来た。

ごくわずか、けれど確かな作動音を響かせて起動する機械仕掛けの寝台。夢にまで見たその機体に横たわった俺は溢れんばかりの興奮に支配され、狂喜乱舞寸前と言っても過言ではなかった。

ＶＲ――仮想現実（ヴァーチャルリアリティ）を世界で初めて、そして唯一実現させたゲーム機器【Arcadia《アルカディア》】が発売されてからおよそ三年。

世界に激震をもたらした仮想世界の実現から今日に至るまで、我慢と努力の日々を送ってきた俺はついに、焦がれ続けた夢の世界への切符を手に入れたのだ。

【Arcadia】が発表された当初、それまで二次元媒体で散々〝ＶＲゲーム〟という架空存在に対する憧れを募らせてきた全世界の少年少女たちは、熱狂と同時に絶望を与えられることになる。

完全受注制での販売が発表されたＶＲ筐体は、発売から三年が経った今でも「数世紀は先取りしている」などと言われる技術力に比例するように、その価格もまた法外なものだったのだ。

そのお値段、一台でなんと三百万円。

発表当時まだ中学生だった俺も含めて、「欲しい！　買った！」などと欲望のままに振舞うことのできた一般学生などまずいないだろう。

販売と同時に手に入れることができたのは、趣味に惜しまず大金を投じられるような余裕のある大人たちだけ。夢見る子供たちは、諦めざるを得ないのが現実であった。

だが、ＶＲである。物語の中にしかなかった、誰もが欲して止まなかった夢の世界である。ならば当時ドンピシャでゲーム沼にハマっていた俺に、諦めるという選択肢などあるはずもなく。

——故に、俺は高校へ入学してからの三年間をアルバイトに捧げた。

学校が終われば、校則の許す限界の時間までバイト。

休日は朝から晩まで掛け持ちでバイト。

長期休暇は時給のいい短期バイトを片っ端から網羅……と、そんな友達付き合いもクソもない生活を送る俺に、学友から贈られた渾名はバイト戦士、金の亡者などなどエトセトラ。

ドン引きした両親に「学生らしくしろ」と説教されてからは、強引に納得を引き出すためにバイトと並行して死ぬ気で学業にも励んだ。

結果、『学年トップ』というなんかもう逆に頭の悪い成績を叩き出した俺は、親と教師から「処置なし」などと不名誉な評価まで拝領する有様。

日の平均睡眠時間は四時間フラット。捻出した小遣いでエナジードリンクを買う日々。

そうして学友の名も教師の名もろくに覚えられないままに迎えた高校卒業間近のこと、ついに目標金額の三百万円を達成するに至る。

親たちを説得するために学業を並行する必要がなければもっと早くに達成できていたのだが、こればかりは仕方なかった。まだまだ世話になっている子供の身で、流石に両親には逆らえない。

ある意味で真っ向から逆らっているのでは？　と言われたらそれはそう。

ともあれ、通帳に記された血と汗と涙とエナドリの結晶を優に二桁は見返した俺は、三年間ですっかり見慣れた諦観の表情を浮かべる両親に手伝ってもらい【Arcadia】の発注を行った。

組み上げの際に個人のパーソナルデータに合わせた最適化を必要とするため、地元の半田舎から東京まで出向いて手続きやら検査やら測定やらを済ませ――ついでに大学受験も済ませ――その辺りからは正直もう、自分が残りの日々をどう過ごしていたのか記憶が定かではない。

ありあまる期待から常に興奮状態でいたのだろうと思う。それから高校卒業までに〝やべー奴〟を始めとした、不名誉な渾名がいくつも増えていたらしいから。

中学までの友人や親の信用、人としての尊厳なんかも粗方失ったかもしれないが……どうでもいい。片手間で受験を済ませた難関大学からの合格通知ですら、俺にはもうどうでもいいんだよ。

ただ一つ、重要なのはそう――今から一カ月弱の間……！

「大学入学までの期間……!!」

待ちに待った――仮想世界三昧という事実のみッ!!

「ッッッしゃいくぜおらアルカディアァッ!!　ドライブ・オンンンィエアアアアアアアッッッ!!」

そうして、音声認証の起動キー《ドライブ・オン》を荒ぶる魂のままに叫び放った俺は……。

「――ぅうるっさいんだよこのバカ息子がぁあッ!!」

ドアを蹴り破らん勢いで突入してきた母親に、小一時間ほどの説教を喰らう羽目になった。

加えて、テンション及び滑舌の双方が著しくぶっ壊れていたためだろう。雄叫びの如き起動キーも機体からスルーされ……仮想世界への箱舟は、いまだ空しく沈黙を保っていた。

――一言でＶＲと表しても、創作物の中のそれらは多様性に富んでいる。

あれこれと例を挙げればキリがないが、この世に実現した唯一のＶＲ機器たる【Arcadia】の形式はというと、全感覚投入型などと謳われていた。

　ユーザーはすっぽりと身体を覆うカプセル機器の中で寝台に横たわり、そのまま〝眠る〟ことで仮想世界の中へと入る——早い話が、フルダイブってやつだ。

　機器から発せられる催眠波で眠りに落ちたユーザーの脳と【Arcadia】は特殊な電波によって共振。仮想世界という造られた『夢』へといざなわれる……とのことだが、詳しい技術などは完全にブラックボックスであり、専門家がネジの一本までバラしてなお「全くもって理解不能」と匙を投げるような超技術である。一般人の俺などが考察するのも烏滸《おこ》がましいというもの。

　そんなファンタジーに片足、あるいは両足突っ込んでいるような存在なわけだが……人間の夢を舞台としている性質上、ゲームではあるがその世界を構成しているのは3Dポリゴンなどといった既存のグラフィック技術ではない。

　なにがどうとか、例によって説明するだけの知識は持ち合わせていないのだが……その世界を目にした者たちが一様に挙げる感想とやらは、まさしく「現実と見分けが付かない」といったような、ゲーム業界では使い古された文言が常なんだとか。

……とまあ、とにかく精神の安寧のため極限まで情報をシャットアウトしたまま三年を過ごしてきた俺はこの度、予備知識ほぼゼロで憧れの仮想世界へと飛び込むことと相成ったわけで——

「これがアルカディア……仮想現実の世界、か」

　この世界に関して無知無能を体現する俺は案の定、初期設定のための空間なのであろう白一色の広間で呆然としていた。真っ白な広場にあるのは大きな姿見が一つ。その目の前に立っている俺を除いて、この空間には他のなにも存在していない。

必然、鏡に映るのは俺だ。まさしく鏡映しに俺を見返すソイツは現実と寸分違わない、リアル過ぎるほどにリアルな俺自身の姿であった。

「――ようこそ、アルカディアへ」

鏡の中にいるソイツが、口を開く。

俺の顔、俺の声で、鏡の中の『俺』が語りかけてくる様《さま》はわりと真面目に恐怖体験。思わずビクついた俺に、鏡面に映るもう一人の『俺』は微笑んでみせて――

「ようこそ、もう一つの現実へ」

「ぇ……――ぬおあっ⁉」

次の瞬間。抗い難い力に引き摺り込まれるようにして、身体が鏡の中へと吸い込まれた。

「ちょ、なんッ――」

とっさに閉じた目を再び開けば、そこは真っ白な広間でも、『俺』が佇《たたず》んでいた鏡の中でもなく。

「う、わ…………」

そこは、空――雲が流れる晴れ渡った青空の只中に、俺は浮かんでいた。

本物としか思えない風が、さわりと頬を撫でて……落下。

「ちょまッ――うぉおおおおおおおおおッ⁉」

雲を突き破り、際限なく加速していく身体。下を見れば空の青とは異なる青、水――

「海ぃいいいいイイイイッがぼぐがぼばぁっ⁉」

容赦なく水面に叩きつけられ、痛みはないがとんでもない衝撃に揉みくちゃにされる。パニックに陥りかけながら、もがく内に不思議と呼吸ができることに気が付いて――

なぜと思った瞬間には、海に呑まれたはずの俺は草原に立っていた。

春を思わせる暖かな風に撫でられて、一面の緑がサラサラと音を奏でている。

「――この世界は、あなたの二つ目の故郷」

呆然と立ち尽くした俺の後ろから、女性の声。

振り返っても人影はなく――その代わり、眩い光の塊が浮かんでいた。

「もう、なんでもありだな……」

随分とぶっ飛んだ、滅茶苦茶で、乱暴な導入だなと、引きつった笑みを自覚する。

「あなたはなにを望み、ここへ来ましたか」

声に合わせて、収縮を繰り返す光。

「あなたはなにを求め、ここへ来ましたか」

ふと身体に違和感を覚えて、視線を下げる。先ほどまでは、現実世界で着ていた服装そのままだったはずなのに……視界に映るのは見覚えのない――実にありがちな、簡素極まる初期装備。

「望み求める全ては、二人目のあなたの手に」

その言葉を最後に消えゆく光の気配―顔を上げれば、目の前には再び大きな姿見。

そこに映る姿は……俺によく似た、見覚えのある俺の姿だった。

現実世界とは、瞳の色を始めとした細部だけが異なるその姿は――【Arcadia】の発注作業に際して事前準備を求められた、俺の写し身《アバター》に他ならない。

――胸の奥、鼓動を刻む仮想の心臓がカッと熱を帯びるのを感じた。

もういいだろ？　いいんだよな？　再び目の前に現れたこの大鏡が発する、わずかながらも確かに俺を誘う〝引力〟はそういうことなんだろう？

——さあ、一歩を踏み出せと。

「ッ……‼」

ならば始めようか。今、ここから——新世界への冒険を‼

鏡へ飛び込んだ瞬間に暗転した視界。一時的に喪失した感覚が戻ってくると共に、先ほどの導入演出の間は妙にフワッとしていた意識が冴えてくるのを感じる。

身体の感覚は戻ってきたが、どうにも身動きが取れない。なにやら全身余すことなくひんやりとした感覚に覆われているのだが……もしやこれなにかに埋まってる、もしくは閉じ込められてる？

かけらも前情報を調べないまま今日を迎えたため、俺がこのゲームについて持ち合わせているのは〝とりあえずファンタジーな世界観〟というなんの役にも立たない前提知識ただ一つだ。

しかしながら高一の半ばでバイト戦士に堕ちるまでの人生、それなりに二次元へ傾倒してきた俺の勘が言っている——これ、なんかしら封印されてる系だな？

そうであるならば、長々と待たされない内になにかしらのイベントが——ほら来た。

目は薄っすら開いているものの光源がないのか真暗闇だった視界にポウと光が一つ浮かび上がる。

やはりというか、どうも半透明な物質に封じられているらしい。曇りガラスを通したようにぼんやりと見える向こう側で、現れた青白い光がなにかを訴えるようにフワフワと揺れるのが見えた。

……なにやら必死そうなところ誠に申し訳ないが、相変わらず指先一つ動かせないし声も出せない俺である。残念ながら、お気持ちを訴えかけられたところで慰め一つ掛けられない。

向こうもすぐにそれを悟ったのだろう。フワフワと揺れるのをやめた光は、どこか力を振り絞るように少しずつ光量を増していき――

「――っ……！」

甲高く、重厚で、繊細で、豪奢。形容し難い荘厳な音を響かせて、俺を閉じ込めていたなにかが砕け散る。宙に投げ出された俺はまだ身体の自由が利かず、放り出されるままに落下した身体が触れたのは硬い岩肌――察するに、洞窟の中だろうか。

辛うじて首が動くことに気が付いて頭上に瞬く光を見上げれば、それは明滅して消えかけていた。

――顔も目もありはしないというのに、見つめ合っていると明確に感じる。

もしかすれば、向こうも同じことを思ったのだろうか。光はどこか満足げに一度強く瞬き……まるで役目を終えたかのように、儚《はかな》く四散して消えていった。

………………――さて、動ける。

消え去った光と共にイベントの強制力も失われたのか、手足に明確な感覚が宿った。ようやく身体操作権が戻ったことを確認して、さあここからだと勢いよく立ち上がれば――

「っは……！　いいね！」

鈴が鳴るような軽快なサウンドと共に、視界の内に次々とユーザーインターフェースが立ち上がっていく。用途のわからないもの、あるいはなんとなくわかるものがいくつも配置され……最後にＨＰとＭＰらしき二段重ねの枠が左上端へ収まり、緑と青それぞれのゲージが充填されていく。

洒落たデザインの枠取りの内に輝くのは、我が身の名を表す『Ｈａｒｕ《ハル》』の文字列。

際限なく上がっていくテンションを抑えながら、各種ＵＩ――ユーザーインターフェースを確認していく。噂には聞いていた『思考操作』なるものに苦戦しつつも、システムメニューを呼び出しては片っ端から確認という名の下につらつらと読み飛ばす。

なるほど、なるほど……ミニマップじゃなくてレーダーか。なにを映すのかはわからんが、あーやっぱこれ時刻表示だよな二十五時って何事だよと思ったけど確か時間の流れがどうたらこうたらでそれはそれでこれはあれであれこれあれこれ――

「把握したぁッ!!」

ある程度ゲーム慣れしていることは自負しているし、実際オンラインゲームことＭＭＯに関してもそこそこ経験値はあるのだ。ＶＲとてゲームはゲーム、共通する点では応用が利くだろう。

手早く確認と設定を済ませた俺は、宙に浮く半透明なメニューウィンドウをぶん投げるように消し去った――具体的に言うと、文字通り両手でクシャッと丸めて投げ捨てた……わけだが、いやなにその無駄機能。ビックリし過ぎて後から動揺が襲ってきたわ。

ちゃんとまた呼び出せるよな……？　などと恐る恐る再びウィンドウを開いてみたりしつつ、ざっとシステム周りの確認を終える――とくれば、いよいよもってゲームプレイだ。

現在地は洞窟の行き止まりらしき小部屋で、特にこれといって目に留まるものはない。結局のところ俺はよくわからん青い水晶的な謎物質に閉じ込められていたらしく、オブジェクトと言えばその残骸が辺り一面に散らばっているだけ。

記念にいくつか拾っておこうかとも思ったが……水晶のかけらは拾い上げると、不思議なことに氷のように溶け落ちてしまった。回収不能アイテムね、把握した。

しからば、もうこの場に用はない。わかりやすく一本道っぽいし、先へ進むとしますかねぇ！

洞窟は相変わらず真っ暗だが、俺が封じられていた水晶に似たものがポツポツと岩肌から突き出して微かに発光している。闇に浮かび上がる青白い光は、不気味さを考慮しなければ十分な道標だ。

「……いやほら、基本的に俺、ホラーとか苦手ではないし？」

だからこう、なんか普通に足が竦《すく》みそうになるのはきっと気のせいに違いない。自分に言い聞かせるでもなく独り言を漏らしながら、俺は暗闇で満たされた一本道へと足を踏み入れていった。


——目覚めた小部屋を出て、細長い通路を歩くことしばらく。僅かな光源を頼りに二つ目の小部屋に辿り着いた俺は、入り口の壁に張り付き部屋の中を覗き込みながら感動に打ち震えていた。

「うわぁ……うわぁあ……！　マジかよ、マジだよ……リアルゴーレム！　リアルモンスター!!」

記念すべき初エンカウント、初モンスターである。相変わらず光源の水晶以外にこれといったオブジェクトが見当たらず代わり映えしない小部屋ではあるが……そこにはウゾウゾと不格好に歩き回っている、体高一メートルほどの岩の塊がいた。

一応は二足歩行だが、人型と呼ぶにはずんぐりとし過ぎである。なんとなくゴーレムと呼んではみたものの、見た目は泥人形と言うより『長い手と短い足の生えた丸い岩』といったところ。

——あれは、敵か……？　こっちは丸腰なんだが……？

好戦的なエネミーだとすれば、第一の戦闘チュートリアルである可能性が高いように思える。仮にそうではないガチエネミーだとしても、見た感じ動きはトロいから捕捉されても回避は容易だ。横をすり抜けて、入り口の対角に見える新たな道へ駆け込むのは難しくないだろう。

——……然らば、行くか。

なにはともあれ、プレイ初っ端。ならばなにごとも、とりあえずは挑むが吉。

構える武器などないので、当然の無手。身を隠す障害物などもありはしないので、開き直って堂々と小部屋に歩み入る。するとウゾウゾ不格好に小部屋の中を徘徊していたゴーレムは、すぐさま俺に気付いたのかピタリと動きを止めた。

……いやもう、シンプルに岩。手足の中心にある丸い胴体のどこにも、目らしき部分は見当たらない……にもかかわらず、見られていると明確に感じ取れるのが実に不思議だ。

「は、初めまして……？」

様子を窺いつつ、雑にコミュニケーションを試みる。未知との遭遇、挨拶ｗｉｔｈ岩……当然ながら、返ってくるのは寒々しい沈黙——いや、動いた。

遅い。だが、速い。幼い子供の小走り程度の速度だが、先ほどまでよたよたと徘徊していたときの歩みとは雲泥の差だ。走り出すまま、岩の塊は真っ直ぐと俺のほうへ——

「いやこっわ⁉」

普通に怖いわ！　こちとらＶＲもファンタジー世界も初見ぞ⁉　自分目掛けて不格好に走り寄ってくる手足の生えた岩塊とか、シンプルに恐怖対象だっての！

——あら、その振り上げたお手てはどうされるんですか？

〝握手〟のためならそんな勢いよく振り上げる必要はないですよねぇ‼

「やっぱ普通に敵か……！」

唐突に始まった戦闘——だが、未知の存在への恐怖は置いといてまだ危機感が湧ほどではない。

実際に身体を動かして行うVR戦闘……つまり感覚的にはリアルファイトと同義なわけだが、身体を動かすことに関してはそれなりに自信を持ち合わせている。

中学時代は部活で汗を流していたし、高校では地獄のバイトロードを三年間駆け抜けた身だ。フィジカルにはそこそこ以上の自負があるし、効率のいい身体の動かし方にも多少の覚えがあるのだ。

流石にこんなわかりやすい大振りな動きならば、余裕で避けられ——

「ヒェッ」

ブウォオン‼　と、それはもう素晴らしい風切り音と共に身体のすぐ横を抜けていった岩腕。

鞭のようにしなったそれは確実に目で追える程度のスピードではあったが、だからといって威力がないというわけではなかったようだ。

最小限の動きで避けるという舐めプを敢行した俺に、ドスを利かすが如く。ゴッ‼　と極めて優しくない轟音を立てて、ゴーレムの岩腕は材質を同じくする岩の床面を容易《たやす》く砕いてみせた。

——え、なにコレ。丸腰をこんなのにエンカウントさせせんなよ。

「……ッ逃げるが勝ちぃい‼」

こちとらプレイ時間数分の新規ちゃんだ。生憎《あいにく》プライドなんてものはまだ育まれていない……！

戦闘開始十秒足らずで負けを認めた俺は、竦みそうになる足を情けない雄叫びで鼓舞して逃走した。

——正しくは、逃走しようとした。

「なっ……⁉」

位置関係の都合上、とりあえず仕切り直しを図るため元来た道を引き返そうとした俺の眼前を、勢いよく隆起した床面が岩壁となって塞ぐ。咄嗟に手をついて顔面から突っ込むのは回避できたが、目指していた通路への出口は完全に塞がれてしまった。

ならばゴーレムを躱して先の通路へ向かうしかないと振り返るも——

「あー……」

周囲に隆起させた岩を次々と取り込み、加速度的に巨大化していくゴーレムを見て全てを悟った。

「これ、負けイベだな……？」

物語の最序盤。回避不能の強敵。抗う手段はゼロ——それだけ揃えば、ゲームを齧《かじ》ったことのある奴なら誰でも気付く。プレイヤーの敗北が決定付けられた、いわゆる確定敗北イベントであると。

おそらくは、ゴーレムにやられそうになった瞬間になんらかの救済が入る——あるいはプレイヤーが幾度も死んで蘇ることを前提としたゲームなのであれば、ここが一度目の死を体験する場か。

どちらもあり得るが、共通点は〝抗うだけ無駄〟という一点だろう。ゲーム慣れしたプレイヤーであるならば、さっさと死ぬか自らピンチに飛び込むことで進行を優先する場面。

再度振り上げられた、先とは比べ物にならないほど巨大になった岩腕を眺めながら、思案する。

——即ち、抗うか否かを。

バイトに邁進する以前の俺は、重度のゲーマーかと問われれば否と答える程度の人間だ。小説や漫画にアニメにゲームと……どれもこれも等しく、人並みよりちょい深め程度にのめり込んできただけの……言わば、極めてライトなオタク。

アナログゲーム機器でいわゆる『死にゲー』と呼ばれるような難易度の作品も触った経験はあっ

たが、それらによく配置される最序盤の死亡イベントでは、一般人らしく大人しく召されてきた。

今回も開発側の想定に従い、このまま大人しく叩き潰されたとて別に構うことはない。流石に初のVRで〝死〟を体験することに対して若干の恐怖を覚えているのは確かだが、このゲームはプレイヤーの命がわりと軽いジャンルに分類されるMMORPG。

これから数限りなく迎えるであろう死には、遅かれ早かれ慣れる必要があるだろうから。

――が、それではつまらない。三年を経てようやく憧れの世界に降り立ち、鎮まることを知らないテンションがそう声高に叫んでいるのも事実だった。

仮想といえども目に映るもの、聞こえる音、空気の感触、温度、匂い、あらゆる感覚が現実のそれ。ならば主観では、正しく現実となにひとつ変わらないこの世界。

リアルでは喧嘩の一つもしたことがない一般人代表こと俺にとって、主観現実で立ち塞がり今まさに俺を地面の染みへと変えようとしている巨大なゴーレムは、なにからなにまで未知の塊だ。だがしかし――こちとら冒険欠乏症の現代男の子。せっかくのこんな機会、抗ってなんぼだろ!!

「――男は度胸ォアィッ!!」

再び振り下ろされた岩腕を、身を投げ出す勢いの横っ飛びで回避に成功。盛大に地面に顔面スライディングを決める羽目になったが、この世界のアバターに『痛覚』は存在しない。ダメージを受けた際に感じるのは衝撃と、それなりの不快感を与えてくる痺れに似た感覚だけだ。

顔面ダイブでわりと情け容赦なしにHPが削れた――が、あんな自動車サイズに膨れ上がった岩塊など、まともに喰らえばワンキル待ったなしであることは明白。死な安ぅッ!!

――っと、初のダメージ体験に感動している暇はない。周囲の岩を取り込み全体的にシルエットが膨れ上がったゴーレムだが、中でも右腕の巨大化が著しく――変化前の初手と変化後の次手、共に右で放ってきたところを見るに、とりあえずメインウェポンはこちらだと考えていいだろう。

巨大化して鈍重になるかと思いきやそんなこともなく、相変わらず機敏な動きはできないようだ。故に背後を取ることはわりと容易く――記念すべきファーストアタックは素手喧嘩《ステゴロ》だオラァッ!!

武器など持ち合わせていない俺の攻撃手段は己の肉体のみ。くらえ百パー漫画知識の正拳突き！

まだいくらも動かしていない仮想世界の身体だが、少ない稼働時間でもよくわかるのはそのハイスペック具合だ。反応速度も動きの滑らかさも、現実の肉体とは一線を画している。

いまだレベル表記すら見当たらない我が身だが、それでも実際の俺の身体よりも余程よく動く！自分でも驚くほどシャープな動きで踏み込み、隙だらけの背に全力で拳を叩き付けてやっ――

「痛ッづぅ――!?」

はいノーダメ。ビクともしなかった岩塊に代わり、衝撃を一手に引き受けた俺の右手が悲鳴を上げる。一瞬痛みと錯覚するほどの激烈な痺れが走り、視界の隅で顔面スライディングのときよりも派手にＨＰが減少した。正直知ってた、だからへこたれはしない！

拳を弾き返されて後退しかけた身体を踏ん張り、そのまま背を見せ続けるゴーレムに対して次撃の喧嘩キックを叩き込む。よう岩野郎知ってるか？　蹴りは拳の三倍の威力があるんだってよ!!

「が、ダメッ!!」

素手の正拳突きと違って靴越しの前蹴りは反動こそ寄越さなかったものの、欠片もダメージとなった様子はない――と、そのタイミングで変化が現れた。

鈴が鳴るようなサウンドと共に、ゴーレムの頭上にオレンジ色のカラーカーソルと一本のＨＰ

バーがポップアップする。その上部に刻まれるのは、おそらくコイツの個体名——

「【選定の石人形】、ねぇ……」

こう言っちゃなんだが、変形ギミックありといえど風貌自体はシンプルというか地味な相手だ。いや馬鹿でかい岩塊が動いてるってだけで圧は凄いのだが、デザイン的にはただの岩の塊だからな。

しかし……それにしてはなにやら意味深な名前を持つエネミーに、ふと予感が浮かぶ。

「負けイベ——じゃねえなこれ……？」

つい先ほどの確信を覆す呟きを零《こぼ》した俺をよそに、痛くも痒くもないぞとアピールするかのようにゆったりのっそりと振り返るゴーレムを睨み付ける。

おそらく開発側の思惑としては、退路を立たれたこの場でこいつに一度ぺしゃんこにされるのが正規ルートなのだと思う。圧倒的に説明不足な開始直後の状況でこんな大物を配置しておきながら、戦闘開始後もチュートリアルとしてシステムの介入がない現状、そう考えざるを得ない。

——けれど俺はしっかりと気付いている。恐らくは二発目の喧嘩キックが原因だろう、奴のＨＰゲージがミリ単位で削れている事実に。

戦闘の勝敗に分岐がないのであれば、ボスにＨＰを設定した上その数値をロックしない道理がない。つまりこの戦闘には、奴のＨＰを削るか全損させることで発生し得るルート分岐が存在する！

「全部適当推理の妄想だけどなぁッ！」

正直なところ未知の只中であれこれ考察するのが楽しいから無駄に頭をフル回転させているだけなので、答えが出ようが出まいが俺にとってはどうでもいい。

カスダメにしかなり得ないダメージ量だろうが、削れるなら削れるだけ掘削してやんよ！

「唸れ俺の右足ぃイッ!!」

――こうして、丸腰vs岩塊の長い長い殴り合いが幕を開けた。


ザ・不毛――この戦いに名を付けるならばそれ以外にないというほど、クソみたいな激戦だった。

こちらの攻撃手段は蹴りのみ。何度かそこらに転がっている石を拾ってぶん殴ってみたりもしたのだが、接触した瞬間に体に取り込まれて余裕のノーダメ宣言。HP回復とかされなかっただけまだ有情だと自分に言い聞かせて、俺は無限に喧嘩キックを繰り出すだけの機械と化した。

初エネミーらしからぬ形態変化なども用意されており、一時間ほど蹴り回してHPの三割を削ったところ奴の行動が変化。具体的に言うと左腕も巨大化して、両利きの器用な石人形に大変身。

なお、すっとろい挙動は据え置きにつき、こちらの対応に変化はなし。バックスタブ喧嘩キックの化身となった俺は、その後二時間にわたりまた石っころを蹴り倒した。

正直、そろそろ諦めて大人しくミンチにされようかなと考えたのは一度や二度ではない。最後までやり通せたのは、ひとえに疲労も感じず軽快に飛び回れる我が身《アバター》が爽快だったからだろう。

――そう、やり通した。戦闘所要時間三時間強。無慈悲にも数千回に及ぶ蹴撃に晒された哀れな石人形は、ついにそのHPバーを消失させたのである。

「――っ………くぁ」

わりと余裕は保っていたつもりなのだが、バラバラと崩れ落ち物言わぬ石ころの山となった【選定の石人形】を前に、勝鬨《かちどき》を上げることもなく俺は倒れるように座り込んだ。

やばかった。ＨＰゲージは顔面スライディングと初撃の正拳突き以降はノーダメを保っていたが、もう少し続けていたら己が生まれてきた意味について考え始めていたことだろう。

不毛と虚無と無為に塗《まみ》れた死闘だったぜ……。

「……お」

と、ささやかなサウンドと共に俺の目の前に一枚のウィンドウが浮かび上がる。戦闘リザルトかなと覗き込んでみれば――

◇称号を獲得しました◇

・『闘争に身を投じる者』　・『不屈を示す者』

素直に経験値や戦利品を予想していたのだが、記されているのはそれだけだった。そのウィンドウも数秒で消え去り、そのまま待ってみても他にイベントが起こる様子はない。

正直肩透かしだが、まあ称号を貰えただけ良しとしようか。

メニューを呼び出して確認してみれば、どうも集めることでなにかしら特典が得られる類のものではなく、任意の称号を設定することで特定の有利効果が得られるタイプらしい。

闘争のほうは取得経験値微増、不屈のほうはスタミナ消費軽減といった具合。しかしまあ最序盤に取得できたものだけあって、効果はあってないようなものだ。

気分で『不屈を示す者』を設定してメニューを閉じた俺は、「さて」と立ち上がる。石人形が崩れ落ちたタイミングで、元来た道も先へ続く道も封鎖が解かれたことには気付いていた。

アルカディアにおける一時間は現実世界での四十分。意識を加速させ経過時間を引き延ばす謎技術を確立させているこの世界では、現実比五割増しの時間を過ごすことができる……のだが、三時間も岩塊と戯れていたせいで、現実でも既に二時間以上の時間が経過してしまっていることになる。

夕飯に現れないくらいは見逃してもらえるだろうが、飲まず食わずで続けていたら母上から小言を頂戴する可能性は高い。なるべく早く一区切り付けて、一度休憩にログアウトしたいところだ。

「負けた場合はどうなったんかねぇ……」

街の神殿で蘇生とか？　そも、やられた瞬間に死なずにイベント進行とかもあり得たか――

今となっては確認のしようがない、別分岐の未来を想像しながら歩く。顔面スライディングでもＨＰが減ったのならば、その辺の岩壁に頭でも打ち付ければ検証はできるな……などと、益体もないことを考えている内に視界が開ける。目覚めた一つ目から数えて、三つ目の小部屋だ。

「……それっぽいな」

己が封印されていた謎の水晶。そして続く【選定の石人形】。それぞれ一つずつしか明確な設置物がなかった二部屋と異なり、そこにはいくつもの〝それっぽい〟オブジェクトが存在していた。

綺麗な真円を描く空間――これまでの自然な洞窟の風景と異なり、明らかに手が加えられている。

壁面は滑らかに削り整えられ、変わらず光源代わりの水晶は整形されて等間隔に据えられていた。

そして自然と目を引くのは五つ並んだ円柱。部屋の中央に大きなものが一本、奥側に腰までの高さの四本が放射状に並んでいる。中央の一本に近付けば、異変はすぐに起こった。

『――目覚めし者よ』

頭の中に声が響く。イヤホンやヘッドホンのそれとは明確に異なる、現実では体感することなどあり得ないファンタジー現象。反射的に身構えた俺をよそに、中央の円柱に異変が生じた。

白一色で一切の模様がない、材質も不明なそれに一斉に無数の青白いラインが走る。直後に数え切れない無数のパーツに分解し、宙に浮かんだその中央で光の塊が瞬いた。

『――闘争の意を示した者よ』

『――砕けぬ心を示した者よ』

お、獲得した称号に応じての専用台詞かな？　石人形との激戦でテンションのピークが落ち着いてしまった俺がわりと冷静に見守る中、明滅する光が徐々にその間隔を狭め、光量を増していく。

『望み、求め、心の赴くままに――』

一段と強く瞬いた光の塊が大小二つに割れて、その片方。小さい光がゆっくりと俺の目前へ降りて来る。胸の高さで静止し、なにかを求めるように脈動するその光を……自然と迎え入れるように、俺の両手が動いた――いや、本当に自動で動いた。そこは強制イベントなんすね。

溶けゆくように己が胸へと吸い込まれる光の玉。その様子を見守っている俺の耳に、続いてファンファーレのような荘厳なサウンドが響いた。

◇戦神《いくさがみ》の加護を獲得しました◇

・レベルシステムが開放されました。

・ステータスシステムが開放されました。

・スキルシステムが開放されました。

あー……なるほど。ここで明確にゲームシステムが開放されるのか。石人形を倒しても経験値やらなにやらを一切貰えなかったのは、そもそもレベルの概念を得ていなかったから？

てか『戦神』とな。やたら淑やかというか楚々とした声だったが……なんだ、ギャップ萌えか？

首を傾げる俺をよそに分解していたパーツが再び組み合い、残された光を抱きながら円柱が元の姿を取り戻していく。最後に別れを告げるかのように優しく発光して、柱は完全に沈黙した。

「ふむ……――んで、次は？」

わりかし厳かな雰囲気のイベントではあったが……結局のところ、まだなんの知識も与えられていないチュートリアルの最中である。感慨も少なく、大した感想など抱きようがない。

沈黙した中央の一本を迂回しつつ、俺の興味は続く四本の小さな柱へ。詳しく見れば、それぞれに異なるものを象ったエンブレムが刻まれている。

結構に複雑というか洒落乙《しゃれおつ》なデザインではあるが、モチーフ自体はわかりやすい。

端的に――左端は『剣』。中央左は『ハート』。中央右は『城』。右端は『翼』……といったように、それぞれのエンブレムが刻まれた四本の円柱。

台座になったその頂上には、光り輝く水晶石が置かれていた。これもそれぞれ色が違うが……。

「ありがちなのは、どれか一つを選べ的な――……っ⁉」

なんの気なしに、一番近かった翼のエンブレムが刻まれた台座に近付いた俺は、突如光を放ち始めた水晶石にまたもビビる。警戒心から硬直している俺を光が包み込んで――

「…………なるほど」

水晶石がもたらしたのは、所謂『資料映像』だった。それぞれの台座に近寄ることで自動再生されたそれを都合四度視聴させられた末に——概要を把握した俺は、顎に手を当てて思案する。

故意に情報をシャットアウトして完全初見でこのゲームに挑んだ俺だが、ここに来て世界観というか、大まかな舞台設定を知らされるに至ったわけだ。

簡単に述べれば、このゲームのプレイヤーは四つの異なる陣営に分かれて攻略に挑むらしいのだが、これら四つの陣営は等しく〝戦争状態〟にあるようだ。

戦争といっても血生臭いアレではなく、ある種スポーツ化された戦争とでも言おうか。要は大規模ＰｖＰ……まぁ後発組の俺がかかわるのは相当先になるだろうし、これに関しては置いておこう。

四つの陣営にはそれぞれの『神』が一柱ずつ存在しており、その名を冠する陣営のどれを選ぶかによって与えられる加護が異なるとのこと。

『剣』の象徴は東陣営——イスティア。与えられる加護は『闘争』。

『ハート』の象徴は西陣営——ヴェストール。与えられる加護は『平和』。

『城』の象徴は南陣営——ソートアルム。与えられる加護は『富裕』。

『翼』の象徴は北陣営——ノルタリア。与えられる加護は『幸運』。

抽象的過ぎてそれだけでは加護の内容がなんのこっちゃわからないが、ちゃんとシステムウィンドウによる丁寧な解説も付け加えられていた。

イスティアで得られる『闘争』の加護とやらは、どうも戦闘に関係するスキルに上方補正が掛かるバリバリの戦闘向け。オマケに経験値ボーナスも掛かるらしく、早熟という恩恵もあるみたいだ。

ヴェストールで得られる『平和』はイスティアと似たスキル補正。こちらは闘争の加護とは違い、戦闘に関係ない生産スキルなどに作用するようだ。戦闘系スキルよりも遥かに数多く存在するらしい非戦闘スキルに作用するためか、経験値増加のようなオマケはない様子。

ノルタリアの『幸運』はその名の通り、幸運パラメータが関係する全ての事象にプラス補正が掛かる——断言するが、四つの加護のうち単純な人気では『幸運』がぶっちぎりだろう。あらゆるレアドロップに乗算ではなく、固定数値が上乗せされると言えばその理由がわかるだろうか？

最後に『富裕』のソートアルム、次点人気はここな気がする。これも名前から想像の付く通り、金銭関係に補正が働くわけだがその倍率がやばい。基本的に取得は二倍、消費は七割。つよい。

どこを選んでも相当ぶっ壊れた加護を得られるわけだが、やたらと効果が過剰な理由はしっかりと存在している……が、ここは先に置いた『戦争』に関係してくる理由なので今の俺には関係ない。

——さて、どこにするか？

「ノルタリアが魅力的過ぎるな……」

やはりというか、北の誘惑が強い。オンラインゲーム、ことＭＭＯＲＰＧにおいて固定数値でドロップ率をプラスできるというのは旨味がデカ過ぎる。

このジャンルのゲームを触ったことがない人間では想像が付かないだろうが、基本的にＭＭＯのレア掘りは底なし沼だ。ドロップ率が一桁あれば「温い」と鼻で笑われるような世界で、小数点以下の確率など当たり前。滅多に出会えないレアエネミーからのレアドロップの確率に、ゼロがいくつも並ぶなど日常茶飯事な修羅道である。

加算される数値は脅威の〝十％〟——全てのドロップ判定に、プラス十％である。

中学時代、のめり込んだＭＭＯでたった一つのレアドロップ掘りに二カ月近くを捧げ、ついぞ目

にすることなく怒りのままに引退を経験したことのある身としては非常に……非常に魅力的だが、

「――イスティア、だな」

そのノルタリアを含め、他三つの陣営の魅力を振り払って有り余る吸引力が東にはあった。

イスティアの魅力？　それは戦闘スキルの上方補正でも、経験値ボーナスでもない。

それはなにか？　――圧倒的な所属人数の少なさだよ!!　台座に触れることで確認可能な各陣営に所属するプレイヤーの総数、それがイスティアはあからさまに少ないのだ！

理由はまあわかる。ＭＭＯってのは極論言ってしまえば終わることのない『自己強化』を楽しむゲームジャンルだ。常に使い続ける戦闘スキルが強化されるのはまあ魅力的だが、それを活かすためのアバター強化が滞れば意味がない。

装備の充実具合、強化状態によって、ちょっと殴る力が強い程度で覆せない絶望的な差が生まれるのがＭＭＯＲＰＧというゲームであるからして。

ならばその自己強化が有利な陣営に人気が出るのもまた道理――ならばなぜその道理を蹴ってイスティアを選ぶかと言えば、将来的に最も『戦争』にかかわれる可能性が高いからだ。

このゲームを本気でやり込むつもり満々な俺としては当然、一大イベントである『戦争』にも追々は参加したいと思っている。思ってはいるのだが……。

このコンテンツ、イベントの参加人数に制限があるらしい。戦争に勝利することで得られる……というより他陣営からぶんどれる勝利報酬が真実えげつないため、どの陣営も死に物狂いで勝つためにメンバーを選抜するはず――まあ単純な話、倍率は低いほうがいい。そういうことだ。

「ま、戦闘狂だらけで逆に厳しい可能性はなきにしも非ずだけど……」

その時はその時ってな。単純に早熟ボーナスも後発の俺としてはありがたい、楽しんでいこう。

◇闘争の東陣営 イスティアに所属しますか？◇

左端――剣の台座の水晶に手を翳した俺は、表示された選択画面の『Ｙｅｓ』を勢いよく叩いた。

――目を開けたら、美少女だった。

なにを言っているかわからないと思うが、俺にもなにが起こったのかわからない。

所属陣営を選択した瞬間、青い光に包まれて別空間へ〝転送〟されるという現実ではどう足掻いても経験し得ない現象。声を上げて感動するままに新天地へと送り届けられた俺が、光の奔流の眩さに閉じていた目を開ければ――

「「えっ」」

もはや至近距離というレベルですらなく。それが少女であると認識できたのが奇跡だったほどの距離には見ず知らずの顔が広がっており、

「――わぅっ⁉」

「――おっごァッ⁉」

いやに冷静に〝走り回っていた少女が目前に転移してきた俺に激突した〟という構図なのであろ

う現状を把握しながら、身長差によって額で顎を打ち抜かれた俺は派手にぶっ倒れて昏倒した。

……いや、流石ゲームというか本当に昏倒したよ。

ほら見てごらん、ＨＰバーの下に行動不能状態を示すのであろう状態異常のアイコンが――

「つぅ……！　――ぁ、だっ……大丈夫ですか⁉」

額を押さえてはいるが俺のように致命打とはならなかったのだろう、慌てた少女が駆け寄ってくる。心配そうにこちらを覗き込むその顔は――まさしく作り物の如く、素晴らしい可憐さであった。

輝きのエフェクトを幻視するような、眩い金髪。まるで宝石を埋め込んだかのような、琥珀色に輝く大きな瞳。どのパーツを取っても〝愛らしい〟という表現が相応《ふさわ》しいその容姿は、月並みだが二次元から抜け出してきたヒロインのようだった。

……ともあれ、このゲームは性別、声を除いてあらゆる容姿が自在にメイキング可能。俺はとある事情から細部を調整しただけのほぼリアルフェイスだが、おそらくそういう人間は少数派だろう。

現実の自分から身長などが乖離し過ぎると、アバターでの動きに少々慣れが必要とされるらしいが……その辺を考慮し過ぎなければ、わりと自由に別人になれるのが【Arcadia】である。

つまり目の前にいる見た目十代半ばの美少女は、限りなく百％に近い確率で〝作られた美少女〟なわけだがぶっちゃけ俺的にはどうでもいい。『中の人』なんて気にしたところで意味などないのだから、目に映る美少女が美少女であるならばそれは美少女として美少女を愛でたほうが得である。

キャラメイクできるゲームで美男美女を作らない奴は間違いなく少数派。この世界では目の保養に事欠かないだろうよ。なお性別変更不可による男女比――お、スタン解けた。

「あ、あの……」

単純に強制的な硬直を喰らって返事ができなかったわけなのだが、黙ったままのっそりと起き上がった俺に、少女は不安げに瞳を揺らしていた。

……いや表情の自由度が鬼。ゲームの中だと思えなくなりそうだ。

「あー、大丈夫。驚いたけど、このゲーム痛みとかは感じないからさ」

爽やか、かつ柔らかい声音を意識して笑顔を作る。バイト時代に無数の接客業で培った対人スキルは如何《いかん》なく発揮できたようで、少女の様子から僅かに強張りが抜けていくのが見て取れた。

「そ、そうですか。良かった……あ、あの、すみませんでした。初期地点なので誰も来ないと思って、いろいろと動き回っていたら……！」

辺りを見回しながら少女が言う。俺も習って見回してみれば、この場は鬱蒼とした木々のただ中。詳しく観察すれば、俺たちがいるのは如何にも安全地帯と言わんばかりに整えられた空地だった。

「あぁ……それで走り回ってたら、目の前に俺が転移してきたと」

「は、はい。ビックリしました……あ、いえっ、ビックリさせたのはこちらですが」

「まあ発売から三年も経って初期地点に人がいるとは……」

思わないだろうし……――ん？

「え、あれ……そちらさんも今日から？」

発売から三年が経過。専用機器の購入に大金が必要。更に圧倒的不人気のイスティア選択。

それらの条件をクリアした上で同時に新規参入とか、結構な低確率では？　と、向こうも同じことを考えたのか、俺に遅れて驚いたように目をパチクリさせている。

「わ……ほんと凄い。奇遇ですねっ！」

どういう感情からか、少女はそう言って嬉しそうに微笑んだ。

……この暫定美少女、声も仕草も普通に美少女していらっしゃる。推定美少女に評価を変更しておこう。妄想だけならタダだから。

さて、ある意味オンゲのレアドロップよりも希少な確率を引き当てて推定美少女とエンカウントしたわけだが――え、どうすんのこれ。

こちとら年頃の青少年。この流れで推定美少女とご一緒できるなら是非ともご一緒したいが、現実と区別の付かないこの世界で女の子を誘うなんてのは、俺基準ではナンパと難易度が変わらない。

バイト戦士としての戦役を果たしてきた俺はそこそこにコミュ力を磨いてきた自負があるものの、仮想世界しか見えていなかった俺は、異性と仲良くなるなんて有意義な努力はしてこなかった。

いわば経験値ゼロのクソ雑魚青少年である。接客や仕事の付き合いならともかくとして、プライベートにおける女性とのコミュニケーション法などさっぱり浮かんでこない。

「そ、そうだね。ほんと奇遇だねぇ」

ほらみろ、口から紡がれるは精々が会話拡張能力を持たない知能の低い相槌。こんな男相手になにが楽しいのか、俺はニコニコしている少女に会話進行を委ねざるを得ない現状に――

「せっかくですから、少しご一緒しませんか？」

――絶望を抱きかけた俺に、少女のほうから勝手に救済措置が降ってきた。

これを喜ぶべきか情けなく思うべきか――どちらにしても俺の中で、眩い笑顔を見せる〝推定美少女〟は純粋たる〝美少女〟の形容詞を勝ち取ったのであった。

俺の勝手な憶測だが、所属陣営を選ぶことでスタート地点である例の洞窟から転移させられる先は、選んだ陣営によって様子が異なるのではないかと思う。

なぜって？　――仮に俺が『平和』を謳うヴェストールを選んでいたとして、だ。こんな好戦的なエネミーだらけの森に問答無用で放り出されたら、キレ散らかす自信があるからだよ!!

「………あの、本当にすみませんハルさん。ご一緒というか、頼り切りになってしまって……」

もう何体目だろうか。この森に生息する巨大キノコ【ゴブリンマッシュルーム】にトドメを刺しつつ腹立たしげな息を吐いた俺に、少女が甚く申し訳ないといった顔をする。

ＨＰを全損した化け茸はビクリと動きを静止すると、次の瞬間にはポリゴンチックな青い燐光となって爆散。表示されたリザルトを適当に見やりながら、俺は縮こまっている少女に笑い掛けた。

「いや、偶然一緒に始められて良かったよ。この森をソラが一人で踏破してたら逆にビックリだわ」

茶化すように言うと少女――【Ｓｏｒａ】は、恥ずかしそうに微笑んだ。

あの後、自己紹介もそこそこに安全地帯を出た俺たちは、歩いて十歩で菌類の襲撃を受けた。

幸いインベントリに初期装備っぽいあれこれがいくつか用意されていたので、今度は石人形のときのように蹴撃の化身となる必要はなかったのだが――エンカウントして数秒でソラが戦線離脱。

別に奇襲を受けて一撃でＨＰを全損したとかではなく……具体的に言うと、可愛らしく悲鳴を上げながらセーフティエリアへの全力逃走。

菌類の野郎はお世辞にも可愛らしい見た目とは言い難く、デフォルメも薄い凶悪な顔の付いた巨大キノコに手足が生えて襲い掛かってくる姿は……まあ、それなりにホラーではあったので。

少女然としたその様子を微笑ましく見送りつつ、石人形と似たような敏捷値しか持たない化け茸は俺が短剣で細切れにしてやったのだが――問題は、その後だ。

この美少女、戦闘が致命的に下手である。いや、初めてVRゲームを始めた少女が戦闘＝リアルファイトなこのゲームで戦闘得手だったら恐怖しか感じないだろうが……それにしたって、である。彼女が敵を打倒するビジョンが全く見えない程度には、ソラの戦闘は下手の一言だ。

まず、武器を振るうときに目を瞑ってしまう時点でお話にならない。その他にも多々ある問題点を指摘するたびソラは改善しようとするのだが、すぐにそれら全てを克服するのは厳しいはずだ。

あれこれ練習しているうち、俺のフォローが遅れて普通にソラが死亡。少女を見殺しにしてしまった罪悪感から、俺もキノコの体当たりに無抵抗で滅多打ちに遭い初死亡を甘んじて受け止めた。

そして目覚めるは初期地点。どうもイスティアを選んだ者には『死んだら街で蘇生』なんてヌルゲーは許されないらしく、俺たちはこの森を突破しない限り菌類と同居しなければならないようだ。

一応、ゲームの仕様かこの森限定かは知らないが死亡による経験値減少は起こらない模様。つまり一匹ずつでも奴らを始末できれば、いつかはレベルのゴリ押しによって突破は可能なはず。

だがソラの様子を見るに、そうなるまでどれだけ時間を要するかわかったものではない。そう現状を判断してからは、俺に単身先行を促した彼女を宥《なだ》めつつ騎士役を務めているのだが――

「数が多い」

既に細切れにしたキノコは数知れず。石人形との死闘で不屈のファイトメンタルを獲得した俺にとって、舐めプじみた体当たりしか攻撃手段を持たない菌類など脅威ではない。奴らは早々にただの経験値と成り下がったものの……如何せんエンカウント率が高過ぎる。

ソラを庇いながら慎重に歩を進めているのもあり、絡まれる頻度が――あ、レベル上がったわ。

考えている内にも新手の菌類を解体していたら、何度目かのレベルアップを迎えた。【Arcadia】のレベルシステムはステータスポイントの振り分け方式らしく、一つレベルを上げるごとにもらえる10ポイントを使って好みの能力を伸ばしていく。ほいほいほいっと振って……まあこんな感じか。

◇Status◇
Name：Haru　Lv・6
STR（筋力）：5　AGI（敏捷）：20　DEX（器用）：20
VIT（頑強）：5　MID（精神）：5　LUC（幸運）：5

ちなみに初期値はオールゼロ。最初の表示ではLv．1の貯蓄ポイント10の状態だった。こういったゲームでは基本的に極振り……というか方向性を決めて特化するスタイルを常としていたのだが、完全初見で挑んでいるためどのステータスがどれだけ有用かなどわかる由もなく。

意外とソラがある程度の予備知識を備えているようで、聞けばステータスは将来的に振り直しが可能になるとのこと。ならばと俺は各ステータスに1ポイントずつを振り分けながら様子を探り、最終的に身体能力の向上が一番しっくりきた敏捷と器用にポイントをぶち込む方針に決めた。

素早く動けるというのはなかなかに爽快でAGI全振りも考えたが、DEXも伴っていないと自分自身の速度に振り回されるという不具合を確認したため、とりあえず両立して上げていくことに。

パーティを組んでいるため経験値の分配が発生してソラもレベルを上げているが、彼女はＭＩＤとＬＵＣを上げている模様。近接戦闘がアレなため、魔法による攻撃手段の獲得を目指すらしい。当然あるとは思ってたが、やはり魔法は存在するみたいだ。身体を動かすのが楽しいのでしばらくは近接主体で行くつもりだが、いつかはそっちにも手を伸ばしてみたいところ。

「どう？」

「……まだみたいです」

俺と同じくステ振りを行っていたソラに問うが、彼女は更に別のウィンドウを操作して何事か確認すると、残念そうに首を振った。今のところレベリングと並行して森を踏破しつつ、ソラの魔法スキル獲得を待ち望んでいる状態だ。

このゲームのスキルシステムは特殊というか、例によってわりと技術的にぶっ飛んだ仕様を呈している。どういうものかといえば……理屈はさっぱりわからないが、なんとプレイヤーの行動に応じて自動生成された技能がスキルツリーに生えてくるらしい。

現状で確認されているスキル群は膨大な数に上り、たった一人しか発現していないようなユニークスキルも数多く確認されているとかなんとか。実にいいね、夢が広がる話だ。

そのうち魔法技能に関しては、魔法の威力やＭＰ数値に関係するＭＩＤに多くポイントを振っていけば、おのずと取得できるようになっているらしい。

「俺もまだ一つも生えてこないし、気長に行こうか」

「うぅ……役立たずで心苦しいです」

本人は気に病んでいる様子だが、男の俺としては女子が一緒にいてくれるだけで役得である。ともあれ面と向かって言う度胸などありはしないので、心の中だけで感謝しておくとしよう。

「数が多いから面倒なだけで、慣れたらただの菌類だから大丈夫だよ」

菌類のなにが大丈夫なのか自分でも意味不明だが、軽口を叩きながら笑ってみせる。もう開き直るしかないと諦めたのか、ソラは「お世話になります」と頭を下げると恥ずかしそうに微笑んだ。

「——やりました！」

キノコを屠《ほふ》り続けて、そろそろ一時間は経っただろうか？　あれからまた数回のレベルアップを経て、ステータス画面を開いたソラがついに歓声を上げた。

「おっマジで？」

同時にウィンドウを開いていた俺も声に引っ張られ、自分のことを放り出してソラの傍へ寄る。

「攻撃……魔法、ではないみたいです。えと……——《ヒールライト》？」

ソラが初めて獲得したスキルは、彼女の気性には似合いの治癒魔法だった。

「いいじゃん。回復手段なかったから助かるよ」

「むぅ……ハルさん、一度も攻撃を受けてないじゃないですか」

素直な感想を口にすれば、少女は取得したスキルに若干ご不満な様子。

「いやまあ、素早さガン上げしといて鈍足キノコに攻撃喰らってたらあれでしょ」

男として格好が付かないでしょ。無様な戦闘を見せないよう、わりと気を遣ってるんですよ俺も。

「保険ができれば、俺も気が楽になるからさ」

納得いかない様子でウィンドウをつついているソラを宥めつつ、俺も一旦は放り出していた自分のステ振りに戻る――と、はい来ました。

「俺も一つスキル生えた」

「わっ、どんなのですか？」

むーむー唸っていた様子から一転、自分のことのようにワクワクしながら傍に飛んできたソラをよそに、ようやく取得したスキルの詳細を確認。

面白いなこれ。取得したばかりだというのに、どんな効果を発揮するのか手に取るようにわかる。頭の中に自然と知識がインストールされたような不思議な感覚だ。

――いやそれ怖くない？　手当たり次第に謎技術で常識を殴打してくるのやめよう？

「パッシブっぽいな」

「ぱっ……ぱ……なんですか？」

「パッシブスキル。任意で起動するんじゃなくて、常に効果が発動し続ける補助的なやつだね」

取得したスキルの名は《複数武器適性》――特定のものではなく、幅広い武器種に対して適性を得られる代物らしい。おそらくだが、様々な武器に触ってみたいがために一戦ごとに装備を切り替えて戦っていたことで与えられたのだろう。

使用武器の攻撃力倍率やら、扱いやすさに影響するみたいだが……多分これ、特化適性より倍率は落ちるんだろうな……まあ、あって困るものでもなし別にいいか。

「えと……いいもの、なんでしょうか」

「あれば助かる系、かなぁ」

「それじゃ、おめでとうございます！」

そう言って、まるで我がことのように喜んでくれるソラさん。

……ほんとにこの子はもう、純粋というか可愛いというか。

徐々に異性というより保護者みたいな感情が湧き始めている気がしないでもなく、悪い男に騙されでもしないか彼女の将来が心配である――なんてな。

実際、年齢がわからないから年上の可能性すらある。あっ俺ずっとタメ口で……今更か。


「おっ」

少しずつ森の風景……というか雰囲気が変わり始め、レベルも10に達したタイミング。「どうしました？」と窺ってくるソラにウィンドウを見せれば、その顔が実にわかりやすくパッと輝いた。

純真を体現するような少女の癒しの波動に和みつつ――新たに獲得したスキルの確認をしてみれば、二つ目は《クイックチェンジ》なるアクティブスキルだった。

「――えっ神スキルでは？」

例によって脳内インストールされたその性能に、思わずそんな呟きが零れる。彼女にとっては聞き慣れない言葉だったのか、「かみすきる？」とオウム返しにソラは首を傾げていた。

「思考操作で、装備スロットを直接操作せずに武器を切り替えられるんだとさ」

「……えっと？」

首を傾げたままの彼女に実演してみせるため、抜き身で引っ提げていたショートスピアを目の前に掲げて……言うまでもないが、この短期間では仮想世界ならではの『思考操作』などまだまだ慣れていない。成功するかは正直微妙だが――そい！

「わぁっ！」

と、そう難しいことでもなさそうだった。右手に握られていたショートスピアが淡く発光したかと思えば、ヴンッと微かな振動音を立てて次の瞬間には手斧に切り替わる。

歓声を上げたソラの前で若干得意げに緩む顔を正しながら、確認の意味も兼ねて次々と武器を切り替えていった――嗚呼、くっそ便利だわこのスキル。

僅かなクールタイムを挟んで連発可能な上、ＭＰの消費もない模様。

切り替えてからほんの微かな時間だけ武器の重さというか、握っている感覚がおぼろげになるため若干の違和感を覚えるものの……その程度のことは、慣れれば対応できるはずだ。

これなら戦闘前にいちいち武器を切り替えるなんてせずとも、戦闘の最中に状況に応じて瞬時の武器変が可能だ。二つ目にしては神スキルが過ぎませんかね？

「なんだか、これも魔法みたいですね」

「まあ魔法っちゃ魔法なんだろうなぁ。ＭＰ使わんけども」

なんにせよ結構な対応力の増加だ。ありがたく使わせてもらうとしよう。

◇Status◇
Name：Haru　Lv・11
STR（筋力）：15　AGI（敏捷）：40　DEX（器用）：40
VIT（頑強）：5　MID（精神）：5　LUC（幸運）：5
◇Skill◇
・複数武器適性
《クイックチェンジ》

「まあ、そこそこレベルは上がったわけだが……」

あれからまたしばらく。便利なスキルも得たことでサクサクとキノコの屍を山と積み上げ、累計冒険時間二時間といったところで、俺たちはようやく森の出口に差し掛かっていた。

なぜいまだ鬱蒼とした森の只中だというのに、〝出口が近い〟とわかるのかと言えば――

「つ、強そうです……」

二人一緒に木陰から覗き見る先、お誂え向きに綺麗な円形を描く木々の開けた広場がある。素直な感想を零したソラと俺が視界に捉えているのは、身体のそこかしこから小さな茸を生やした、全長三メートル程度の生きている樹木だった。

エネミー名【化茸の宿主《ホスト・オブ・マッシュ》】。おどろおどろしい見た目に似合いの大層な名前を与えられたあの化け物が、十中八九この新参泣かせの森の主だろう。

「強いだろうなぁ……」

　鈍足ゴーレムと鈍足化けキノコしか経験値を持たない俺では、強さの指標が偏っているため見た目からその強さを測れない。なので現状、初見の敵は大体が強そうに見えてしまうだろうが……それにしてもアレは手強そうだ。異次元のグラフィックも手伝って、滅茶苦茶に厳《いか》つく見える。

　しかしまあ……アレをどうにかしないことには、森の外は拝めないのだろうと腹を括った。負けたらまたこのクソ広い森を踏破する羽目になるとか、精神崩壊を起こしそうな思考はそっ閉じ安定。

「ソラ」

「は、はいっ……」

「例によって俺が突っ込む。流石に今まで通り無傷では済まないだろうから、支援は頼んだ」

「っ……はい！　回復役《ヒーラー》、頑張ります！」

　ここに至るまで結局一度も俺が被弾しなかったため、出番なしに甘んじていたソラは張り切った様子で拳を握ってみせた。あらかわ――いや、流石に集中していこうか。

「できるだけ注意を引かないように、常に距離を取っておくように」

「はい」

「ボスエネミーだけあって、範囲攻撃とか持ってるかも。流石に即死レベルのあれこれとかはないとは思うから、まあ柔軟に対応頑張ろう」

「はい」

「この手のゲームだとボスは専用の特殊ギミック……あー、よくわからない複雑な行動をしてくることがあるけど、その場合は離脱可能なら一回仕切り直す」

「はい」

「最後に」

初めての挑戦だ、流石に緊張するのだろう。注意点を挙げる度に表情が硬くなっていくソラに、俺はなるべく軽い調子を心掛けて笑いかけた。

「もし負けたとしても、次はもっと強くなって再戦できる――ゲームなんだ、楽しんでいこう」

「っ……はい！」

慣れないながら格好付けた甲斐あってか、表情を明るくしたソラに一つ頷く。手にした直剣をしっかりと握り直して――さあ、行こうか！

「よっしゃ初のボス戦だオラァッ!!」

「えっ……ぁ、えっ……!?」

あ、ゴメン、テンション上がって口調が――え、ボス戦っぽいのなら【選定の石人形】で経験済みだって？　喧嘩キックで沈む岩塊はノーカウントだオラァッ!!


「――つよいッ!!」

戦闘開始から十数分。開幕は思いのほか順調に進んでいた【化茸の宿主】戦だが、ボスのＨＰが半分を切った瞬間から起動したギミックによって俺は劣勢を強いられていた。

「結局最後まで菌類じゃねえかッ!!」

化茸の宿主が持つ奥の手《ギミック》とは、もはやお馴染みとなった【ゴブリンマッシュルーム】の大量召喚。幹に生えていた小さな茸を撒き散らしたかと思えば、それらが凄まじい勢いで成長しやがったのだ。

もともとこいつらを一撃で屠るために確殺ラインまでＳＴＲを振っておいた甲斐あって、一体一体の処理は容易いが数がヤバい。更に言えば一撃必殺が可能な武器種が大斧と大剣の二択であるからして、取り回しに小回りが利かないため対応が遅れて被弾が増える。

「《ヒールライト》ッ！」

都度ソラが回復魔法を飛ばしてくれるが、これまでに検証できていないため回復行為がどれくらいの敵愾心《ヘイト》を煽るのか不明だ。あまり多用させてしまうと雑魚が一気にソラに流れる可能性を無視できない……ので、さっさと勝負を決めたいところだが、生憎こちらは新規プレイヤーの二人組。状況をひっくり返すような奥の手なんぞ未実装だ。

とにかく、これ以上ソラに働かせるのは少々怖い。キノコの津波の中で無理矢理に振るっていた大剣を直剣と短剣の二刀流に《クイックチェンジ》――片っ端から全部殴ってヘイトを掻っ攫《さら》う!!

「刮目せよ、うろ覚え漫画剣術ッ！」

両手の剣を逆手に握り、ポイントを注ぎ込んだ敏捷性を活かして駆け回り擦れ違いざまに一閃。一撃で倒せずとも満遍なく全体のヘイトを稼ぎ、均等にダメージを与えながら数を減らしていく。

――あ、親御さんどうもお久しぶりです。

「お宅のお子さん多過ぎィッ!!」

キノコを捌く最中、近くを通りかかったので親玉の顔面へ投剣のプレゼント。ズドッと湿った音を立てて幹に刃が突き刺さり、手下共と違い声帯を持っているのか不気味な絶叫が立ち上る。

衝動的に投擲《とうてき》をお見舞いしてみたものの、投げれば得物を失うのは当然のこと。なので《クイックチェンジ》を発動して、空いた手に手斧を呼び出してみれば――俺の手に現れた手斧と入れ替わるように、奴の鼻面に突き立っていた直剣はインベントリへ送還された。

……手元を離れた武器も入れ替えで回収可能と。限界距離はアリかもしれんが、やはり神では？

「ならばこうだオラァアアッ!!」

偶然の産物だがこの知識は僥倖だ。アドリブだが使えるもんは使うそーれ大斧ブーメラァンッ!!

事前に装備した状態からではＳＴＲ数値的に絶対に無理なはずだが、《クイックチェンジ》には切り替え後の一瞬だけ武器重量が反映されるラグらしきものがある。

あるいはそれはシステム的に想定された〝猶予〟みたいなものかもしれないが、わりと危機的状況なので活かせるものは躊躇《ためら》わずに活用させてもらう方向で。

事前に投擲のモーションに入り、投げる瞬間の一拍前に《クイックチェンジ》を起動。武装を大斧に切り替えて全力で投げ飛ばす。ご機嫌にカッ飛んでいく凶悪な質量の前にゴミ屑の如く菌類共が蹂躙されていく様は、我ながらシステムの悪用を自覚せざるを得ないが――

「後で問い合わせメール送るんで修正でもなんでもしてくれやオラァアアアッ!!」

なんか楽しくなってきた、オラ次弾は大剣だ。そぉれ飛んでけェエッ!!


「…………………」

目の前の光景をどう形容すればいいのか――いつしか木陰で棒立ちとなっていた少女は、ただただ唖然とソレを見つめていた。

とてもとても低い確率で起こった偶然の出会い。美男美女が常識との噂を聞くアルカディアで初めて出会ったそのプレイヤーは、どこかホッとしてしまうような『普通の男の子』みたいな外見で、早々に迷惑を掛けてしまった自分にとても親切に接してくれた。

予想以上に戦いの役に立てなかったソラに何度も「気にしないで」と笑い掛ける様はとても紳士的で、ところどころで冗談めかして打ち解けようと努力してくれる点も好感が持てる。

そんなわけで彼――ハルはソラの中で結構な高評価を得ていたのだが――……えっと、その、アレは一体どうしてしまったというのでしょう……？

ボス戦開始時の唐突な口調の崩れから始まり、戦闘が激しくなるに連れて徐々に豹変していく人格。ついには高笑いしながら、ちょっと意味のわからない挙動で大斧や大剣を投げ散らかし始めた。

控えめに言って、ソラは引いていた。正直言えばドン引きしていた。

初対面ながら僅かでも「素敵な人だなぁ」なんて少女らしくトキメいていた……なんて言えなくもない、かもしれない程度には信頼を寄せ始めていたハルが、今やもう完全に狂戦士の様相である。

絶句しつつ見守ることしかできないソラの眼前、可哀相なくらい千切っては投げ……というか投げられた凶刃によって引き千切られていくお化け茸たちが凄い勢いで数を減らして――え、あ。

「ハ、っ……は、ハル、さんっ！」

正直アレに声を掛けるのは少しばかり勇気を要したが、少女にも辛うじて冷静さは残っていた。瞬く間に数を減らす茸たちの奥、手下の壁を失ったボスが動きを止めていることに気付く。

と、ソラの声にビクッと肩を跳ねさせたハルが、弾かれたようにこちらに目を向ける。

先ほどまでの様相も相まって、ソラが恐怖を感じるには十分な挙動――しかし、向こうも向こうで思うところがあっただろう。一瞬で赤くなった顔が次いで青くなり……最後になんだかよくわからない悲壮感に染まったかと思えば、謎の二面性を披露した青年は天を仰いだ。

無性になにか「フォローしなくては」という気持ちが湧き上がったが——それより今は支援役として、後衛として、しっかりと伝えなければならないことがある。

「あの、ボス！　〝フリー〟です‼」

「——ッ！」

言葉足らずかと思ったが、ハルはソラの言葉に即座に反応した。弾かれたように踵を返し、数を減らしたキノコの間を物凄い勢いで駆け抜けていく。

身体の使い方が上手——なんて理由だけでは説明が付かない。彼もソラと同じくこのゲームを始めたばかりだというのに、その動きは驚くほど精細かつ鋭いもので——不覚にも「格好いい」と魅入ってしまうほど……なのだが、どうしても先ほどの狂戦士っぷりが脳裏にチラついてしまう。

ボス戦の最中、気を抜いている場合ではないはずなのに。思わず力の抜けた苦笑いを浮かべてしまったソラが、その背中を見送った先で——

「お前のせいだオラァァアアッ‼」

両手に喚《よ》び出した大斧と大剣を同時に振るい、ちょっと意味のわからない雄たけびと共に——青年は【化茸の宿主】へと、致命の一撃を叩き込んだのだった。

◇【化茸の宿主】を討伐しました◇

◇称号を獲得しました◇

・『化茸の宿主を討伐せし者』　・『始まりの最難を打ち倒す者』　・『絆を紡ぎし者』

◇スキルを獲得しました◇

・《ウェポンダーツ》　・《アクセルテンポ》

◇スキルが成長しました◇

・《複数武器適性》⇩《全武器適性》

なにか戦闘リザルトやらあれこれログが流れているが、俺としてはそれどころではない――完全にやらかした、テンションに身を任せて純真美少女に狂相を晒してしまった。

自分でも初体験というかなんというか、途中から思考が振り切れて口調やら性格やらがおかしな方向へカッ飛んでいたことを辛うじて把握している程度。ぶっちゃけほとんど記憶にない。

嘘だろ俺ってテンション振り切れるとそうなるの？　齢十八にして驚愕の新事実発覚なんだが？　てか、大斧と大剣をお手玉みたいにヒョイヒョイ投げてんじゃねえ。そういうゲームじゃねえからこれ!!　ないはずだよな知らんけどもさぁ!!

連続レベルアップ音もうるせぇッ!!　今はソラの目に焼き付けてしまったであろうアレな様相を

どう払拭するか考えなければ――

「あの……」

「ヒュッ……」

反応を確かめる覚悟もないまま、傍に歩み寄ってきたソラの呼び掛けにおかしな声が漏れる。恐る恐る振り向けば、少女は形容しがたい微妙な表情を浮かべていた。

おそらく、微笑もうとしているのだろう。相変わらずの健気さが垣間見えてしまって余計に辛い。

「いや、あの……お、お見苦しいところを……」

純真な少女の瞳を直視できないまま言い訳を挟むと、

「ぁ、あはは……」

この反応である。そうだよね、あははだよね。あははははクッソ立ってもいない内からフラグがへし折れた音が聞こえるぅうぐあああああっ!!

いや違うんだよ。もとより、最初からそういう流れに期待して同行していたわけじゃない……が、だからどうしたというのか。可愛い女子に白い目で見られて致命傷を負わぬ男子がいるとでも？

困ったように笑うソラをよそに、言い訳を重ねるタフネスハートなんぞ持ち合わせていない俺は傷心し、視線を逸らしながらステータス画面を開いた。ＭＭＯのステ振りは心躍る至福の時間だから……傷ついた心にも優しいから……。

自嘲そこそこ気もそぞろでステ振りを始めた俺の心中を、なんとなく察したのだろう。徐々にソラが焦り始め、何事かフォローの言葉を掛けようとする――と、

「あの、ハルさ――っ……!?」

「んあ?」

突然、ボス戦の舞台となった円形広場の地面が輝き出した。

危機感が湧く類のものではない、柔らかな青い光……次いで、この感覚は——

「転移……か?」

洞窟より森へ、一度だけ経験したことのある感覚。

俺とソラは互いに顔を見合わせた瞬間、光に包まれてどこかへと飛ばされた。


一瞬の浮遊感、周囲の空気と雰囲気が一斉に切り替わる違和感の先に、人生二度目の転移を体験した俺はゆっくりと目を開ける。そうして視界に広がった光景への感想は——

「——わぁ……!」

俺よりも先に吐息を零したソラの、興奮に染まりきった声音に集約されていた。

「お?」

「え、新規さん?」

「この時期に同時に同陣営?　家族かね」

「恋人の可能性」

「は?　ギルティ」

「独り身の嫉妬は醜い」

「うるせぇお前も独り身だろ！」

「てかいつぶりだよ新規。ありがてぇー」

「女の子！　貴重な女の子ッ!!　ようこそイスティアへ仲良くしようねーっ!!」

薄暗く閉塞的な森から、眩い外灯が煌々《こうこう》と照らす広大な空間へ。

俺たちの眼前へ弾けたのは、異世界然とした色とりどりの屋根を乗せる建物の並ぶ街中。その中心にお約束のように設置された、巨大な剣のモチーフを掲げる見事な噴水広場であった。

また、弾けたのは景色だけではなく。行き交っていたプレイヤーたちの多くの声も、賑やかなざわめきとなって俺たちのもとに押し寄せている。

……あ、ちなみに最後の興奮しきった声は女性のものだったよ。通報はしなくてヨシ。

次々に聞こえてくる声が言うように、少なくともイスティアへの所属を選んだ俺たちのような新規は珍しいらしい。それなり……どころではない好奇の視線を集めてしまい――

「恋人濃厚では？」

「あんだけくっついてりゃねぇ」

聞こえてきたそんな声音に、ふと隣を見やる。てか今更ながら左腕に妙な感覚が――……!?

「――っソラ、さん」

「はいっ」

妙に近い位置にある顔へと声を掛ければ、綺麗な街並みとプレイヤーたちの活気に興奮しきりの少女は、キラッキラした目で俺を見上げてきて――ぁ、気付きました？　そう顔すげえ近いんすよ。

顔ってか全身が近い、本当にいつからこうだったのやら。転移の際に一瞬だけ全身の感覚が抜け落ちるような空白があるわけだが、そのせいで感覚が狂い今まで気付けなかった。

そりゃあね。縋り付くように全身で腕に抱きついていれば、『恋人』だのと勘違いもされるわなぁ。

あっはっはこの柔らかな感触と温もりッ……!!

人肌を忠実に再現しやがりくださっている【Arcadia】に至上の感謝を捧げながら、愛想笑いで本心を隠す俺。そしてシュバッと音がなるような勢いで距離を取りながら頬を真っ赤に染めるソラ。

「す、すみっ……！　すみませッ……!?」

「いや、大丈夫。だいぶ大丈夫だから」

今は表情筋を動かしたら絶対だらしなく緩む。そんな確信のもと愛想笑いという名の鉄面皮を貼り付けた俺をよそに、可哀相なくらいソラは羞恥に悶えている様子。

「なんかラブコメ始まったわ」

「は？　ケンカ売ってんのか」

「こら、せっかくのご新規さんに悪態つくんじゃないの」

「リア充への悪態はむしろ賞賛てか敗北宣言では？」

「「かわいい」」

「中身はわからんが、声と仕草的に純正美少女の可能性……」

「夢は抱いてこそだからな」

「誰だよあのフツメン。誰か闇討ちして進ぜろ」

「むしろ俺を殺してくれ。妬まし過ぎて死にたい」

「よし闘技場行こうぜ。壁打ちの壁役をくれてやる」

衆目監視の中でテンプレの如き可愛らしい様を披露してしまったせいで、ここぞとばかり楽しげな会話の種にされてしまうソラさん。

軽くパニックに陥っている様子だが、それらの声はしっかり聞こえているのだろう。ますます頬の熱を上げていくソラは、今にも湯気を立ち上らせんばかりに……え、本当に頭からケムリ出てんぞ。ゲームらしくそのへんのギャグ描写も完備して――

「は、はぅははははハル、さんっ……！　あの、本日は！　まことに！」

「え、あ」

「ありがとうございましたぁあっ!!」

羞恥を吐き出すかのごとく、ビックリするぐらいの大声で叫び声を響かせて――転移に似たエフェクトと共に、ソラは仮想世界から姿を消した。

「………………………ええ……？」

少女渾身、逃亡のログアウトである。

「推定美少女ちゃん逃亡のお知らせ」

「はい解散」

「逃げられてやんのざまぁ」

「かわいそ」

「いや草」

「ご新規さん頑張ってねー」

やはりアバターといえども、美少女に向ける関心は皆等しいということだろう。ソラがログアウトした途端ほぼ全ての先輩プレイヤーたちは興味を薄れさせた様子で、ほうぼうに散っていくか元いた者たちも自分の会話に戻りだす。

彼女がログアウトした瞬間にパーティ機能のペアは解除されたし、最後別れるときに仲良くなれていたら切り出そうと思っていたのでフレンド登録もしていない。

つまり、連絡手段がない。今生の別れということはないと思いたいが、次いつ会えるかは不明。

「…………………………………えっと、ログアウトは……と」

少なからず衝撃というか喪失感に襲われた俺は、なんだか自分でも言い表せない不可思議なメンタルのままに、そっと仮想世界からログアウトした。

夢から覚めた時刻はおよそ二十一時。初日だからと小言を我慢して夕食を取っておいてくれた母上の顔を目にした俺は、美少女《ソラ》からのオカンという落差に言い知れぬダメージを受けて無事撃沈。

顔を見た瞬間に物凄い残念そうな顔で溜息を吐かれた母は青筋を立て、俺が本日二度目の説教を喰らったのは言うまでもない。ごめんて。

第二章　歩み逸りて

「この凄まじい違和感よ」

――プレイ二日目。怒れる母上殿の圧によって徹夜による強行軍を封殺された俺は、早寝早起きからの早朝五時に仮想世界へと舞い戻った。

好き放題に弄ばれた初回ログイン時とは異なり、二度目の今回は空だの海だのに放り込まれるような演出はなし。【Arcadia】のタイトルロゴからのホワイトアウトを経て、俺の意識は再びこの世界のアバターへと送り込まれる。

現在地は昨夜ログアウトした噴水広場。現実世界は早朝五時だが、現実比五割増しの密度で時間が流れている仮想世界はそろそろ朝八時になろうかというところ。

既に朝日は昇りきっており、広場は既に活気で満たされていた。

さて、一人で顔をしかめてなにをぼやいているのかと言えば、現在の俺は現実世界と仮想世界それぞれの身体における体感覚の差にやられている。

ステ振り前の初期状態こそ「リアルよりよく動く」で済んでいたが、ボス戦を経た今の俺のレベルは17。ポイントにして170のステータス上昇を果たしたこのアバターは、もう既に常識的な人間のスペックを逸脱しているのだ。

◇Ｓｔａｔｕｓ◇

Name：Haru　Lv・17
STR（筋力）：15　AGI（敏捷）：70　DEX（器用）：70
VIT（頑強）：5　MID（精神）：5　LUC（幸運）：5
◇Skill◇
・全武器適性
《クイックチェンジ》《ウェポンダーツ》
・Passive
《アクセルテンポ》

で、そんな現在のステータスがこんな感じ……と。

ボス戦前から既に、プロスポーツ選手を凌駕するような動きが可能だったのだ。そこから更にポイントを積んだこの身体《アバター》と比べたら、現実世界の肉体スペックなど足元にも及ばない。

そうして両世界の身体能力が乖離し過ぎたせいなのだろう、棒立ちの状態ですら全身に襲い来るのは絶大な違和感。少し動けば馴染むだろうとは思うが……後々、慣れていくものと期待しようか。

「……さて、どうするかな」

とりあえずなにをしよう——という指針すらない現状だ。意外と前情報を仕入れている様子だったソラと別れてしまった今では、俺は再び異国に迷い込んだ外国人ムーブを取らざるを得ない。

本当に困ったのならその辺を歩いている先輩プレイヤーにレクチャーを頼むのもアリかもしれないが……その、皆さん煌びやかな装備に身を包んでいらして、眩しいというか威圧感というかね？

「うー…………んぁ？」

装備も雰囲気も明らかに初心者丸出しな俺は、ソラが隣にいなくともある程度は目立つ。チラチラと投げ掛けられる視線に棒立ちを恥ずかしく感じ、とりあえずなにかやってますアピールをするべくインベントリを開いてみたのだが……装備品の欄がものの見事にもぬけの殻。

「……そういやそうだった」

昨日は大いに助けられた初期配布の武器一式。実のところあれらは期間限定のチュートリアル専用アイテムであるため、件の森を突破すると同時に消滅してしまったのを失念していた。

インベントリの素材欄には大量の【化茸の笠】や、ボスドロップであろう【菌床の古木】なるアイテムが詰まっている——が、こんなものではキノコ狩りの役にすら立たない。

昨日は延々と対菌類を強いられたため、奴らからドロップした通貨がちりつもでそこそこ貯まっている。とくれば、俺がとりあえず向かうべきは——

「あのすみません、武器屋ってどこにありますかね？」

「っえ、あ、うん。武器屋？」

へいそこの親切そうなお兄さん！　ギブミーレクチャー!!

「——いらっしゃいませ」

優しい御先達に案内してもらい、辿り着いたのは一軒のＮＰＣショップ——ワクワクしながら扉をくぐった俺を出迎えてくれたのは、一人の女性ＮＰＣ店員であった。

　ふわりと微笑む美人さんに和やかな癒しを頂戴しつつ、会釈を返しカウンターへと歩み寄る。

「本日はどのような？」

「ちょいと武器が入用でして」

「当店で取り扱っている装備品は、一律で入門用の初心者武器となっておりますが」

「あ、その初心者なんで問題ないです」

　当たり前のようにそう言えば、店員さんは「まぁ」と驚いた様子を見せる。

「では、新たにイスティアへ？　稀人《まれびと》の方がいらしたのなんて、半年以上ぶりです」

「おおう……」

　イスティアぇ……不人気だろうとは思ったが、そこまでとは。まぁ、きちんとリサーチしてから始める人は賢く他陣営に行くんだろうな……稀人ってなに？　ＮＰＣからのプレイヤーの呼び名？　ともかく、だ。初心者向けの店を営む彼女は、そういった事情から必然的に暇を持て余していたのだろう。どこか嬉しそうな様子にほっこりしつつ、俺は商品のカタログを求めた。

「こちらが扱っている品のリストになります」

　微笑と共にそう言って、店員さんが手を一振りすれば――半透明に輝くシステムボードが、スタイリッシュに宙へ展開する。わぁゲーム的で素敵。

「ふーむ……」

　初心者用といっても鉄や合金、鍛鋼《たんこう》など素材によって品質にもランク分けがあるようだ。武器の種類も思いつくものは一通りある上、中には変形する大鎌やら鎖鉄球なんて変わり種もある。

　しかしまあ……俺の場合は選ぶ必要がないというか、昨日の戦闘内容も加味して大まかなビルドの指針は定まっている感があるので――

「鉄シリーズで、全部ください」

最低ランクの鉄製なら、カタログに並ぶ武器はギリ全種買える。適当に計算してそう告げた結果、

「は？」

店員さんより笑顔と共にそんなお言葉……というか、お声をいただいた。

別に威圧されたわけではなく、単純になにを言われたのかと戸惑ったのだろう。俺としても自身の注文がちょっとおかしいという事実は弁えているつもりなので、事情説明の文言は用意済みだ。

「あれです。俺は結構いろんな武器を切り替えて戦うというか、なにか一本に特化するビルドではないというか、そんな感じなので」

「は、はぁ……」

あら意外と納得してくださらない――というよりも、なんだ？　少し困っている様子。

「あー……と？　なにか不都合とかあったりします？」

まさか計算間違ってた？　所持金足りないとか……いや手持ちとかまだ明かしてないし……ん？

俺が首を捻っていると、店員さんは「言ってもいいのだろうか」みたいな微妙な素振りで、おずおずと宙に浮いているカタログの一点を指で示した。

そこは各武器の簡単な説明が記されているページの片隅、小さいけれど確かになんらかの『数字』が記されている場所で、

「……おん？」

あれ、あんな数字あったのか。昨日使ってたビギナーシリーズには記載されてなかったはずだよ

な？　だから見落とし……て、…………――アイテム重量？

「…………あっ」

「その…………」

俺が気付いたということに、店員さんも気付いた様子――あぁ、そりゃそうだよね。こんな人が良さそうな店員さんのことだ……客の無知を指摘するって、気が引けるよね。

微かに顔が熱を帯びてくるのを誤魔化しつつ、俺は己のステータス画面を開いた。そしてしかと記載されている『限界所持容量』なる項目を見つけると共に、その数値を店員さんが示してくれた武器のアイテム重量と見比べていく。

あーそっかー……ゲーム的な異空間収納だけど、その辺の制限はちゃんと厳しいのかー……。

「その……初心者の方ですと、防具や消耗品、加えて戦利品などとの兼ね合いを考えれば……」

……もういい。もういいんだよ店員さん。そんな申し訳なさそうな顔しなくていいんだ。

俺が全てを悟った顔で微笑むと、彼女は恐縮したような笑顔を返して――

「大型武器とサブに小型が一本。あるいは、直剣などの中型二本が限界かと……」

ということで……俺の夢見た歩く武器庫《クイックチェンジビルド》、終了のお知らせ。

――さて、この先どうするよ。

へこんでばかりもいられない。あの後は互いに恐縮しきりで無限にペコペコと頭を下げ合いつつ、とりあえず俺は鉄製の直剣と大斧を購入。武装を仕入れてNPCショップを後にした俺は、その足で推奨レベルの最も低い初心者エリアである【地平の草原】へとやって来た。

　てか今更だけど、あのお姉さん本当にNPCだったのか？　感情表現やら言葉選びやら、本物の人間にしか見えなかったんだが……いや、とりあえず今それは置いておこう。

新規皆無なイスティアの初心者エリアだけあって、見渡す限りの平原に他のプレイヤーは見当たらない。このエリアのエネミーである【フールボア】はそこら中にいるが、このイノシシどもは好戦的《アクティブ》エネミーではないらしい。攻撃を仕掛けない限り、向こうから襲っては来ないようだ。

　とりあえず浮上した問題といえば、やはりアバターの育成方針だろう。全く気にもしていなかったが、どうやら昨日に使い倒していた武装の数々はインベントリを圧迫しない特別製だったらしい。だからあれだけ様々な種類を持ち運べていたというわけで……装備品には本来、当然ながら重量が設定されている。短剣なんかは軽く、大剣や大斧のような大型武器は馬鹿重い。

　一応あのお姉さんに限界所持容量を増やす手段がないかとも聞いてみたのだが、彼女が知る限りではレベルアップが唯一の手段らしい——つまり即座の解決は望めない、閉廷。

　どうも俺の中で《クイックチェンジ》ぶっ壊れ説があったんだが、こんなところに落とし穴があるとは……まあ言うて切り替え投擲なんかはやはり壊れている気もするが、様々な武器を切り替えながらのテクニカルスタイルは現実的ではないのだろう。

「基本は手数武器で高速戦、ここぞの切り替えで大型武器って感じかね……」

　当面の方針としては敏捷特化の軽戦士で行くつもりだが、どうも俺は大振り一撃必殺も嫌いではないようで。しばらくは基本直剣、切り替えからの大斧で決め技みたいな戦法が主体になるだろう。

昨日のように状況に応じて様々な武器へバシバシ切り替えるような戦法は、少なくともしばらくの間は不可能――けどまあ、とりあえずステータス振りはこのままの方針でいいか。

「そしたらまあ……狩りを始めますかね」

なお、無理して直剣と大斧を詰め込んだため俺のインベントリは余裕の所持容量限界。回復薬《ポーション》も持てなければ戦利品すら満足に拾えない、謎のセルフ縛りプレイでお送りいたします。

「マズい!!」

――初心者エリアその一、【地平の草原】の一画にて。「ぴぎぃ」と哀れな断末魔の声を上げて爆散するフールボアを相手に、俺は直剣を地面に突き立てながらあんまりな暴言を吐き散らしていた。

なぜってこのイノシシども、馬鹿な猪《フールボア》の名は伊達ではなく攻撃方法は真っ直ぐな突進ただ一つ。しかしＳＴＲとＶＩＴが高めに設定されているのか大斧でカウンターを叩き込んでもギリ生き残る上、そのまま突進の直撃を貰うと紙耐久の俺は当然のように一撃死《ワンキル》を喰らった。

なのでこいつとの戦闘は奇襲で仕留めきるか、一度突進を躱《かわ》してから追い縋り、背後からラッシュで始末するかの二択になる……が、こいつ背後から一撃入れた途端に明後日の方向に走り出すわ、突進も避けられたことに気付かず彼方へ駆け抜けていくわで、戦闘と言うより鬼ごっこ状態だ。

結果一体に掛かる時間が長引くのだが、それで得られる経験値が昨日の鈍足菌類と同等ってかそれ以下。なんで最序盤のチュートリアルステージに出る敵よりも、経験値が少ないんですかねぇ？

「エリアボス倒さないと次のエリアに入場できないしなぁ……」

狩場を変える――という選択肢も存在しない上、このエリアに出現するエネミーは件の馬鹿共一種類のみ。昨日の【ゴブリンマッシュルーム】地獄といい、序盤とはいえマップごとに存在するエネミーの種類少なくない？　と、サービス開始から三年が経った今でも他の追随を許さぬ覇権の看板がなければ、この先に不安を覚えかねないシンプルテイストである。

なら雑魚は無視して、もうさっさとボスに挑もうか――などと辺りを見回すも……。

「見渡す限りの平原なのに、それっぽい影が見えない件について」

【地平の草原】というだけあって、障害物もなにもないだだっ広いだけの一面平野だ。ゆえに文字通り地平線までの一切を見渡すことができるのだが、目に入るのは馬鹿猪ばかり。巨大だったり姿が違ったりする、ボスっぽい奴の姿は見当たらない。

というか、アホみたいにエリアが広いせいで遠近感が狂いそうになる。遥か彼方にいるボアも豆粒みたいになりつつ視認できるし、どういう描画技術なんだとハテナしか浮かんでこない。

「そしたらまあ……」

まだ低レベルの身ではあるが、ポイントを注ぎ込んだ敏捷性には既にそこそこの自信がある。ちまちま馬鹿の相手なんてしてられっか、エリアの端から端まで走破してやんよ!!

「――この馬鹿共がぁあああああああああッ!!」

絶叫をたなびかせ全力疾走する俺。そしてその後ろに巻き起こるギャグ漫画の如き土煙の主は俺ではなく、数十頭規模の群れにまで膨れ上がったフールボアの大群だ。

あの後フールボアをガン無視して草原を駆け始めたのだが、この馬鹿猪共なにを思ったか横を駆け抜ける度に謎のリンクを起こし、次から次へと敵対化《アクティブ》して俺を追いかけ始めやがったのだ。

最初はそういう反応の仕方もあるのかと暢気に構えていたものだが、背後からの足音が地響きをも起こす轟音となるにつれて、無視している場合ではなくなった。

幸い一定数から群れは増えなくなったようだが……あれ以上増えようが増えまいが、踏み潰された場合に俺が辿るであろう『即死』の二文字が変わることはない。

例のカウンター未遂ワンキルにてお陀仏した際に把握したが、やはりデスペナが免除されているのはチュートリアルステージらしき昨日の『森』限定だったらしい。普通にごっそり累積経験値を持っていかれたので、できることなら轢き殺されるのは勘弁願いたいところ。

ついでに現実時間で八時間、仮想時間で十二時間とかいうクッソ長い効果のステータス下降デバフのオマケ付き。一割減というペナルティは低レベルの今でこそ大したものではないが、これがカンストプレイヤーであれば10レベル分の弱体化だ。後々キツくなってきそうな予感がする。

さて、一応ＡＧＩの数値は俺が勝っているらしいので追い付かれる気配はないのだが……残念ながら〝肉体的に疲労する〟ことのない仮想の肉体も、無限に動かせるわけではない。

今のような全力疾走を含めて度を越えたパフォーマンスを継続すると、数値として表示されていない隠しパラメータの『スタミナ』が切れてしまう。すると強制的に疲労モーションを取らされることになり、十分に距離を離せない現状のままそうなればミンチ確定。

「クッソ、段々腹立ってきた……！」

猪共を引き連れて結構な時間を走り続けているのだが、相も変わらずボスはおろか風景の一つも変わりやしねえ。群れに加わることもなく草だか木の実だかを食《は》んでいる豚共が、爆走する俺を興味なさげに見やってくるのがまた腹立たしい。

後ろの大群も定期的にぴぎゃーだのぷぎょーだの、煽りのごとく耳障りな叫びを上げ散らかしやがっ「ぷぎゃあああああ」――うるせえッ!!

「やってやろうじゃねえか豚野郎共ァ!!　人間なめんなオラァアアアッ!!」

チェンジといいつつ実は無手からでも起動できる《クイックチェンジ》で【鉄の直剣】を呼び出し、フル回転させていたＡＧＩをＤＥＸで従わせ瞬時の反転。およそ五メートルの距離を保っていた先頭の一体へ向けて、俺は怒りの雄叫びを上げて躍りかかった。

鼻面に直剣を叩き付けた勢いのまま、無様な悲鳴を上げたそいつの横っ面を蹴り飛ばして身体を横へ逃がす。間一髪で蹂躙を躱した俺は冷や汗を散らしつつ、そのまま群れの背後を取った。

馬鹿は馬鹿らしくそのまま仲良く彼方まで走り去ってくれれば話は早かったのだが、どうも群れ丸ごと完全に俺をターゲティングしたらしい。

俺を見失ったフールボアたちは互いに身体をぶつけ合いながら急ブレーキを掛けて――

「大型武器は投げるものァッ!!」

最後尾にいた数匹を、昨日ぶりの大斧ブーメランが直撃。見るからにカッサカサだった化茸どもとフールボアでは、流石に密度も体重も違うのだろう。群れ丸ごと蹂躙とはいかず、五、六匹を巻き込んだ辺りで大斧は勢いをなくして落下した。

しかし戦果は十二分。再び《クイックチェンジ》で直剣に切り替え、態勢を崩した群れへ突撃して瀕死の豚共を一息に刈り取る。大量の死亡エフェクトが視界を邪魔するのを無視して、全力で真横にダッシュ——案の定、方向転換を終えた群れが燐光を突き破り、弾幕の如く飛び出してくる。

群れの塊という巨大な弾頭から無数のホーミング弾へと方針転換した猪共だが、相変わらず一体一体の軌道は馬鹿正直な直線ばかり。数が多いので少しばかり注意は必要なものの、自分より遅い上に小回りの利かない連中の攻撃を避けるなど容易い。

真正面からのカウンターはただの自殺行為だが、擦れ違いざま横からの一撃であれば無問題。次から次へと襲い来るフールボアに、側面から手当たり次第で直剣を叩き付ける。なんかリズムゲーでもやってる気分になってきたが、生憎と響き渡るのは音楽ではなく耳障りな豚の叫びだ。

粗方の突進を捌き終われば、再び反転。既に方向転換を終えていた豚共の次撃をやり過ごしながら、今度は体勢の崩れた奴らのケツをしばいて回る。

「ざっとこんなもんだ反省して出直して来いや豚共‼」

おそらくは、ソラが見たらまたドン引きするであろう様相であることにも気付かないまま。

戦闘に夢中になるとついテンションがカッ飛んでしまう俺は、機嫌良く高笑いを上げる。

こちらは一撃喰らえば終わりとはいえ、所詮は攻撃手段を一つしか持たない雑魚オブ雑魚である馬鹿猪の群れ。キレ倒した狂戦士に抗うすべなく、群れは瞬く間に数を減らしていった。


白に染まっていた視界が徐々に色付き、景色が広がると共に賑やかな音が広がった。パチパチと慣らすように何度も瞬きをしながら、見渡すのは昨夜ログアウトした噴水広場。

昨日は大勢の前でみっともない姿を晒してしまったが、再び仮想世界へ降り立った自分への注目はそれほど……少なくとも、気にするほどではない。現実ではまだ朝の七時頃にもかかわらず行き交うプレイヤーの数は多いが、昨夜のギャラリーとバッタリなんてこともなく安心する。

一晩グッスリと寝て、気分新たに仮想世界へ舞い戻ったソラは「よしっ」とやる気を漲《みなぎ》らせた。とにもかくにも、恥ずかしさから一方的に別れてしまったハルとの再会を目指さなければならない。あれだけお世話になったにもかかわらず、連絡の手段も得ないままで一方的にログアウトしてしまったのだ。もう一度会ってきちんと謝り、できることなら友人《フレンド》になって欲しい。

きちんと理解した上で選んだものの、やはりイスティアを選択する新規プレイヤーは稀なようで。どうにも戦闘不得手らしい自分には攻略の仲間が必要であると、昨日嫌というほど自覚したソラである。そう都合良く同期や後続を望めない以上、頼れる相手といえば彼しか思い浮かばない。

頼るばかりで申し訳なさは感じるものの、背に腹は代えられない……そしてなにより、彼との冒険は楽しかった。最後の最後でアレな一面は垣間見たものの、制御不能な勢いでテンションが上がっていただけだろうと考えれば納得できないこともない。

「また、会えるかな……」

やはり悔いるべきは、羞恥に任せて勢いでログアウトしてしまった昨夜の愚かさ。このゲームはフレンド登録やクラン所属など、なにかしらコミュニティラインを築かなければメッセージのやり取りができないようになっている。そのため再びソラがハルと出会うためには、恥を忍んで道行くプレイヤーたちから彼の行方を募るか、運に任せて二度目の偶然を願う他にない。

新規プレイヤー皆無なイスティアでは一目で初心者とわかる自分たちは目立つだろうし、前者はそう難しいことではないだろう——問題なのは、ソラが少々の人見知りを患っている点くらいか。

　ぐずぐずと後者に逃げてしまいそうになる心を自覚して首を振ったソラは、自然と弱気になりかけた己に活を入れて顔を持ち上げる。

「……私が失敗しちゃったんだから、私が頑張らないとっ」

　アンニュイな表情で佇んでいたり、昨夜の冒険を思い返して顔を綻ばせたり、その後の失敗を思い悲しげに目を伏せたり、最後には自分を勇気付けるように拳を握って気合を入れたり。

　アバター的に文句なしの美少女がそんなことをしているものだから、居合わせたプレイヤーたちから生暖かい視線を送られていることに、ふんすとやる気を漲らせている少女は気付かない。

　一発で新規とわかる少女の様子に「チャンス」と声を掛けようとする者も当然いるが……そんなことに意識が向かないソラは、近くを通りがかったプレイヤーに声を掛けようとした——その時。

「——クッソあの猪野郎が絶対許さんッ!!」

　前触れなく死に戻り《リスポーン》してきたハルの怒りの声が、誰よりも早く噴水広場に響いたのだった。


　ふざけんなよあの猪野郎が急に出てきたと思ったら容赦なしに行動阻害からの突進ワンキルとかどう対処しろと群れを滅ぼしてこちとら完全に戦闘テンション切ったタイミングだったというにてかボスの出現条件達成型かよトリガーはなんだまたあの馬鹿共トレインしなきゃならんのかＡＧＩ型じゃない奴どうすんだよなにか他に条件が「は、ハルさん……？」あったりすんのかいやあるんだろうな一定数討伐とかか？　まあ一体一体狩るのもそれはそれで面倒だしやっぱまたトレインするのがいやでもあの範囲行動阻害どう対処すりゃ――

「あの、ハルさん！」

「んあっ？」

怒りのままに思考をフル回転させていた俺を、聞き覚えのある可愛らしい声が引っ張り上げる。

いや、聞き覚えがあるもなにも……。

「え、あ……ソラ？」

それは昨日冒険を共にして、いろいろあって勢いで別れてしまった一晩限りのバディだった。

「そ、その……おは、おはようございます」

「お、おう。おはよう……」

「「………」」

……え、どうしよう。また会えたらいいなとは思っていたが、最後の印象が強過ぎてどんな顔すればいいのかわからんというか妙に気恥ずかしいというか。

とりあえず、腕に抱きついてきたことに感謝でも伝える？　アホか、ひっぱたかれるわ。

向こうも向こうで似たようなものだろう。俺と同じ場面でも思い出しているのか、微妙に頬を染めたりなんかしてくれちゃってるので余計に居心地が悪くなる。

……うーん。別にこういう甘酸っぱい感じはノーセンキューとか言うつもりはないし、俺だってこの春から大学生のまだまだ青春を許されている青少年である。

見た目こそ作り物《アバター》とはいえ……性格が良く声も仕草も可愛らしく、なにより異性だが一緒にいて不思議と気疲れしないし和む。そんな風に現状では文句なしの美少女という評価を勝ち取っている彼女と、なんの間違いかラブコメじみた空気を醸し出せているのは光栄の一言だ。

——だが正直なところ、今の俺はアルカディアというゲームを全力で楽しみたい。なにより少女も俺と同じく、この世界を楽しみたい気持ちで一杯なのは昨夜の冒険を通して伝わってきた。

つまり現状、やはりラブコメノーセンキューである。ソラとアレな空気を形成している俺に対して睨みを利かせている周囲の先輩方に向かって口にすれば、情け容赦なしのリスキル地獄が生まれる可能性すらある暴言と承知だが——ノーセンキューだ。

オーケー。今この時より俺は、目の前の少女を『妹分』として扱います。

「——よし」

決めた瞬間、俺の中からいろいろと煩わしいあれこれがサッパリと消えた気がした。ソラは可愛い、けどそういう対象ではない。一緒に遊んでて楽しい妹的な存在でＦＡ。

「ソラ」

「っは、はい……」

「昨日言いそびれたんだけどさ、良ければフレンド登録どうかなって」

自分でも少々違和感があるほど、綺麗サッパリと先ほどまでの空気を霧散させて俺は言う。ソラもその変わり身の早さに戸惑ったのだろう、大きな目をパチクリさせているかわいい。

「そ、え……あ、いいんですかっ？」

「いいもなにも、ソラみたいな女の子とフレンドになれるなら大概の男は万歳ものだが」

「っ……？　……!?」

あダメだこれ。異性としての対象から排除すると言葉選びが軽くなってしまう。昨日の『紳士』を心掛けていたときとは明らかに違う、若干軟派な物言いにソラは戸惑いを深めている様子。

方向修正。妹分とはいえ距離感は近過ぎず、もうちょい紳士寄りに……。

「昨日は楽しかったからさ、これからも一緒に遊べたら俺も嬉しい」

微笑みはあくまで自然に——刮目せよ、三年間のバイト生活で培った自然体営業スマイルを!!

「………」

そうしてこちらの意思を伝えれば、何事か考えている様子のソラ。しかして、最終的に俺のバイト戦士スマイルが功を奏したのか、別の要因かは知る由もないが——

「よ、よろしくお願いしますっ……!」

と、いうわけで。どこか緊張した様子で頭を下げる少女《ソラ》の名前が、まっさらだった俺のフレンドリストに刻まれたのだった。


ソラから「せっかくですし、今日もご一緒しませんか?」と嬉しいお誘いがあったので、一も二もなく承諾した俺は即座に彼女をパーティに招待。俺と同じく装備を調達するためにNPCショップへ案内してから、連れだって【地平の草原】へとやって来た。

ちなみに彼女は魔法の発動補助用らしい【初心の指輪】と、動きを阻害しない革製の軽装防具を購入した。どこぞの武器だけ買って初期ビジュアル継続中の蛮族にも見習わせてやりたい。

「という感じで、あの猪共とやり合っていたわけだが」

舞い戻った身の俺からこのフィールドのメインエネミーたる馬鹿猪のレクチャーをすると、ふんふんと頷いていたソラは首を傾げた。

「聞いた限りでは、そんなに強そうには思えないんですが……」

「まあ弱いよ。あ、いや、ソラのＡＧＩだと至近距離から走られたら厳しいかもしれんが」

「そうですね、間合いに注意……あ、え？　えと、ハルさんでもやられてしまうくらいなのでは？」

んん？　……ああ、そういうことか。

「さっきのリスポーンについては、コイツらが犯人じゃないんだなこれが」

いや、初回に舐めプかまして一度轢き殺されたけどね。アホな黒歴史など当然ながら秘密だ。

「別の敵が……？」

「別というか、この馬鹿共……猪共の親玉って奴かな」

――その名もズバリ、【土埋の大猪《ベアリィ・ボア》】。体高五メートルは下らない埒外の巨体で地面に埋まっているというふざけた生態を持つ、この【地平の草原】を牛耳るエリアボスだ。

「具体的に言うと、出現時に起きる地震で強制硬直喰らってそのまま踏み潰された」

「……わぁ」

気味の悪い面した菌類の体当たりという、中々にソフトな死因しか経験のないソラである。そのため〝ミンチにされた〟という俺の体験談に衝撃を受けたらしく、軽く頬を引き攣らせていた。

俺としても美少女が馬鹿でかい猪にペシャンコにされる、なんてショッキングなシーンなど見たくはない。勝算を持って望みたいところだが……さて。

「位置が最悪だったのもあるからなぁ。目と鼻の先がデフォルトの出現位置とは思いたくない」

「なにか、前触れとかはなかったんですか？」

「前触れなぁ。直前まで三十頭くらいの大群と戯れてたから、確かに予兆を見逃した線はあるかも」

「さんじゅっ……ぇ、どういう状況ですか？」

どういう状況だろうね……いや、俺も自らアレな行動を選択してるつもりはないんだよ。

「さておき。ソラは雑魚猪も初だし、まずは一頭ずつ狩ってみようか」

「ぁ、はいっ！」

俺は十頭ほど狩った辺りで堅実を放棄して風になることを選んだが、もう少し地道に続けていたら普通にフラグを察知できた可能性もある。せっかくこうしてソラと合流できたのだ。先刻の一人旅はなかったことにして、のんびり楽しんでいく方針に変更するとしよう。

「その……とは言っても、相変わらず私には攻撃手段がないわけですが……」

と、思い出したように呟き小さくなるソラだが……はて。

「昨日ログアウトしてそのままでは？　俺はいくつかスキル取得してたし、ソラも見てみなよ」

「あ……そういえば」

確かに攻撃は俺任せだったが、彼女の回復支援がなければこちとら何度死亡エフェクトを撒き散らしていたかわからない。しからば確かな戦闘貢献を行っていた彼女に、ボス討伐を経て何一つスキルが与えられていないというのは考えにくい。

……いやまぁ、プレイヤーの行動如何というなら攻撃魔法は生えなそうだけどさ。なにかの間違いで取得できてるかもしれないじゃん？　システムだって美少女には優しいと俺は信じて――

「えと……《癒手の心得》？」

はい。純正ヒーラー路線確定のお知らせ。

どう捉えても攻撃に関与するスキルではない名称を読み上げて、ソラはなんとも言えない悲しそうな顔。〝前に出たい〟というその内心を知る俺は、居た堪れない光景からそっと眼を背けた。


「十頭目……っと」

群れを成しても捌けることを確認済みの今の俺には、単体ごとき恐れるに足らず。可愛らしい膨れっ面を披露してくれているソラから癒しを頂戴しつつ、サクサクと【フールボア】を狩っていく。

「むぅ……ハルさんが無傷で倒しちゃうのも、私の不満の要因なんですよ！」

「そう言われても、一撃喰らったら即死するがよろしいか？」

「えっ……な、なんでそんなに虚弱なんですか！　というか今更気付きましたけど、防具！　どうして装備してないんですかっ⁉」

虚弱って……ともあれ、仕方ないんだ。直剣と大斧に加えて防具まで着込んだら所持容量制限に引っ掛かって、狩りをしても戦利品を持ち帰れないとかいう意味不明な状況になるから。

さておき、問えばイメージ通りお利口さんというか、ソラはバランス良くステータスを振っているご様子。流石に彼女の進むであろう育成方針的に無意味な筋力やらへ注ぎ込んでないのは安心したが、普通に俺より頑丈でしたわこの娘。奴らに一度撥ねられる程度は平気なのではなかろうか。

「まぁ、うん。当たらなければノーダメだから」

「のーだめだと私が困るんですっ！」

ゲーム用語を言い慣れてない感よ、和む。さておき、現在の俺が回避困難な全体攻撃などに対して極端に弱いのもまた事実。実例として〝一面のボス〟で詰まってるわけだしな。

「かといって、素直に武器一本に絞ってスキルを腐らせるのもなぁ……」

特化適性には劣るとはいえ、《全武器適性》及び《クイックチェンジ》はこのゲームが「俺に似合いだ」と誂えてくれたスキルだ。せっかくなのだから活かしていきたいし、その先で極まったこのアバターがどんな活躍をするのかも見てみたい。ペアとして噛み合っていないことは承知だし、出番を回してやれないことを悪いとは思っているのだが……。

「とりあえずは、暫定維持の方針で」

「むぅ……私も武器買ってこようかな……」

このゲーム魔法に関しては武器の補正が働かないらしく、補助の指輪を見繕っただけのソラは現在無手だ。『杖』なんかもあるにはあるが、そっちは杖術も交えた魔法戦士とかの領分になるらしい。

空っぽな自分の両手をにぎにぎしながら呟くソラだが……うん、やめとこう？　近接デビューは目を瞑《つむ》らずに武器を振れるようになってからにしようね。

極力やわらかい表現でそう諭すと、ソラは至極不満げに頬を膨らませていた。

「おん？」

「わっ⁉」

あれからしばらく狩りを続けていた俺たちは、唐突に訪れたとある異変に二人して声を上げた。

それは、微かな振動。

仮想現実がもたらす精細な感覚によって徐々に近付いてくることがわかる、この揺れは——

「あの、もしかして……」

「これが予兆か……？」

初回の遭遇は群れを殲滅した直後、足元からというガチ切れ案件だったが……なるほど。ボスの出現条件が『雑魚の一定数討伐』と仮定すれば、群れとの戦闘中に条件を満たした可能性が高い。

足元から伝わる振動は微細ながら確かに感じ取れるものだが、武器を手にテンション高く駆け回っている最中なら気付かなくても不思議ではないだろう——で、あるならば……。

「最初の行動阻害も対処できるな……ソラ、とりあえず戦ってみるから少し離れてて」

「……ＶＩＴも成長させるか、防具を着てくれませんか？」

「ごめん以後は前向きに検討致しますので……」

前衛がなにを喰らっても即死する——というアレな理由でボス戦すら仕事のないヒーラー様は、ジト目でいたくご立腹の様子だが……今回からは、ソラも完全なる観戦役というわけではなくなる。

「支援分はしっかり働きますゆえに」

「むぅ……《スペクテイト・エール》」

そろそろ頬を膨らませての不満げな様子が板に付いてきたソラから、彼女が新たに取得した支援スキルを頂戴する。おそらくは『観戦者の声援』という意味のスキル名を心の底から気に入らない様子の彼女だが、その効果のほどはなかなかにユニークかつ強力だ。

設定された条件を守ることによって、支援対象者の全ステータスに上昇倍率を掛けるこのスキル。その補正倍率は驚異の二割増しと、新規プレイヤーがあっさりと取得したにしてはかなりぶっ飛んだ補正値だが……効力発揮の条件は『術者が以降の戦闘に参加しない』という非常に極端なものだ。

――誰のせいでこんなスキルが発現したんですかねぇ。あっあソラさん睨むのはやめて。

指輪を嵌めた右手を持ち上げたソラがスキル名を呟けば、対象となる俺の身体が微かに発光する。

「っ……と、やっぱこれ戸惑うな」

ステータスが上乗せされ、急激に変化する感覚のズレに思わずよろめくが……まあ、慣れだな。瞬間的な能力変化への順応力に関しては、追々身に付けていけばいいだろう。

現在レベル18である俺のステータスポイント総計は180。各々に振り分けたその全てが二割増しになるので、単純計算4レベル弱のブーストに相当する強化――これレベル上限が100だとして、カンストプレイヤーに使ったらＬｖ・120の怪物になるんだよな……？

「ハルさん？」

「いや、ちょっとソラの将来に慄いてただけ」

俺の複数武器適性が全武器適性へと成長したように、もし彼女の《スペクテイト・エール》が更なる進化を遂げようものなら……考えないようにしよう。空恐ろしい想像よりも、今は目の前まで迫りつつある地揺れの主が先決だ。……ソラだけに空恐ろし――

「ツッコミ回避ぃ！」

身も凍るような思考を抑え切れなかった俺の足元から、二度目の遭遇となる土塗れの巨体が比喩ではなく大地を揺るがし姿を現した。予兆さえ確認できていれば、登場の仕方は既に把握済みである。振動による強制硬直はタイミングを合わせて跳躍回避！

「――――――――ッッッ!!」

大猪……というよりも、牛の如き野太い雄叫びを上げる奴こそが先刻、俺に対して当然の権利の如くハメコンくれやがった悪虐の徒【土埋の大猪《ベアリィ・ボア》】だ。

「ひっ……!?」

後方で少女が息を飲む気配がするが、さもありなん。俺とて出会って三秒で擦り潰されたりしていなければ、キレるよりも先にビビっていたことだろう。

体高は優に五メートル以上。土塗れの体毛は、タワシが柔らかボディと思えるほどに一本一本が太く強靭。「お前それでどうやって地中に潜るの？」と疑問を呈さずにはいられない巨大な二本の牙は、まるでワインオープナーのように派手な螺旋を描いている。

見るからにＶＩＴとＳＴＲの化身といった風貌だ――ということで、まあとりあえずは……。

「ご挨拶仕りますってな――くたばれぇッ!!」

開幕ハメコン初動の地揺れを空中でやり過ごした俺は、片足でねじくれた牙の上に着地。至近距離で視線が噛み合った、思いのほかつぶらな瞳へと――情け容赦なく、直剣の鋒をぶち込んだ。

腕ごと叩き込むような勢いで突き込んだ直剣が深々と眼球を貫き、登場して数秒と経たずに悲鳴の絶叫を上げた大猪の右目から、鮮血代わりの真赤なエフェクトが激しく噴出する。

「流石だぜ【Arcadia】――部位破壊システムくらい当然あるよなぁ!!」

堪らずのたうち回る奴の鼻面を蹴り付けて離脱した俺は、治まったクリティカルエフェクトの奥、瞳の代わりに描写された大きな傷跡にテンションを上げ……おっと。

「…………」

背後に感じるは視線。更に正確に言うなら、なんかやべえものに向けられる視線だ。

自重しろ俺。齢十八にして初めて発現した己の悪癖は、いたいけな少女にオープンして許されるアレではない——そして自覚しろ俺。お前は今、やべー奴だ。

「クールに……冷静にクールで行くぞ俺……！」

その呟きが既にクールではないが、昨日の今日でわりと自分でも持て余しているアレである。心を鎮めて、されどパフォーマンスは落とさぬよう思考のトルクは上げたまま——

「っし、悪くない。そんじゃかかって来いよ馬鹿共の親玉め——リベンジマッチだ」

強引にギアを調整した俺が嘯《うそぶ》けば、いきなり片目を奪われた大猪は猛り狂った様子で……鼻息荒く「今すぐ轢き潰す」とばかり、蹄を掻いて宣言した。


「——ッラァ!!」

十メートル以上も離れた安全圏。ターゲットされていない自分でさえ足が竦んでしまうような大質量の突進を、そのプレイヤーは身を掠めるようなギリギリで躱して当然のように反撃を見舞う。

「雑魚と変わらず突進だけかぁ!?」

不遜な、けれども昨日のアレよりは……まあ、大人しい態度か。煽りに反応したのか否か、彼の近くで急停止した大猪は身をふるい、全身に付着していた土を凄い勢いで撒き散らした。

明らかに身に纏っていた以上の、大量の土塊が飛散するゲームめいた全体攻撃――それを、

「――っ」

反応したのか、

「のッ――」

思考しているのか、

「――くぉ……ッ！」

見えているのか、

「――――っしゃ全回避ぃッ!!」

身を屈めて、地を蹴って、跳躍、背面跳び、側転、片手跳び――空中で展開した大斧に身を隠す。

完全に曲芸の様相を呈したその過程を、映像に撮って本人に見せたら少しは自覚するものだろうか。

「当たり前みたいに初心者さんって顔してますけど……」

――彼は果たして、自身の異常性に気付いている様子はない。ハルは【Arcadia】のことをほとんど知らずにこの世界へとやって来た。まだ出会って間もないが、そんなことはすぐに気付いた。けれど、ソラは違う。ハルがなぜこうまで無知でまっさらなのかは知る由もないが、このゲームは決してクローズな世界ではない。世に出て三年が経つ今でさえ『唯一の仮想世界』であり続ける【Arcadia】は、変わることなく世界的な話題の中心だ。

技術的なことは元より、ゲーム内のごく小さな新発見ですらあらゆるメディアが我先にと取り上げる毎日。大小イベントなどあれば、仮想世界内の映像が大々的に放映されるのが当たり前なのだ。

だからソラは知っているし、わかってしまう。自在に飛び回る彼の動きは決して、仮想世界に飛

び込んですぐの人間ができるようなものではないのだ。

しかしながら。自分でもなぜだかよくわからないまま、ソラはその事実を伝えられずにいて——

いや、本当はわかっている。なぜって、それはもう少しの間だけでも……たとえ自分はフリだとしても。同じ『無知』の立場から、無垢にはしゃぐ彼の姿を見ていたいと思うから。

一人言い表せない思いで見つめる少女の視線の先。

大猪を手玉に取る青年は、まるで無邪気な子供のように——眩しいくらいに笑っていた。

初心者エリア第一の関門こと【土埋の大猪】総評。結局のところ出現時の範囲スタンさえ対処してしまえば、奴は正直言って苦戦する要素が見当たらない優しいボスであった。

つい巨体の圧で竦みそうになるが、突進の速度自体は雑魚と大して変わらず冷静に見切れば回避は容易。纏った土塊を飛ばしてくる範囲攻撃も、着弾位置が奴を中心に一定のため対処は難しくない。

また開幕以外にも地揺れによる強制硬直は使ってきたが、前脚を振り上げる予備動作がわざとらしく長いので縄跳び感覚で回避余裕……と、その難度は正しく初心者用といった具合だったので、

◇【土埋の大猪】を討伐しました◇

◇称号を獲得しました◇
・『土埋の大猪を討伐せし者』　・『地平を駆けゆく者』
◇スキルを獲得しました◇
・《ボアズハート》　・《軽業》

　まあ、こうなる。サクッと直剣が眉間に突き立った瞬間、大猪はピタリと一切の動きを止め同時にいくつものログがポップアップ――

「完全勝利ぃ！」

　爆散する大猪の骸とファンファーレをバックにピースサインを送れば、後方で控えていた勝利の女神はぷいっとそっぽを向いてしまった――俺視点ではちょっと顔がどうしようもなく緩みそうになる可愛い案件だが、彼女の内心を思えばフォローの一つも考えないと愛想を尽かされかねない。

　なんの因果で俺ごときフツメンがご一緒できているのかも謎な、推定美少女かつ性格も楚々として素直ないい子である。現状のどこにも、好き勝手に胡座《あぐら》をかいていて良しとする点はないのだ。

　ご立腹のソラへと歩み寄れば、チラチラわかりやすく横目で見てくる辺り〝怒っているポーズ〟であると丸わかりなのがまた……。

「ソラはかわ――っぶねぇ！」

「へあぃ……⁉」

　危ねえ！　ボス戦後の解放感余って頭んなかぶちまけるとこだったわ‼

かわいいなぁじゃねえ、なにごく自然にナンパしようとしてんだそういうキャラじゃねーから!!

我ながらわざとらしい咳払いを一つ、突如とち狂った俺に肩を跳ねさせた少女のフォローに入る。

「いや助かったよ。支援効果《バフ》がなかったら危なかったかも」

「……そうは見えませんでしたけど。相変わらず、おかしな動きしてましたし」

おべっかと判断されてしまったのか、ひんやりした態度を頂戴するが……危なかったのは正直マジなんだよな。初見の土飛ばし、反射的に全回避に走ったけど素のステータスでアレが可能だったかは怪しい。ダメージ判定があったとしても流石に土くれ被弾で一撃死はなかったと思いたいが、撃ち落とされたところに追撃で死んでいた可能性は十分にあったはず。

　可愛い同行者のご機嫌取りに、惜しむ手間などありはしない。そんな心算の俺がそう捲し立てれば、ソラはいまだ不満げではあるものの——

「むぅ……そういうことにしておいてあげます」

　と、一応の納得は得られた模様。

「ともあれ、なにか手は考えたいとこだな。流石に観戦ばっかりじゃソラも退屈だろうし」

「ほんとですよ。昨日何度か回復スキルを使った以外に、戦闘に参加すらできてないんですから」

　うん、まあ俺もソラの立場だったら暇過ぎて文句も言いたくなる。やはりなにかしら、ソラが戦闘に介入できる手段を見つける必要があるだろう。

「つきましては、今のリザルトで新しいスキルなどは？」

「あ、そうでした。えと……《観測眼》？」

　ふむ、どう捉えても攻撃魔法かなにかとは思えないお名前だこって。やっぱ攻撃系のスキルは直接戦闘で経験を積まないと生えない感じかねぇ……ともあれ、興味を引く名前ではある。

「ほー。どんなスキル？」

「えと……んん、なんというか、ある程度距離を取った相手の動きが、こう……わかりやすく……？」

と、どうも言葉で説明するのが難しいらしく、俺と一緒に本人も首を傾げてお困りのご様子。例の脳内インストールがあるため、ソラ自身は理解できているのだろうが。

「うーん……あの、あそこにいるフールボアを見てください」

「はいよ？」

言葉がまとめられないなりに説明を試みようと、ソラは少し離れた位置にいる猪を指差した。

「例えば、あの子が突然走り出したとして」

「して？」

「私たちがそれを認識するのは、それから少し遅れますよね？　あぁ、走り出したなって思うまで」

「んー？　ん、あー……？　あぁー」

なんとなく言いたいことはわかる。要は見て、捉えて、理解するまでの所要時間みたいな。

「その遅れを短縮してくれるスキル……みたいです。あの、伝わりますか……？」

「大丈夫、意外と伝わってると思う」

要は視覚情報の処理速度が上がるってわけだ。これはわりと優秀なのでは……え、そんなこともできるのか？　一個人の知覚速度云々まで操作とかどんな……まーた謎技術か、流石だぜ【Arcadia】。

「聞く限りじゃ、めっちゃ便利そうだけども」

活かせるかどうかはソラ次第だが、対応速度の向上につながる《観測眼》とやらはかなり戦闘に向いた――というか、普通に戦闘用のスキルでは？　本人もそう考えたのだろう。御所望の攻撃魔法ではなかったとはいえ、少女の顔には徐々に期待の色が浮かんでいく。

「距離を取るって条件は、もともと近距離戦を切り捨てて考えてたから問題なしだよな。そのスキルを活かすとすれば遠距離武器……弓、とか？」

「そう、ですね。銃はまだ手に入らないでしょうし、攻撃魔法を覚えられるまでは弓でしょうか」

まあそれが無難で――え、ｗｈｙ？　このゲームって銃あるの？

バリバリのファンタジーテイストにしては珍しいっすね……。

ネットなどで調べる気になるまでは無知継続な俺が驚いているのをよそに、ようやくの指針を手に入れてソラはやる気が湧いてきたご様子。とりあえず「試してみます！」とワクワクしながらスキルを起動した様子の彼女を、俺は微笑ましく眺め――

「――はぇっ」

次の瞬間、ソラは素っ頓狂な声を上げてフラついた。

「っ……、っ？　……！　……っ⁉」

「そ、ソラさん……？」

一度フラついただけでは済まず、なんだか呻きのようにも悲鳴のようにも聞こえるか細い声を上げている。すぐさま異変に気付き、声を掛ける俺の傍――カクンと、ソラの膝が崩れた。

「おいっ……⁉」

反射的に手を伸ばし、少女の華奢なアバターを受け止める。ＨＰは満タンだし、なにかしら状態異常を受けたわけでもない。原因不明で急に倒れかけた彼女の顔を、心配から覗き込めば……。

「う……きゅう……」

ソラはなぜか、目をグルグルと回していた——いや、ほんとにグルグルになってんだよ。漫画とかでよく見る、瞳孔がグルグルの線になるアレ。頭から煙出すとか然り、現実と遜色《そんしょく》のないグラフィックでギャグみたいな表現突っ込んでくるから違和感が……いやまあ、今は置いておこう。

「ソラ、大丈夫か？　……おーい、ソラさんやーい？」

「う……先が、見え……前と重なっ……な、がって、ぐらぐら……！」

「お、おう……？」

なんだか頭痛を堪えるみたいにギュッと目を瞑ったソラは、フニャフニャした声音で何事か訴えかけてくるが、不明瞭で途切れ途切れの言葉に俺は首を傾げるしかない。

咄嗟に支えた俺に寄り掛かり、少しの間は自立する努力をしていたようだが……あ、ダメみたいですね。完全に脱力して身を預けてきたソラを庇いながら、ゆっくりと彼女と一緒に腰を下ろした。

なんか、そう……アレだ。居酒屋でバイトしていたときに見たことのある、酔ってグロッキーになりいろいろぶちまける五秒前のおっさん。

推定美少女の様子を表すたとえとしては最悪だが、申し訳ないけど完全に一致である。込み上げる吐き気の息苦しさを誤魔化すように、縋り付いた手に力を込めてくる様までソックリ……あの経験に例えるのはやめよう。五秒後に訪れた惨劇まで精細に思い返してしまえば、メンタルが死ぬ。

幸いソラは……そもそも、この世界で気持ち悪くて吐いたりできるのかは不明だが、苦しげに頭を揺らしながらも徐々に落ち着きを取り戻していった。

「……大丈夫？」

「ごめ、なさ……もう少し、このまま……」

それでも少々時間は必要らしく、俺に身を預けたまま辛そうに呟く。役得……ではあるものの、普通に心配である。試しにと起動した新たなスキルが原因なのは明白だが……さて。

「っ、……ふ、ぅ…………あ、あの……っ」

「落ち着いた？」

身動《みじろ》ぎでもすれば死――とばかりに一切の動きを止めていたソラだったが、しばらくしておずおずと顔を上げた。完全にもたれかかっているのだから当然のゼロ距離。見上げた俺の顔の近さに一瞬息を詰めて顔を赤くするも、慌てて飛び退る様子はない。

目が合った彼女の瞳は微妙に焦点が定まっておらず、どうもまだ少し目を回しているようだった。

「無理しなくていいよ。なんなら横になる？」

そう言って示すように膝を叩く。ソラは驚き、次いで微かに頬の朱を深めて小さく首を振った。

「だ、大丈夫……です。すみません急に、ありがとうございます……」

徐々に落ち着きを取り戻し、少女は一つ息をつくと「んしょ」と身体を起こす。

「スキルのせい、だよね？」

「はい、あの……強烈、でした」

ふむ、強烈とな。

「ええと……スキルを使った途端に、動くもの全部がブレて見えたと言いますか」

「ブレる？」

「はい。多分、本来知覚できる情報と《観測眼》で知覚できる情報が混じって見えたんだと……」

「……ほおん？」

ヤバいわからん。これ多分、本人しか理解できない感じのやつではなかろうか。

「わかるんですけどわからないというか、見え過ぎるというか……多分ですけど、私の処理能力が足りないんじゃないかと」

「えぇ……そんなスキル生えるもんなのか？　使う度に使用者をノックアウトするスキルなんてただの自滅技じゃん」

「ん、と……なんとなくですけど、慣れたら大丈夫な気がします」

「慣れるとかそんなレベルの様子には見えなかったけど……」

「スキルを覚えると、おおよその使い方がわかりますよね？　あれと同じで、多分大丈夫じゃないかって感覚があります」

ふむ……つまり要練習か？　そこまで強烈な変化をもたらすスキルだというなら腐らせるのも勿体ないし、本人がそう言うなら特訓してものにする方向でいいだろう。

「んじゃ、練習しようぜ。普通に何度も使えばいい感じ？」

「そう、ですね。猪さんたちは普段はのんびりした動きですから、何度か使っていれば……」

「おっけ。背もたれは任せて」

「はい、ありがとうござ——ふぇ？」

「ん？」

「え？」

ｗｈｙ？

「い、いえあのそんなっ、背もたれなんてそんなことっ」

「いやでも、このフィールド寄り掛かれるようなオブジェクトもないし」

マジで見渡す限りの草原だからな。岩の一つくらい転がっていてもいい気がするが、猪たちの餌なのであろう謎の実を付けた茂みくらいしか設置物が存在しない。鞄《かばん》でもあれば枕代わりにできるかもしれないが、異空間収納《インベントリ》というゲームの恩恵に預かる俺たちは当然の手ぶらである。

「男だと思うとアレかもしれんけど、所詮ほらアバターだから。気にせずどんとこい」

ソラに妹分判定を下した俺に、もはや羞恥や下心など存在しない。この申し出は十割親切心からのもので――いや盛りました。一割くらいは下心ありますとも男だからなぁッ!!

「そ、え、でもっ……ぅ、うぅ……っ！」

下心など欠片も存在しないかの如く『頼れる男』を気取った俺に、ソラは戸惑ったようにもじもじと――え、なにその仕草かわいい。俺に効くからやめて差し上げて？

「うぅ………では、その……付き合って、くれますか？」

「おう、任せなさい」

わざとらしく胸を叩いてみせれば、ソラはクスリと笑みを零してから――少し迷った後に、背中合わせで身体を預けてきた。現実のものとしか思えない仮想現実の体温が伝わってくるが、冷静に努めてドギマギと拍数を上げそうな心臓を宥めすかす。

聞こえてくる、意を決するかのような呼吸音。特訓を開始したのであろうソラを意識し過ぎない

ために、俺は自身のことに意識を傾ける。ＭＭＯにおいては時間潰しなど、ステータスを開けば無限に可能であるからして……そこそこ数が増えてきた称号や新規取得したスキルなどはとりあえず置いておき、まずはステータスからだな。

　ボス戦やら雑魚狩りのトータルで、結構レベルが上がりポイント貯蓄がいい感じである。やたらレベルが上がりやすいなこのゲーム、昔いくつか触ったＭＭＯよりも大分簡単に成長する印象だ。早熟を助ける『闘争』の加護も要因かもしれないが……さておき、ステ振りしていこうかね。

◇Status◇

Name：Haru　Lv・23（60）

STR（筋力）：15　AGI（敏捷）：70　DEX（器用）：70

VIT（頑強）：5　MID（精神）：5　LUC（幸運）：5

◇Skill◇

・全武器適性

《クイックチェンジ》《ウェポンダーツ》

・Passive

《アクセルテンポ》《ボアズハート》New!《軽業》New!

「さて……」

　どうするかね。当初の方針ではＡＧＩとＤＥＸに極振りしていくつもりだったので、半分ずつぶち込んで三桁の大台に乗せるのも吝かではない。ないのだが……なんだかんだで、今後もソラとペアを組む機会が多そうな予感がしてるんだよな、ありがたいことに。

妙に縁があるっていうのもそうだし、現状で互いの他に新規や同期が望めない以上、同レベルの攻略仲間を求めると自動的に俺はソラを、ソラは俺を頼る他にないのだから。

ならばソロ偏重のビルドは避けるべきなのでは？　ソラが攻撃主体のスキル構成に進むようならば話は別だったが、現状彼女の進む先は確定的に支援回復役だ。いつまでも一撃死がデフォルトの治癒無用ビルドでは、ソラと組む意味が単純に半減する。

《スペクテイト・エール》という壊れ気味な支援スキルとは噛み合っちゃいるが、そもそも観戦前提のスキルなんぞ多用させるつもりは一切ない。見ているだけとか、ゲームしてる意味あるのかってレベルだからな。彼女は俺のオプションではなくプレイヤー——一緒に楽しまなければ嘘だ。

「そうなると……」

ではＶＩＴを上げるのかといえば、ことはそう単純ではない。ソラの言う俺の虚弱体は、ステータスのみならず防具を一切着ていない全裸状態にも起因する——全裸って言ってもゲーム的な意味での全裸だからな。ちゃんとデフォルトの村人然としたアンダーウェアは着てるからな。

さておき、ＶＩＴだけ上げたところでさして効果はないだろう。頑強ステータスは素の耐久力も補強はしてくれるが、その本分は防具に設定されている要求値を満たすことで装備可能とする点だ。

が、〝着込んでしまう〟と所持容量の枷に引っ掛かり、これまでのスタイルは完全に封殺される。

もう剣一本で戦えばええんちゃうのと言われそうだが、俺に生えた適性スキルは『全武器適性』であり、こいつは例えば『直剣適性』や『大剣適性』なんかの特化適性に補正値で劣るのだ。

武器一本に絞ったスタイルを取った場合、俺はそれら特化適性を持つプレイヤーの完全劣化型に成り下がり、加えて《クイックチェンジ》を始めとしていくつものスキルが腐ることになる。

……うん、詰んでるなこれ。やはり俺はこの道を行くしかないようだ。

◇Status◇
Name：Haru　Lv・23
STR（筋力）：15　AGI（敏捷）：70→100　DEX（器用）：70→100
VIT（頑強）：5　MID（精神）：5　LUC（幸運）：5
◇Skill◇
・全武器適性
《クイックチェンジ》《ウェポンダーツ》
・Passive
《アクセルテンポ》《ボアズハート》《軽業》

うむ、綺麗に百が二つ並んだ。ついでに新規取得した二つのスキルも見ていこうか。

《ボアズハート》――ある程度の助走を行うことで発動。そのまま体当たり、あるいは武器などによる攻撃アクションを行った際に追加ダメージ補正とノックバック効果を付与する。

《軽業》――AGI補正による高速機動をDEXがカバーする際、補助がより強く作用する。

「ほーん……？」

悪くない。ボアズハートは助走後のあらゆる動作が疑似的な突進スキルになるし、軽業のほうは単純にＤＥＸに振るポイントを節約できるので、その分ＡＧＩを伸ばせる。前者を得た理由がおそらく阿呆な爆走劇だったであろうことを除けば、満足の行く収穫だ。良きかな。

さて、最後は称号か。二度のボス戦を経て、数を増やしていたそれらを確認していく。

ふーむまあ序盤も序盤だし目立つ効果をもたらす称号はなさそうだが……『絆を紡ぎし者』、まあこれかな。ソラとペアを組んでの攻略を行ったことで手に入った称号だろう。

その効果は少々独特。特定のプレイヤーを指定すると、その相手と共闘する際に全ステータスに僅かな補正が入る。スタミナ微増だの経験値微増だの、微妙な効果が並ぶ中では魅力的な恩恵だ。他に相手もなし、発動対象をソラに指定して……と、こんな所か。

時折苦しげに零される吐息、遠慮がちに掛けられる体重――背中越しに伝わるそれらから意識を逸らすように、俺は集中してステータスウィンドウを操作していった。


練習開始からしばらくして。再使用待機時間《リキャストタイム》が終わるごとに目眩吐き気その他諸々との戦いを耐え抜いたソラは、宣言通り一時間ほどでスキルを御してみせた。

おそらく実戦運用も問題ないだろうとのことで、一度拠点へと戻った俺たちはソラの遠距離攻撃手段として短弓を購入。すぐに猪平原へと蜻蛉返りして、早速実践してみようという運びになった。

「では……行きます」

「危なくなったらフォロー入るから、気楽にね」

ファーストチャレンジにほんのり緊張を見せるソラに声を掛ければ、照れたような笑みを一つ。

少女は短弓の弦にそっと指をあてがう。

――途端、薄く発光する半透明の矢が出現。珍しいことにこのゲームの弓は物理的な矢を用いない完全魔法武器らしく、物質ではなく魔力が残弾となるようだ。

さて、本人談では現実で弓など触った経験はないらしいが、そこはゲームのほうでシステムによるアシストを働かせてくれるのだろう。如何なるガイドを受けているのか、彼女はまず素人とは思えない綺麗なフォームで弓を引いてみせた。

チラリと向けられる視線。直剣を片手に「いつでもどうぞ」と頷けば、スッと息を止めたソラが第一矢を放つ。その結果は……――ハイお見事。綺麗に眉間に突き刺さったな。

「当たりました！」

ぴぎぃと哀れな悲鳴を上げる猪、ガバッと振り返り大喜びのソラ――そしてその背後に迫る逆襲の影。そりゃまあ大斧の一撃で倒れないタフさを、矢一本で削り切れるわけないよなぁッ！

「っとお！」

「ふぇあっ⁉」

取り出した大斧を地面に突き立て、ソラの無防備な背中に突っ込んできた猪を迎え撃つ。柄で作り出した斜角でいなすように受け流せば、フールボアはそのまま後方へとかっ飛んでいった。

「す、すみませ……！」

「まあ気持ちはわかる」

二日目にしてファーストアタックだからな。はしゃいでしまうのも無理はなかろうて。

「今のって観測眼は？」

「えと、使いました。まだ維持してます」

「結構効果時間長い感じ？」

「魔力……ＭＰが続く限り、大丈夫みたいです」

「持続コスト型かぁ」

中々に優秀みたいだな。それならば、魔力量と要相談だがある程度の継戦も望めるだろう。

突進を終えてノソノソと方向転換しているフールボアの背を眺めながら、アレコレと言葉を交わす。流石に続けて油断はしないだろうし、このままソラ一人に任せてみてもいいのだが――

「前衛、張りますかね」

素のＳＴＲでは取り回しの利かない大斧を直剣に切り替え、手中で弄びながらソラの前へ出る。既にペア前提で動いているところがあるから、実際に俺が前にいる状況のほうが練習になるだろう。

「俺は攻め手を抑えるから、撃ち込めると思ったらバシバシいってみよう」

「は、はいっ……あの、当てちゃったらごめんなさい」

「まあ流石に初級の弓矢一撃で全損はなかろうて……ない、と思うよ？　うん、多分、きっと」

歯切れの悪い俺に苦笑いを見せるソラから目を逸らし、俺はフールボアのタゲを取りに走った。いや、流石に大丈夫だよな……？　ＶＩＴ：５の底力を見せてくれよ……!!

「――っヴぁあー……」

現実時間で正午きっかり。昼食のためにログアウトした俺は、目を覚ましたVR機器の上で横たわったままオッサンのような声を吐き出していた。

身体がクッッッッッッソだるい。なまじアバターを敏捷特化に育成してしまったためか、向こう側とこちら側での肉体の体感重量が違い過ぎる。昨夜もまあ酷かったが、二度のボス戦で得たステータスポイントを注ぎ込んだことにより更に悪化した気がする。

「果たしてこれはアルカディアプレイヤー皆が通った道なのか、俺のVR適性の問題なのか……」

後者だったら凹むなぁ……と、げんなりしながら鈍重極まるリアルボディをのっそりと動かす。さすれば俺の体勢変化を検知した機器が自動で上蓋を開け、高級リクライニングチェアのように無音で稼動した寝台が、極めて紳士的に背中を持ち上げてくれた。

……これ、ゲーム機器なんだぜ？　この辺の機能を取っ払えば、もう少しお安くなりませんかね？

「さーて飯めしっと」

共働きの両親は基本的に夕方以降まで家を空けているため、我が家はいつも静かなものだ。自室を出てリビングを素通り、キッチンの冷蔵庫で食材を漁る。

――さて、現実に身を置けども頭の中は仮想世界一色だ。あれからソラの戦闘訓練も好調に進み、俺たちペアの攻略は順調の一途。昼休憩を挟むため互いに一時解散としたが、嬉しいことに「この後も良ければ」と彼女から誘われている。

いや嬉しい。突如訪れた謎のリア充ムーブに、正直なところ今生の運を使い果たしていないかが心配だが……喜んで了承した俺の午後は、推定美少女との異世界探検が約束されているのだ。

まっこと、連鎖した偶然に感謝感謝といったところ……炒め物でいいか面倒臭い。

めぼしい食材を適当に引っ掴み、フライパンを火に掛ける。

料理って奴は、凝らない場合は意外と待ち時間が多い。今は一秒でも長く仮想現実に入り浸りたいと心が逸っているせいもあるだろう、鉄鍋が熱されるのを待つ僅かな時間でも億劫に感じる。

――ので、暇を紛らわすべくリビングのＴＶを点けてみることにした。

「やべぇ、リモコンとか三年ぶりに触ったな……」

【Arcadia】が発表されてから三年と少し。精神の安寧を守るため、俺はありとあらゆる情報媒体との接触を絶ってきた。スマホやパソコンから繋がるインターネットは勿論のこと、新聞や情報誌などの紙媒体までをも極力遠ざけてバイトに邁進する日々。

偶発的に【Arcadia】の情報に接触する機会に見舞われたことは何度もあったが、それも都度バイトと勉強を理由に徹底的に回避してきたのだ。

そんなわけで、俺は三年前から社会に置き去りにされていると言っても過言ではない。そこまでしなければ、仮想世界という世紀の大発明の話題をシャットアウトすることは不可能だったから。

しかし、ついに夢の世界への箱舟を手に入れた俺を縛るものはもう存在しない。むしろ本格的に攻略へ乗り出せば、情報媒体の助けは必須と言えるだろう。

そう思い、感慨深く電源を入れてみれば――ディスプレイに映ったのは奇しくも、現在俺の脳内十割を占める仮想世界関連の映像であった。

えーなになに……『アルカディア最強の剣王！　その強さの秘密に迫る⁉』とな。

剣王　ｉｓ　誰――知識ゼロの俺、最強やら剣王やら言われたところで全く付いていけない。フライパンに食材を放り込みつつ、金ピカの大剣を掲げた筋骨隆々の大男を思い描いていると――

「――うっお……!?」

数秒後、ＴＶ画面に映し出された『剣王』とやらを目にした俺は、思わず驚きの声を上げる。

可愛いだの綺麗だの、ありきたりな形容が憚られるような美少女が、画面の中にいた。薄っすらと青みがかった銀髪、ガーネットのように赤く煌めく瞳――総じて、同じ人間かと疑うほどに整った美貌。

【Arcadia】のグラフィック描画は限りなく現実に近く、人など至近距離で見てもリアルと見紛うほどである――だというのに、画面越しの彼女はアニメや漫画の世界の住人にしか見えなかった。

ぶっちゃけそこらの創作物のヒロインなどより余程美人。二次を超えた三次というやつか……。

「いやまあ、アバターだけども」

それにしてもアレはヤバイ。キャラメイクによって生まれた美貌だとしても、イスティアの街区などで拝見した美男美女たちが霞むような代物だ。

……え、ソラ？　いや〝ジャンル〟が違うから。この子は綺麗系だけどソラは可愛い系っていうか比べられないというか――むしろもう、ジャンルどころかカテゴリが違う。

ここまでいったら人っていうか『天使』とか『妖精』の類。ソラも大概天使だけどあくまで女の子として天使というか俺の癒しであって画面の中の最強ちゃんは人類を超越している節が――

「っぷねぇあッ!?」

ほのかに焦げ臭さを漂わせたフライパンを慌てて火から離す。

俺としたことがナチュラルに見惚れていた……！　応急処置に差し水をぶち込み、深淵を生み出す一歩手前だった鉄鍋の鎮圧を済ませて一息。

そうこうしながらＴＶに目を戻せば、どうもインタビュー形式の番組らしい。リポーターっぽい装備に身を包んだプレイヤーが、アレコレと質問をぶつけているが……結構専門的なワードが多いな。完全初見新規の俺には「ちょっとなに言ってるかわかんないです」状態だ。

「ふーむ、声も素敵ですこと」

少なくとも、騒がしいタイプではないらしい。どこかのお姫様のような凛とした雰囲気に似合う楚々とした、それでいて耳に心地よい甘さを含んだ声音。

相変わらずインタビューの内容には付いていけず情報は欠片も頭に入ってこないが、どこか優雅な少女の所作を観察しているだけでも眼福である。

画面を横目に見ながら手早く昼食を用意した俺は、モシャモシャと炒め物を胃に押し込みながら。

『最強の剣王』――【Ｉｒｉｓ《アイリス》】という名の少女を眺めていた。


「アイリスさん――または、アリシア・ホワイトさんですね。正しくは『最強の剣王』ではなく、【剣ノ女王《つるぎのじょおう》】という称号《タイトル》を持っている方です」

「はぇー……『女王』ってよりは『お姫様』って感じだったが」

「ふふ、そうですね。そっちのほうがらしいって、一般的には『お姫様』で通っているみたいですよ」

本人は呼び名なんて気にしていないそうですが――と、流石はソラさん普通にご存知で。休憩を終えて再び噴水広場で合流した俺は、物知りなパートナー殿に知識を披露してもらっていた。

「やっぱ有名人なんだな。いやＴＶ出てるし最強とか呼ばれてるし、当たり前っちゃそうなんだが」

「有名なプレイヤーの中でも、断トツの人気だと思いますよ。とっても強くて美人な方ですから」

確かに、あのアバターはヤバイ。キャラメイク代行的な仕事があれば金取れるレベルだろう。

「でもそうかぁ。あれだけ可愛い女の子が最強とか、実にファンタジーって感じでいいな」

男女間の性能差など仮想世界には存在しないということか。とはいえ、流石に反射神経やら反応速度みたいな個人の格差はあるんだろうが。

「本当に凄い方なんですよ、アイリスさん。動画サイトで戦争のアーカイブなんかがたくさん残っているはずなので、ハルさんも見てみるのをお勧めします」

「ほーん。やっぱそういう動画とかって配信されてるんだな」

感心するまま零した俺の台詞に、ソラは「この人はなにを言っているんだろう」みたいな顔をして――いやまぁ、そうっすよね。仮想現実なんて大それた世界へ、それも三年もの間を空けた上に情報皆無で臨む奴なんて俺くらいだろうて。

「んー……」

隠すことでもなし、話してしまうのも別に構わないのだが……なんというか、こういうゲームの中でのやり取りで現実方面の話題を出すの、妙に忌避感があるんだよなぁ。

前情報なしで挑んでいると白状すれば、芋蔓式にバイト戦士として過ごした高校三年間の話まで内容が飛ぶ可能性もなくはない。そういった現実のことをわざわざ話すとなれば、自分語りじみていて恥ずかしい――ので、もしも聞かれたならば答える、でいいか。

「さて、ステージⅡだな」

他愛のない会話をしていた俺たちの前に、高さ三メートルほどの楕円を描くアーチが現れる。緻密な細工の施された白磁のそれは、イスティア街区の内と外を繋ぐ転移門だ。都市内にいくつか設置されているが、向かう先を選択できるのでどれを使ってもいい。

さて、初心者エリアの第二面は――

「【岩壁の荒地】ね……」

イノシシまみれの【地平の草原】をクリアしたことで、選択欄に現れた二つ目のエリア。その名を呟けば、アーチの向こう側を映していた転移門の内を青色の光が瞬く間に満たしていく。

水面のように波紋を浮かべるこの光を潜れば、外部フィールドへ転移させてくれるというわけだ。

「次はどんなところなんでしょうね」

目を輝かせ、ワクワクした様子で転移門の先に思いを馳せるソラ。この子いろいろと調べてはいるようだけど、マップとか攻略情報に関しては知識ゼロみたいなんだよな。

どうせ組むなら初見同士が最高なのは言わずもがな、その辺はありがたかったりする。

「ほらハルさん、早く行きましょう！」

言葉遣いも含め、普段は外見年齢に見合わない落ち着いた様子のソラだが……わりと好奇心が強いらしく、こういった場面では無邪気な様子を披露してくる。別に探っているわけでもないが、いまいち年上なのか年下なのか判断が付かず――なにより、ギャップがなぁ、ズルいんだよなぁ……。

勝手に妹分にカテゴライズをしたとて、その可愛らしさに変わりはない。「早く早く」と急かすソラに背中を押されながら――つい〝意識〟しそうになる男心を押し殺して、俺は転移門を潜った。

「――うぉぅ……」

「――わぁあっ……！」

転移の光に包まれた先――俺たちを出迎えたのは、天を突くような果てしない岩壁だった。

二人して感嘆の声を漏らす俺たちの足元に広がるのは、カサついた雑草がチラホラ生える程度の荒廃した地面。幅五メートル程度の『道』を形作る巨大な岩壁で形成されたフィールド……なるほど、まさしく【岩壁の荒地】と言えよう。

一面土気色かつ岩壁が高過ぎるため日差しを完全に遮っており、日陰の中で視界は薄暗い。壁に挟まれていることもあって妙に圧迫感があるというか、落ち着かない気分になってくる。

「……これ、急に壁が迫ってきて潰され――」

「わ、私も考えましたけどっ……！　怖いこと言わないでくださいっ」

ふと浮かんだ想像を口に出そうとすれば、不安げに身を揺らしたソラからお叱りを受ける。

うん、まあ流石にそこまで悪趣味な殺し方はして来ないだろう……ないよね？　モンスターに殴殺される程度はファンタジーフィルターが掛かるから許容できるが、壁に押し潰されるとかいうギリギリ現実感のある死に方は……できれば、体験したくないな。

「と、ともあれ……進んでみるか。援護は任せた」

「わかりました……！」

互いに直剣と短弓を手に取り、俺たちは『岩壁の荒地』の探索を開始した――

どこまでも続く平原に「ご自由にお戯れください」とばかりに猪が撒き散らされているファーストステージと比較して、続くセカンドステージは真逆の方向性を取っていた。

猪平原が『開』ならば、こちらは『閉』とも言うべき岩壁の迷路。配置されているモンスターも勝手気ままに走り回る陽キャではなく、彷徨うプレイヤーを待ち構える隠キャ揃いであった。

その一、岩壁に張り付きジッとしている【ウォールリザード】なる大蜥蜴。基本的に岩壁の上部に潜んでおり、気付かずに下を通ろうとすると落下して急襲を仕掛けてくる。

体長およそ二メートル、ＡＧＩそこそこ、ＳＴＲそれなり——デカい、速い、強いと三拍子揃った難敵。しっかり頭上に注意してさえいれば急襲は回避できるので有情。

その二、道端で岩に擬態している、バスケットボールサイズの【ロックトード】とかいう蛙。感知範囲に踏み込むと擬態を解いて襲って来る。

本体の動きは鈍いが攻撃動作は機敏。蛙らしく伸ばした舌を鞭のように振るうのだが、舌先が岩塊のように硬質かつ肥大化しており威力がヤバい。なお岩のような見た目に反して紙耐久、有情。

その三、岩壁の隙間から見える空より時折姿を見せる、【ダストバット】とかいうド畜生蝙蝠。

こいつはもうマジ許さん近接攻撃の届かない上空からチクチク針のような砂礫を飛ばして来るわ遠距離で反撃しようとしたら瞬時に距離取っておちょくってくるわ執念深く尾け回してくるわ倒しても経験値ショボいわはぁぁああああああああッ!!

「ソラさん、やっておしまいッ!!」

「またキャラが……」

怒りのままに指令を下した俺に苦笑いを浮かべつつ、早くも短弓の扱いに慣れてきたソラが動く。流れるような所作で弓を引き、放たれた矢は狙い違わず許されざるクソ蝙蝠を射抜いてみせた。

「生意気に連携なんぞ取りおって爬虫類共が……！」

上空からの援護を頼りに果敢な攻勢を仕掛けてきていた大蜥蜴共に悪態をつきながら、後退気味だった脚を前へと走らせる。目前には二体のウォールリザード――こいつら図体の割に機敏な動きを見せるが、鬱陶しい牽制さえなくなればＡＧＩにぶっぱしている俺の脚には追い付けない。

大顎を開けて迎え撃つ巨体との距離を測り――ここ!!

「唸れ軽業ァッ!!」

新たに取得したＤＥＸ補助のパッシブスキルに物を言わせ、三桁到達を果たしたＡＧＩを完全に従わせる。結果、短距離ランナーを軽く凌駕する速度で駆けていた我が身は最高速度のまま直角に曲がり――跳躍により岩壁に足を付けた俺は、そのままの勢いでピンボール、と、化した。

岩壁、岩壁、地面、岩壁、壁、壁、壁、地面壁ェ!!

「これでこそゲームってなぁッ!!」

およそ人間……というより生物には不可能であろう動きで通路内を跳び回りながら、握り込んだ直剣でウォールリザードを細切れにしていく――正直に言っていい？　クッッッソ楽しいわ!!

「ハイ終わりィ！」

トドメにサクッと一閃で二体の首を落とし、ザザァッとキメ顔で着地を決める。これ見よがしに直剣をクルリと回しながら《クイックチェンジ》を発動させれば、些細なエフェクトと共に虚空へ消え去る武装……控えめに言って格好いいだろこれ――俺自身のビジュアルが伴ってればな!!

「あはは……満喫してますね」

「いやぁせっかくの異世界体験なんだから楽しまないと。ステータスも伸びて、ようやくそれっぽい動きもできるようになったからさ」

　欲を言えばＳＴＲ偏重の筋肉ビルドなんかも試してみたいものだが……今はまあ、よそみをせずに高機動軽戦士の道を邁進していくとしよう。

「それっぽいとは……あんな動きする人なんて見たこと……」

「うん？」

　ぽそりと耳に届く呟き。目を向ければ、ソラ様より何やら呆れたようなジト目を向けられていた。

「いえ、なんでも……回復しますから、ジッとしていてくださいね」

　ソラの持つ回復スキルは対象指定ではなく地点指定であり、激しく動き回っていると効果が散ってしまうらしい。ゆえに、そんな注意をいただくのもわかるのだが……言い方がこう、完全に落ち着きのない子供を嗜めるそれだったな？　え、俺のイメージそっち方面に寄りつつあります？

　確かに止まったら死ぬ回遊魚みたいな戦闘スタイルになりつつはあるけども……と、若干の危惧を覚えながら、表示されたリザルトをつらつらと流し読む。

　取得経験値に、獲得アイテム。その内訳は【砂塵蝙蝠の翼皮膜】やら【壁蜥蜴の荒爪】やら――

「ふーむ……やっぱ装備の直接ドロップとかはない感じかぁ？」

　まだまだ序盤ではあるが、ボスも含めたこれまでの戦績で手に入れたのは一様に素材アイテムのみ。イベント入手とかは全然ありそうだが、通常の敵ドロップは期待できない雰囲気である。

「そこら辺はどうなんでしょうか先生」

「せ、先生……？」

既に身を投じた以上、これまでの自主的情報規制を続ける意味はない。過度なネタバレとかは遠慮したいが、ソラは攻略関係の知識ノータッチぽいからその辺の心配はいらないだろう。

なのでまあ、素直に先生と仰がせていただく。

「えと、ごめんなさい。私の知識ってほとんど映像媒体によるので、狭く浅くと言いますか……」

「ふむ」

つまり偏っていると。知っているものは浅く理解しているが、知らないものは全くって感じか。

「あ、でも……生産系の職人プレイヤーさんたちは有名ですね。アルカディアの生産システムは自由度がとっても高いそうで、サービス開始当初からずっと賑わっているそうですよ」

「あー、となるとやっぱ生産メインかねぇ」

癒しの光と共に納得を一つ頂戴し、まだ見ぬ煌びやかな装備品に想いを馳せる。これだけ自由度がぶっ壊れているゲームだ。自分だけの特注装備なんてのも作れるのだろうし、実に夢が広がる。

店売り品やらは早めに卒業したいところだし、ガンガン歩みを進めて行くとしよう。


その後も戦闘や雑談を交えつつ、迷路の様相を呈する【岩壁の荒地】を地道に攻略していく。

「地図描くのメッチャ上手いな」

「そ、そうですか……？」

と、几帳面かつやたら正確なマッピングをこなすソラを称賛したり、

「【岩蛙の肉】って、これ食材アイテムだよな……」

「岩の塊にしか……」

咀嚼した瞬間に歯が全滅しそうな食材（？）に二人して慄《おのの》いたり、

「ハルさん」

「はい」

「人は空を飛べません」

「はい」

壁キックで強引に空飛ぶド畜生の滅殺を試み、頭から墜落した俺がソラからお叱りを受けたり、

「だから、私に任せてください！　足を滑らせて墜落してくるの心臓に悪いです!!」

「だって！」

「だってじゃないです子供ですか!?」

そんな感じで、なんか徐々にリード役としての威厳を失いつつ――

「……ようやくか」

長きにわたる探索を終えて、俺たちはエリアボスが待ち受ける迷路最奥へと辿り着いた。

「なんでしょうあれ……蠍《サソリ》？」

「ぽいな。蠍と蟹を足して割ったような」

荒地において迷彩の役割を果たしている砂色の体躯。蠍にしてはずんぐりというか丸っこい胴体に、やたら太い四本脚と鋏を備えた前脚。どちらかと言えば蟹寄りな見た目を『蠍』足らしめてい

るのは、その特徴的な尾。反り返って奴の頭の上で揺れている、凶悪な針を備えた厳つい得物だ。

「【砂喰の大蠍《サンドイーター》】ね……いやデカいな」

サイズで言えば昼前に戦った【土埋の大猪《ベアリィ・ボア》】のほうが上だが……リアルサイズでも大きい猪と、本来ならば手のひらサイズの蠍とでは縮尺の差が桁違いだ。

滅茶苦茶にデカく見えるってか、ぶっちゃけ怖い。わしゃわしゃ動いてる口器とか鳥肌物だし普通にドン引きである。チラと傍の相棒へと目を向けてみれば――

「……っ…………っ…………」

「いや、うん……だよな」

俺と同じくじっくり観察してしまった結果だろう、みるみる顔色を悪くして後退るソラさん。

「あー、大丈夫？」

大丈夫じゃないのは見ればわかるが、他に声の掛けようもないのでそう尋ねれば――あぁソラさん笑えてない笑えてない。お手本のような引き攣り顔だよ。

というか、アルカディアの描画レベルでこれ系のモンスターはあかんでしょ。ディスプレイの中ならまだしも、こちとら体感的には生身で相対するんだぞ……。

「まあ、アレだ……取って食われることはないだろうし」

「そ、そうですね…………いえ、そうでしょうか……？」

「え」

ソラだけでなく自分も宥めるため口にした呟きに、一度頷いた少女は沈黙を挟んで疑いを問う。

「ペシャンコに踏み潰されたりするくらいですし、もしかすると……」

え、あ…………え？　まさかの被捕食体験……？

「「…………」」

お互い同時に嫌な想像へと思考が行き着き、閉口する俺たちの視線の先。【砂喰の大蟖】は鋏で掬った土やら砂やらを、忙しなくワッシャワッシャと口へ運んでいる。

砂喰と名は付いているものの、だからと言って肉を食わないという保証もない。流石に踊り食い（被）とかいうスプラッタな死因は勘弁願いたいが、あれに挑むなら一応の覚悟は必要だろう。

「……行くか」

「い、行くんですか」

どの道、挑まないという選択肢はないのだ。早々に腹を括り直剣を喚び出した俺に対して、ソラのほうは若干ながら腰が引けていた。

「安心して。俺が生きてる間は、絶対に後ろへは通さない」

「…………ハルさんがやられた場合は」

「俺の死に様を観察して覚悟を決めていただけると」

「なんの覚悟ですか……!?」

そりゃあなた……美少女が弱肉強食されるシーンとか見たくねぇな。間違ってもソラより後にやられるなんてことは避けなければ。

「雑魚の影はなし、部屋の広さ的に取り巻き召喚もないと思うが……さてパワー系かスピード系か」

どちらにしても〝掠ったら即死〟か〝掠ったら即死かも〟程度の差しか生じない俺としては、速度で確実に優位に立てる前者のほうがまだやりやすい。

少し広め程度の円形エリアは壁蹴り三次元機動にもうってつけだ。岩蛙の舌撃という前例から学ぶに、尻尾には注意が必要だろうが――何はともあれ、一度当たってみないことにはわからない。

広場の入り口、通路の陰に身を潜めたまま戦闘準備を整える。これまでの迷路探索でレベルアップした分のポイントをステータスに叩き込み、喚び出した直剣を右手に握り込んだ。

「……ソラ」

「だ、大丈夫です」

初エンカウントで猛菌類を相手にガン逃げかましたりと、そこそこ臆病な性質を晒しているソラ。しかし最終的には逃げずに戦線へ立つ覚悟を見せるし、基本的にそこへ至るまでのラグは少ない。実際ボスは当然のこと雑魚モンスターに至るまで、目前に迫る奴らの迫力は既存の旧式ゲームなんかとは比較にならない。正直言ってしまえばソラのような女の子は即座に戦闘を諦め、生産職に走ったとしても何ら不思議ではないと思う。

しかし俺の確認に「大丈夫」と返した少女は、声こそ震えていたが瞳は揺らいでいない。

なんというか――相棒としては、ひとえに頼もしい限りだ。

「オーケー。いつも通り俺が突っ込むから、援護よろしく。基本的には効きそうな場所を探りながら弓でいいけど、俺のタゲ取りが甘いと感じたら手を止めるように」

指示は出すからと言えば、ソラは素直に頷いた。弓が非物理の魔法攻撃だからな。もしあの蟹蠍が物理防御力お化けだった場合、魔法攻撃手段のない俺では敵愾心《ヘイト》を煽り切れない可能性がある。

「わかりました………あの、ハルさんっ」

短いミーティングを終えて、さてと踵を返した俺を――ふと、遠慮がちな声が引き留めた。

「ん、どした？」

「いえ、あの……その、が、頑張りましょうっ」

どういった風の吹き回しか、おもむろに掲げられる小さな手……なにこれ、開戦前のハイタッチ？

ちょっと意図は不明だが、珍しくソラから差し出されたスキンシップである。初めてまともにボス戦へ参加できると張り切っているのかもしれない——そう思えば、なんとも微笑ましい。

「おうっ！」

若干の照れ臭さは押し殺し、掲げた手をソラの掌と打ち合わせ——三度目のボス戦が始まった。


「——ハルさんのウソつきぃぃいいいいいっ!!」

「ごっめマジごめんテメェ止まれやこの蟹蠍おどりゃぁあアアアッ!!」

半泣きのソラの悲鳴。

荒れた大地を駆け乱す大小三つの足音。

そして少女を泣かす不埒者にキレ散らかす、天翔る無能こと俺——岩壁の迷宮でボスが待ち受けていた小広場は、まさしく阿鼻叫喚の様相を呈していた。

現在、俺たちはソラ←蠍←俺という順で連結式鬼ごっこ（？）に興じる羽目になっているのだが、全ての元凶は当然ながらこの蟹蠍——三体目にしてランダムターゲットというクソ要素を搭載してきた犯罪的畜生ボスモンスターに他ならない。

というかランダムターゲットかどうか、それすらも怪しいかもしれない。なにせコイツ、開幕数秒でソラだけを執拗に追い回し始めたからな！

「おいコラ止まれッ!!　好き放題に背中ド突かれてんぞいいのかそれでボスッ!!」

脚はそこそこ速いが、俺と違いＡＧＩ偏重でもないソラがギリギリ逃げ続けられる程度の速力であり、耐久のほうも別段硬いわけではない。ボスモンスターとして相応にタフではあるが、二段重ねで表示されているＨＰバーは俺の攻撃の度にガリガリと削られている。

しかし、こちらを見向きもしねぇ。この蟹蠍、どれだけ俺に殴られようがソラにゾッコンである。

「クッソ……――このロリコン野郎が、それならこっちにも考えがあるァッ!!」

「――ロリこっ……!?　ちょ、誰がっ」

なんか抗議の声が聞こえた気がするが後だ。

正直なところ、ちょっといい感じの前振りで意気揚々と戦闘へ繰り出した俺である。それが開幕一発ガン無視キメられて、蹴れど殴れど相手にされないなど怒髪天案件も甚だしい。

「直剣チクチクじゃ軽いってか……?」

良かろう、ならば大斧だ。

「《クイックチェン――ジ》ィッ!!」

直剣からの切り替え。そして切り替え直後の猶予時間――瞬間的に重量反映がなされていない大得物を、本来ならば要求値に満たないＳＴＲでもって容赦なしに叩き付ける。

胴体と比較すればか細い脚を大斧で打たれ、ボスの巨体が一瞬揺らぐ――が、いまだターゲットはソラのまま。ああ、そうかい。そっちがそのつもりなら――

「徹底的に伸《の》してやんよ……!」

重量反映――ガクンと本来の重さに引き摺られそうになった刹那、再びの切り替えで大斧から直剣に変更。追走を止めぬままラッシュを続け——ここ。

「ッラァ‼」

クールタイムが切れた瞬間、立て続けの《クイックチェンジ》から再びの斧撃。

ＳＴＲ不足による威力問題は、大得物では通常成し得ない振り手の速度で相殺！　死ぬほど有効なのはテメェのＨＰバーの減りが証明してんぞクソ蠍が‼

甲殻類だか昆虫類だか知らないが、悲鳴も上げないボスの声は派手に減少していく奴のステータスバーが代弁している。この分ならばそう時間は掛からずに——

「——っ……は、ハルさん！」

「ソラ悪い！　もうしばらく逃げててくれ！　そうすりゃ」

「ごめんなさい！」

「へっ？」

Ｗｈｙごめんなさい？

「足っ、足が重たくっ……！」

「——ッ！」

やっべ、スタミナ切れか……⁉

スタミナはステータスとして表示されない隠しパラメータだが、プレイヤーの行動如何によって増減が発生する。俺なんかは特に気にしたことがないレベルの緩い制限ではあるが、軽戦士ビルドでもないソラが長時間の全力ダッシュなんかしてたら——

「っ……ぁ、ぅ……！」

いつかは足が止まるのは、必定。

「ッ——ソラ!!」

長らく続いた鬼ごっこの距離がゼロとなり、システムの強制力に足を絡め取られたソラを前に、蟹蠍が巨大な鋏を開く。戦闘前、砂を食んでいたときの動きに酷似したそのモーションを捉えた瞬間——ここ一番、全力で地を蹴り飛ばす。

俺の紙装甲では盾にはなれず、そのためどうにかターゲットを剥がそうと背後から追撃していたわけだが……その位置関係が仇となった。ボスは巨大だが、下を潜れるほどのスペースはない。かといって、横を迂回していたら俺よりも先に奴の鋏がソラへ届くだろう。

今から追加で殴ったところで、これまで通り無視されるのは目に見えている——ならば。脚を止めたボスの真後ろから跳躍、天へと反り返った長大な尾を蹴り付け軌道を変えて……！

「お触り厳禁だオラァッ!!」

勢いそのまま全力の飛び蹴りを、ソラに迫っていた鋏へと叩き付ける。筋力値に乏しい俺では力で弾き飛ばすには至らない——だが、高速機動により生じた慣性が足りない威力をブーストする。

「っ、ハルさ——ふあっ!?」

「ちょい失礼！」

軌道を逸らしてソラを摘もうとしていた鋏を空ぶらせはしたが、奴の得物は一つではない。二撃目が繰り出される直前、その眼前からソラを拐《さら》う——お姫様抱っこ？　んな余裕あるか!!

肩に担いだソラの負担分だけ足が鈍る。これまでの優位は帳消し、追い付かれて——やべっ。

「抜かれたッ……！」

同速どころか完全に上回られた、振り切れない……！

「くぉ、の……ッ」

奴の攻撃パターンは、これまで見た限り両の鋏と尻尾を用いたわかりやすい大振りのみ。足が鈍った今でも一発一発は避けられないこともない。

が、この蟹蠍が厄介なのは、機械的に繰り出される一撃ごとの間隔が極端に短いこと。更に鬼畜なのが、攻撃の際にも決して足を止めないという大型ボスにあるまじき行動仕様……!!

「は、ハルさんっ！　降ろしてください！」

担がれたままのソラが、明らかに苦しい俺の回避劇に振り回されながら叫ぶ。

「それさっきのモーション見た上で言ってます!?」

「もーしょ――ひぁっ!?　なんっ、な……なんですかっ!?」

「ソラさんムシャられる寸前でしたぁッ!!」

「ムシャられっ……!?」

どうもソラさんはいっぱいいっぱいで見ていなかった模様。まあ本当に捕食攻撃だったのかは不明だが、なんらかの拘束技だった可能性は高いだろう。

とすれば、その後に待ち受けているエグい攻撃は容易に想像できるというもの。

「む、ムシャ……って、でもこのままじゃ！」

避けてる俺だからわかるが、こいつ今でも抱えられているソラだけを徹底的に狙っていやがる。

おそらくは、一人のプレイヤーを狙い続けてターゲットが倒れたらまた次のターゲットへ――みたいな習性を与えられているのだろう。

このゲーム、これまでの戦闘経験を総合して考えるに設定難易度が結構高い。俺たちがＶＲ環境にまだ不慣れであるという点を加味しても……やはりそこはＭＭＯらしく、本来ボスに挑むとなればしっかりとパーティを組むことが前提なのだろう。

　ならばこの【砂喰の大蠍】も本来であれば、狙われたプレイヤーとの間に正規の盾職を挟むなどして守りながら戦うのが正攻法なのかもしれない。攻撃中も動き続けるという特性も、適性まで育った盾戦士ならば攻撃を耐えながら移動を阻むことができる……と仮定すれば納得できる。

　それをペア——しかも盾不在で片方は紙切れなんて構成で挑めばこうもなるか。せめて俺のほうをターゲティングしてくれていれば話は違ったんだが……！

「しゃあない緊急措置だ……！」

「なにか作戦がっ」

　忌々しげに呟いた俺の声を拾い、担いだソラから期待の声が上がる。

　あるっちゃあるし、この手を使えば恐らく簡単に盤面をひっくり返すことが可能だろう。【化茸の宿主】戦とは違い、今の俺たちには切り札があるのだから！

「よっしゃ反撃だソラ！　作戦名は『女子の声援＝最強の支援効果』ッ!!」

「——結局またなにもできないんですかぁ!!」

　許せソラッ……置物化は俺としても不本意だがこの状況では仕方ないんだ……！　今この瞬間に俺が放り出したら君、数秒でパクムシャいかれると思うから……!!

「せっかくこれからはちゃんと戦えるとっ……あぁ、もうっ！」

　肩に担がれたまま鬱憤を示すように俺の背中をぺしぃと叩き、ソラは己が獲得した規格外の支援スキルを起動する。

「《スペクテイト・エール》っ!!」

その若干拗ねたように叫ぶのやめてくれます？　かわいいムーブは俺に効くと何度言えば……。

ソラを抱えて跳ね回る俺の身体が光を帯び、ステータスバーに光芒の輪を模したバフアイコンが点灯——それと同時に、ギアが切り替わったかの如くガクンとステータスが跳ね上がった。

一度は後れを取った速度は……っしゃ逆転！

「こっからは一方的に行かせてもらうぜ……！」

「ちょ、ハルさっ、なんで抱えたまま……!?」

そりゃあなた、俺の耐久に倍率補正なんざ完全に焼け石に水でしょうよ。相変わらず盾になれないなら、抱えたままぶっちぎるしかないんだなァ!!

「ぁ、待って、待ってくださ——」

行くぜトップギア!!　あなたを人外機動体験へご招待ってなぁアッ!!

「ひっ、ゃ……！　——っきゃぁああああ!?」

ソラの悲鳴をたなびかせ、鋏を掻い潜り飛び出した俺たちの身体が宙を舞う。片腕に抱き直したソラから首元へ必死の抱擁を頂戴するが、俺とて堪能している余裕はない。

宙へ逃げた俺を狙い撃ち出された尾針の一撃を直剣で横殴りに逸らし、反動で横転する身体をそのままに大斧へ《クイックチェンジ》——抱えられるままお手本のように「きゃあきゃあ」騒ぐソラだが、彼女のＳＴＲは普通に俺を上回っている。振り回されながらもしっかりとしがみ付けていることを確認しながら、俺は遠慮なく片手で大斧を振り抜いた。

直前に弾いた尾に直撃。確かな手応えと反動に身体が流され、人を抱えて空中で三回転半捻りを決めつつ着地……と、我ながら頭のおかしい挙動を実現しつつ——直剣に切り替え、再度の突貫。

「っは、チョロいぜ!! 我にはソラ様の加護ありィッ!!」

「やっ、もうっ——いやぁあああぁあぁあっ⁉」

振り切れてノリノリの俺と、ボスに追われていた時より激しく半泣き——というか全泣きのソラ。

対照的な二人の叫びがこだまする岩壁の荒地に響く剣戟の音は、際限なく加速していった——

◇【砂喰の大蠍】を討伐しました◇

◇称号を獲得しました◇

・『砂喰の大蠍を討伐せし者』　・『守護せし者』　・『触れられざる者』

◇スキルを獲得しました◇

・《跳躍機動》　・《キャリーランニング》

◇Ｓｔａｔｕｓ◇

Ｎａｍｅ：Ｈａｒｕ　Ｌｖ・28（40）

ＳＴＲ（筋力）：15　ＡＧＩ（敏捷）：110　ＤＥＸ（器用）：100

ＶＩＴ（頑強）：５　ＭＩＤ（精神）：５　ＬＵＣ（幸運）：５

◇Ｓｋｉｌｌ◇

・全武器適性

《クイックチェンジ》《ウェポンダーツ》

・Ｐａｓｓｉｖｅ

《アクセルテンポ》《ボアズハート》《軽業》《跳躍機動》New!

《キャリーランニング》New!

俺にタコ殴りにされ続けた【砂喰の大蠍】と、人力強制ジェットコースターに晒され続けたソラが同時にダウンしたのは、一転攻勢開始から数分後のことだった。

一方は燐光となって爆散、もう一方は『犯人』の腕の中で目を回して行動不能。冷静になった俺は「これあとで絶対説教されるやつ」と遅巻きながら焦りつつ、岩場に背を預けてソラを介抱していた。

「あう……ぁう……」

自らの膝に美少女が載っている光景はなかなかに非現実的かつ甘美なものではあるが……この後に説教が待ち受けていることを察している身としては、下心など湧いてくる余地がない。

誠意を見せるべく真面目に手団扇にて奉仕をしていると、ソラが気怠げに薄目を開けた。

「あー……だ、大丈夫？」

「…………………」

当然の如く、お手本のようなジト目を頂戴して堪らず視線を逸らす。気まずくそっぽを向いたまま扇ぎ続けていると、下方から小さな溜息が聞こえた。

「……怒ってません。足を引っ張っちゃったのは私ですし、おかげで攻略もできましたから」

とは言いつつ、その声は少し不満げだったが……チラリと視線を戻せば、言葉通り特にお怒りの表情ではないご様子。どうやら説教は回避できたらしい。

緊張を緩めて顔を戻せば、ソラは一瞬視線を合わせて――ふいっとすぐに横を向いてしまった。あからさまに不機嫌そうな仕草だが、変なところで感情表現がオーバーな仕様からは逃れられない。わかりやすくほんのりと赤らんだ頬を見れば、照れているのだと気付けてしまう。

「えーと……その、ごめんな。咄嗟とはいえ無茶苦茶やった自覚はあるから……」

それでも起き上がろうとはしない様子を見るに、まだしんどさが残っているのだろう。素直に頭を下げれば、横を向いたままのソラからチラと視線を頂戴する。

「……ボスが意地悪でした。その、あんまり気にしないでください」

「はは……そう言ってもらえると……」

逆に返されてしまった気遣いが胸に刺さる。いい子なんだよなあ……。

その後しばらくして復帰したソラと一緒に、獲得したスキルの確認やらステ振りなどを終える。ボス戦後に現れた転移門で街へと帰還してから時刻を確認すれば、現在はリアル時間で午後四時前といったところ、まだまだ攻略に邁進できると言えばそうだが――

「すみませんハルさん、私は今日この辺りで……」

「っと、そうか」

残念ながら、ソラはここまでとのことだ。

……いやまあリアル換算でも結構な時間、こっちで言えば普通に十時間以上も潜ってるわけだしな。疲れもするだろうし、なにか用事があったって不思議ではない。

――俺のほうは用事なんて入れるわけないし、一日中フルタイムでも行けるがなぁッ!!

「えと、ハルさんは……」

「まだ続けるかなぁ。一旦休憩落ちくらいはするつもりだけど」

というのは半ば予想していたのだろうが、実際そう伝えるとソラは少々寂しそうな顔をして――

「そうですか」

と、なにかを誤魔化すように微笑みを一つ……わかるんだよなぁ。最初から一緒に攻略してた相手が、自分の知らないところで先へ進んでしまう物悲しさというか。

――正直なところ、ソラは廃どころかライトゲーマーにすら思えない。勤勉な性格ゆえかリサーチなどはしっかり行っていた様子だが、俺が時たま口に出すゲーム用語やネットスラングに首を傾げていたのを考えれば……本来この少女は、こっち方面に疎い〝普通の女の子〟という認識でおよそ間違っていないはず。

その事実から結論付けるに、俺とソラのプレイ時間はおそらく合致しない。全く同じペースでゲームプレイを進めるのは、不可能と言っていいだろう。

それでも無理に合わせようとするなら、俺が攻略を停滞させてソラと足並みを揃えるスタイルを取ることになるが……それはなんかこう、違うよな。

初めは誤魔化せたとしても、続ける内に俺は不完全燃焼を積もらせていくのが目に見える。

ソラだって『付き合わせている』側に回ってしまい、彼女の性格的に負い目を感じてしまうのは想像に難くない……と、そうなってしまっては、互いに楽しいゲームプレイは望めないはずだ。

だから、俺もそんなことをする気は更々ない。

「あのさ、ソラ」

「はい？」

「攻略ペースは合わないだろうけど、同期がお互いしかいないのは変わらないだろ？」

「そう、ですね」

後輩なんて望むに望めず、先には最低でも半年以上は差を付けられている。ならば……あー、セリフは既にまとめたが、素面《しらふ》でこういうことを口にしようとすると小っ恥ずかしいな。

「だから……あー、まあ、なんだ。お互いに唯一無二の相棒《パートナー》……みたいなものじゃん？」

「パートナー……」

小さく反芻するソラの呟きに羞恥を煽られるが、先ほどの寂しそうな顔が我ながら結構なダメージになったようだ。いらぬ不安はしっかりと払拭してやりたいと、そう思ってしまう。

「先へは進むけど、置き去りにはしないさ。時間が合ったときは、遠慮なく呼んでくれていいよ」

「でも、それだとハルさんが」

「手間にも面倒にも思わないからな？　ペアを続けるなら、ソラの攻略進行は俺にとってもプラスなんだからさ。……手伝いというより、これもある意味自己強化だな」

単純に本心からそう述べれば、初めは複雑そうな顔を見せたソラも徐々に表情を崩していく。

「……無理しないでくださいね。面倒だと思ったら、ちゃんと言ってください」

ハッキリ言ってくれたほうが自分も割り切れるからと、ソラは遠慮がちに笑った。

「まあ前提として、男が女子に頼られて面倒だと思うわけがないんだけど」

最後の一押しにそんな軽口を叩いてみせれば……クスリと笑みを零すソラも、納得できた様子。

「ふふ……ハルさんは時々、ナンパさんになるんですね」

そう言って柔らかく微笑む彼女の笑顔で、気取った男がメンタルにクリティカルを喰らったのを最後の一幕として……可愛らしい相棒との冒険は一度、お開きとなったのだった。

「——あり得ない……」

複数の大きな壁掛けディスプレイが放つ、頼りない光量が照らし出す薄暗い空間。ずらりと並ぶ機器から漏れ出す微かな作動音の合唱に交じって、驚きを通り越して呆れに満ちた声が響く。

ディスプレイに映し出されていた映像を『観賞』していた男は、超長編のアニメか映画でも見終えた直後と相違ない疲労感に沈みながら、二度三度と同じ言葉を繰り返していた。

「アレで完全な新規だと……？　アレで？」

やはり、あり得ない。初ドライブ直後などまともに立てる者すら稀有だというのに、あろうことか勢いよく跳ね起きるわ当たり前のように歩き出すわと……。

「二人目の完全適応者……？　いや、もう、どうしてこんな時ばかり責任者が不在なんだか……」

もう随分前に『上司』へメッセージは送ったが、相も変わらず重大な案件に限って返信は一向に返って来ない——向こうの多忙を考えれば、まあ仕方ないことではあるのだが。

オブザーバーに過ぎない自分が独断でなにかできる由もなく……結局のところ『観賞』しかできることはないために、ずっと件のプレイヤーの動向を追っているのだが——

「イレギュラーは重なるってやつか……」

ログに主役として映し出されるプレイヤーの傍ら、行動を共にする小柄な影に目を向ける。眩い金髪を揺らす少女の笑顔を見ながら、男は迫り来る面倒ごとの気配に深い溜息を吐き出すのだった。

「やっべえ滅茶苦茶テンション上がるな……」

ソラと別れてから、自分も一度休憩のためにログアウトを挟んだ後。再びアルカディアの世界に降り立った俺は今、一軒のとある建物の前で興奮に打ち震えていた。

例によって道行く先達のご教示をもとに辿り着いた、実に趣のある煉瓦組みのこちらの建物——そう。ファンタジーとは切っても切れない、あの鍛冶屋である。

もくもくと煙を吐き出している煙突が実にそれっぽくてイイし、今もガンガンと響いている鉄を打つ音が際限なく俺のテンションをカチ上げていく。

「いざ……！」

いまだファンタジー慣れしていない身ゆえ、若干の近寄り難さを感じつつも『ＯＰＥＮ』の札が掛けられた扉を押し開く。古めかしい音を立てた戸を潜れば、すぐさま目に入るのはカウンターに物置棚――そして、店内を鉄色で彩る様々な鍛冶製品が俺を出迎えた。

　戸を鳴らしてもなお金音は続いており、店員らしき者が姿を見せる気配はない。番もなしに、店主はカウンターの奥にあるであろう鍛冶場に籠もっているらしい。

　呼び出す……というか、いっそのこと見学したいものだが、仕事の邪魔をするのも忍びない。急ぎの用でもなし、店主が出てくるまで大人しく展示物を拝見させていただくとしよう――十分経っても姿を現さない場合は、大声も辞さないが。

「流石に……店売りの鉄製品とはものが違うな」

　夢と電子情報の融合たる仮想世界に在るオブジェクトは、現実のそれとなんら変わらない存在感を持っているものだが……壁に掛けられ、鋲に提げられた一品物らしき武器防具たちからは、規格品とは異なる重厚な雰囲気が感じられる気がした。

　ていうかヤベェ、超カッケー。なんというかこう、ディティール感がヤバい。ただの【鉄の直剣】じゃ物足りなくなりますよコレ……ディティール感ってなんだ？

「これ、お試し的な……」

　触ってもいいやつ――などと見回してみれば、まさしくといった具合に置かれていた直剣を発見する。簡素なラックに寝かされた直剣の下には、ご丁寧に『ＦＲＥＥ』と書かれた札もアリ。

　――したらば、遠慮なく。

「っ…………変わるもんだなぁ」

　若干不安だったＳＴＲ要求値は満たしていたようで、すんなりと手に収まった直剣。

俺が使っている鉄剣と比べると、オーソドックスな形状よりも少々短め。けれどその小柄な剣身から伝わってくる……こう、あれだ。安心感ってやつが段違い。

視覚の問題も多分にあるだろう。ギラリと磨き抜かれた剣身は通常の鉄とは異なるのか、薄っすらと青味を帯びている。握り手を守る鍔から柄頭に至るまで、派手さはないがどこか優美な作りだ。

ただそれを除いても、握り込んだ左手から確かに伝わってくるなにかがある。これは剣に設定された数値的ステータスを俺のアバターが無意識に読み取っているのか、あるいは——

「——なんだ、客か」

「ッづお……!?」

半ば引き込まれるように剣に夢中になっていた俺の意識を、唐突に掛けられた渋い声が引き戻す。危うく取り落としそうになった直剣をいそいそとラックに戻して振り返れば……いつの間にか、カウンターの奥には大柄な人影が現れていた。

いや、デカい。身長自体は俺より少し高い程度だが、横幅ってか筋肉の質量が桁違いだ。体当たりされたら俺など一撃でミンチにされるだろうという、そんな予感を抱かせる巌《いわお》のような大男。

頭をすっぽり覆う黒い鉢巻帽を巻いた顔にはシワこそ刻まれていないが、青年といった風貌ではない。浅黒く焼けた、ムキムキのナイスミドルだ。

「見ない顔だな」

鍛冶師と聞けば俺は真っ先に『気難しい頑固者』を想像するが、このムキおじからは露骨な厳しさは伝わって来ない。なんというかこう、単純に感情が端的で起伏が少ないタイプのように見える。

風貌に一瞬飲まれていた気を取り直し、第一印象をキメるべく。俺はバイトで培った外行きテンションをもって、サラリと笑顔を浮かべてみせた。

「声も掛けずに申し訳ない。昨日から街で厄介になってる新参者ですが、先達に紹介されてこちらに伺いました」

丁寧な若者を演じる俺を、店主はジッと見たかと思うと……どさりとカウンターの椅子に腰を下ろして「堅っ苦しい奴だな」と溢した……ふむ、気安いほうがお好みで。追々に修正していこう。

「まあいい。用件は」

鉢巻帽を毟るように脱ぎ、手拭いで汗を拭きつつ尋ねてくる。短く切り揃えられた白髪を見て「丸坊主ではなかったのか」などと謎に驚きつつ、俺はとりあえず手元に現在の愛剣を呼び出した。

「この街の武器屋で買ったものですが、多少は稼いだので更新できればと思いまして」

そう答えれば、無言で差し出される太い腕。求めに応じて直剣を渡せば、店主はその巨体と比べると更に頼りなく見える剣をしげしげと眺め——

「随分と、嫌われたな」

大した感慨もなさそうに、そんなことを言い放った。

「……え、き、嫌われてる？　ですか」

動揺しつつ聞き返すが、返答はなく。彼は剣の観察を続けながら、また口を開く。

「こいつは俺がロンナに下ろした数打ち品だ」

「あ、そうなんで……ロンナってなに、だれ——」

「どんな使い方をした」

あ、これ我が道を行くタイプのお人ですね。経験上、徹底的に聞き手に回らないと会話が噛み合わないタイプのアレだ。

「あー……使い方。まあ、普通に斬ったり」

………いや、怒られたりするかなぁ、これ。

「その……な、投げたり、とか？」

「投げる」

「ハイ」

そして沈黙。………いや怖ぇよ。そのガタイで真面目に押し黙られると威圧感が——

「坊主」

「アッハイ」

「振ってみろ」

言いつつ、返される直剣——え、ここで振れと？

「いや、あの」

「その場で振り下ろすだけでいい。一度、本気で振れ」

ふむ、意味がわからん。わからんが……。

「……わかりました」

なんというか、こういうのは意味不明でもワクワクするよな。現実では絶対に経験し得ないイベントってやつは。展開が唐突過ぎて店主の意図は読めないが、つまるところアレだろう？

〝実力を見極めてやる〟的な……それはこう、燃えないわけがないよなぁ！　これでも、デカブツ三体を屠る程度には剣を振ってきたのだ。流石に多少は様になっているだろうと信じて——

「っせい!!」

静かに振り上げて、全力で振り下ろした。

「…………」

店主はなにも言わない。五秒、十秒と無言が続く。

「…………」

いたたまれなくなった俺が残心を解き、なるべく流麗かつ丁寧に、無意味な切り払いをした後に鞘——はないのでインベントリに剣を納めた後も、まだ無言は続いた。

そのまま一分、二分……もうこれ、目を開けたまま寝てんのか？　と、俺が疑い始めて更にしばらく後、ようやくその口が再び開かれる。

「……大翼鳥《グローバード》の尾羽を一束、青色鉄鉱石を二塊だ」

いや口を開いたと思ったらこれだよ。文脈の重要性を説いてやりたくなる。

——しかしまあ、現実ならば小首を傾げつつ「なにを仰っているので？」と返す場面だが、この世界がゲームであるという前提を考えれば言葉の意味は明白。それは即ち、

◇クエストが発生しました◇
『共に歩むもの』※任意受諾
・大翼鳥の尾羽　0／10　・青色鉄鉱石　0／2

——俺にとってアルカディア初の、依頼《クエスト》発生ってやつだ。

「――ってことで来たぜサードステージ」

あのムキおじ、話してみれば無愛想なわけではないがとにかく口数が少ない。そんな筋肉達磨から話術を駆使してどうにか要求素材の在り処を聞き出せば、二種の素材はどちらも解放したばかりの第三エリアで入手できるとのこと。

ならばと早速、今朝ぶりのソロ攻略へ乗り出したわけだが……うーん、なんとまあこれは、

「またソラが泣きそうだなぁ」

エリア名『断崖の空架道』――転移門を潜った先は、強風が吹き荒ぶ断崖絶壁の上でした。てかエリア名これ読めねえよ、どう読むのが正しいんだよフリがな振ってどうぞ。

……いやこれ冗談言ってる場合じゃないな。なにが空架道だよ単なる崖の縁じゃねえか、道幅一メートルもないんですけど。

いろんなパターンの冒険や戦闘体験をお届けしたいんだろうなって思惑はなんとなくわかっちゃいたが、危険度の加速度を付け過ぎでは？　三面から地形で殺しに来るなよ。

「この足場で鳥系エネミーとやり合うのは……」

要求素材、【大翼鳥の尾羽】なんていうからには出てくるんだよな、そのグローバードさんとやらが。これは少々キツそう――いや、てか、無理では？

ろくに踏み込めないだろうから、投擲も大して威力が出ないぞこれ……ちなみに崖下の確認はこのエリアを訪れてから真っ先にしたが、標高を推定することすら不可能だった。

　具体的に言うと一面の雲海……行き来の手段は今のところ転移門だけっぽいけど、これ別に街周辺とかではない感じなの？　平原に荒地に断崖絶壁と、地形が魔境過ぎるんですがそれは。

「なんらかの対処法はある……と信じるしかないか」

　ダメだったときは、高所落下の経験を積めると思えばまあ……いかんな、猪にペシャンコにされてから『死』への恐怖が麻痺しつつある。

　とりあえず、地形から考えるにこのステージは一本道のはずだ。入り組んだ断崖絶壁とか意味わからんし、足を踏み外さないよう気を付けて進めばゴールには辿り着ける……と、信じたい。

「高所恐怖症の人は詰みだろこれ。なにかしらステージスキップの手段とかあるのかね……」

　竦んでいても仕方ない、行くとするか。幸い軽業補正も込みで身のこなしには自信がある、ちょっとやそっとのアクシデントで落下死なんか起こりやしないだろう。

「…………なんか、毎回フラグ立ててる気がするな？」

　ぼやきつつ、俺は頼りない足場の上で一歩を踏み出した。

「――お？」

　流石にこの地形でガン走りする気にはなれず、慎重に歩を進めて数分のこと――とあるものを見つけて、俺は足を止めた。

「もしや……てか、確実に」

　断崖絶壁の壁側。手をついて道行く頼りにしている岩壁の一箇所――明らかに色味も質感も違う異物がわずかに露出している。

その色は鈍青——おそらくコレが、目的の青色鉄鉱石とやらだろう。普通に道端で見つかるってことは、凡レアリティの汎用鉱石ってところかな？

位置的に手の届かない場所というわけでもなし、問題なく採掘できそうだ。

「さて……」

クエスト受諾の際、ありがたくも貸与していただいたツルハシを呼び出す。実は武器だけではなく防具も含めた装備品全般に効果の及ぶ《クイックチェンジ》、マジ優秀。

それでは振りかぶって——

「無駄な力は入れず」

目標の周囲を崩すように、

「適当に振り抜け!!」

採掘方法の説明、フワッとし過ぎなんだよなムキおじぃッ!!

だが、ゲーム的には確かソレでいいらしい。二度三度とわりと適当にツルハシをスイングしていくと、ボコンとわかりやすい音を立てて鈍青色の塊が岩壁から零れ落ちた。

「おっし。まずは一つ……思ったよりデカいな？」

足元に転がったのは、砲丸投げの球ほどの大きさの岩塊。見るからに結構な重量がありそうだが、俺の貧しい所持容量は大丈夫だろうか。

「せめて手持ちとインベントリで別枠だったらマシなんだが……っと、一応なんとかなりそうだな」

この辺の仕様はゲームによりけりだが、アルカディアでは手持ちとインベントリでトータルの値が適用される。つまり俺の場合、直剣と大斧に加えてこれまでに得た戦利品諸々を合計した数値が許容量と抗することになるのだが……うん、悪いのは全部大斧。

恐らくだがこのゲーム、始めたばかりのプレイヤーに大型武器を使わせることを想定していない。どういう意図でそんなデザインなのかは知る由もないが、レベルアップによる拡張を重ねていない序盤の段階では、大型武器を握るだけならともかく合わせて防具を着ることさえ難しい。

早いとこ容量を拡張して、ソラに白い目で見られないよう初期アンダーは卒業したいところだ。

「で、鉄鉱石はこんな感じで探せばいいとして……」

問題はまだ見ぬ『鳥』か。まだこのエリアに足を踏み入れてから大した時間は経っていないが、それでも一度くらいはエンカウントがあっていい頃合いである。

現状、ただの崖道ハイキング。一歩踏み外せば命がないことに目を瞑れば大したことは……ダメだ、命の価値観減量が止まらない。デスペナは軽くないんだから緊張感は持たねば。

そうして更に崖道を進んでしばらく——

「……おいでなすったか」

前触れなく、トンビに似た鳴き声が響き渡る。雲海から屹立する崖の谷間に反響して届いたそれからは、位置の特定が難しい——だがまあ、どこから来ようが同じことか。

この足場では、十八番《おはこ》の機動戦はまず不可能。できることはといえば、壁を背にして迎撃の態勢を整えるくらい——そら、来たぞ。

「下から……！」

敵襲は下方より、雲海を突き破って現れた。観察する間もなく距離を詰めてきた物体へ反射的に直剣を振れば、そいつは大きな羽ばたき音を立てて距離を取る。

「グローバード、ね……いや育ち過ぎだろ」

全体像を捉えた俺の口から、思わずそんな言葉が漏れた。姿を現したソイツの体色は青。二対四枚の大翼に比べて細く頼りない胴部のシルエットは、鳥というよりも蝶のように見える。

更に特筆すべきはそのサイズ。胴体の倍以上もある長大な尾羽まで含めれば、体長は優に三メートルを超えるだろう。馬鹿デカい翼を広げた横幅など、それ以上ありそうだ。

「デカ過ぎでは……？　これでボスじゃないのかよ……！」

慄く俺を前に、大翼鳥は黄色い嘴《くちばし》を割って威嚇音を上げ――直後、急接近。

「ッ！」

距離を潰し、振るわれるのは脚の鉤爪か鋭い嘴――かと思いきや、どんな芸当なのか下部の小翼のみで飛行を保ち、グローバードは上部の大翼を叩きつけてきた。

「鳥としてどうなんだそれ！」

鳥類の生命線をまさかメインウェポンにしてくるとは思わず、ブワッサア‼　と恐ろしい音を立てて迫り来る大翼を慌てて迎撃。

焦りはしたが反応は間に合った。カウンター気味に交錯した刃は青い大翼を斬り裂……けない⁉

「硬っ……てぇ⁉」

派手な金属音を響かせて、直剣と大翼が互いに弾かれる。そんな馬鹿なと思い目をやれば――大翼の上端中ほどにぶっとい鉤爪を備えた、翼竜を思わせる『手』が見えた。

「クッソ、やり辛い……！」

長々と文句を言う暇は与えてもらえず、逆側から再びの翼撃。再び迎撃――は間に合わねぇ！

弾かれた右手に代わり左手へ大斧を呼び出す。直剣とは比べ物にならないサイズの斧刃で咄嗟に身を庇い――全身に駆け抜ける途方もない衝撃。

「づぁッ……！」

羽毛の塊じゃねえのかよ重過ぎだろこれ！　直撃防いだのに体力ゴリッと減った、ぞ……？

「ッ――やっべ⁉」

箒で掃かれるかの如く、大翼の一撃に身体が押し流される。フィールドは崖道の最中、そんな場所であらぬ方向へ踏鞴《たたら》なんぞ踏めば……直後、足元から地面が失せる感覚。

「ひゅっ……」

――え？　マジか？　マジで？　……え？

「ちょ、ま」

大翼に凪がれ、宙に放り出された身体は一瞬の浮遊感の後――

「ッ……クッソぁああぁあぁあああああ⁉」

落下。頭上で勝利の雄叫びが如くピーヒョロ鳴きやがったグローバードを睨み付ける間もなく、大斧の重量に引っ張られるようにあっという間に雲海へと飲み込まれる。

「ッ……まだ、だ！」

まだ死んでない。このステージの構造がどうなっているかは知らないが、雲の上ということは落下の到達点たる地表へ叩き付けられるまで多少の猶予があるはず。

普通のゲームなら、こういった場合は落下した瞬間に死が決定付けられるのが常套。だがこれは【Arcadia】だ、期待通りキッチリ俺を地表に叩きつけて亡き者にしてくれるはず――ならば！

こういったシチュでの二次元的解決手段その一――剣を壁に突き刺して制動。

その重量で俺を死へと急降下させている大斧から、再び直剣へ《クイックチェンジ》。分厚い雲の只中で視界はほぼゼロだが、崖際から直下したため岩壁は手を伸ばせば届く距離にある。

暴れる鼓動と焦燥を抑えながら、上下逆さまの体勢で無理矢理に直剣をテイクバック――

「オラァッ!!」

これも火事場の馬鹿力か、踏み込みすら不可能な体勢から放たれた突きは我ながら会心の一撃。勢い良く岩壁へと叩き込まれた刃は、剣先をしっかりと壁に埋め――コンマ一秒後、まさしく悲鳴のような金属音を上げてへし折れた。

「――ッ……だぁあああ!?　そりゃこんなことばっかしてたら嫌われますわァアあああッ!!」

ムキおじ曰くの〝嫌われてる〟という評価に至極納得の叫びを響かせながら、落下は止まらない。クッソ……刺突系の攻撃スキルでもあればまた違ったか……？　いや、どの道あの折れ方は耐久力不足だろうし、刺さったとしても結局ポッキリいってただろう。

幸い、武具類は破損はしても消失はしないらしい。半ばから剣身を失った無惨な姿で手に残った直剣に詫びを入れつつ、インベントリへ仕舞い込む。

「すまん我が愛剣よ…………いや、てか」

なげぇ――いつまで落下……ていうか、いつまで雲の中なんだこれ。

感覚的にはもう百メートル以上を落ちてる気がするんだが、一向に雲が切れる気配がない。

「…………もしかすると、アレか」

ふいに疑いを覚えた思考が、一つの仮説へと行き着いて——その仮説を熟考する間もなく、白一色だった視界に異物が飛び込んできた。

それは形容するなら『石の網』とでも言うべき異様な光景。横幅数メートル程度の石橋が無数に交差し、目の荒い蜘蛛の巣の如き網目を作り出していた。

「——っやばッ⁉」

ほんの一瞬だったが、現実では確実にお目に掛かることのないであろう光景に目を奪われていた俺の眼前に、当然の如く石橋の一本が急速に迫る。

咄嗟——というよりは反射的に大斧を呼び出し、ギリギリ掠る落下軌道を描く身体を逃すべく、石橋の端へと横殴りに叩き付けた。

「ッ…………痛ぅッ……！」

今度は直剣のようにへし折れはしなかったが、代わりに激甚な反動が両腕へと返って来る。

幸い身体を逃がすことには成功したが、手の痺れが酷い。取り落としかけた大斧をすぐさまインベントリへ送還して——やべぇこれどうするよ……？

現れた石橋の網は段重ね状に下へ下へと続いている。初回のピンチは切り抜けたが、続く直撃コースの石橋が来ればその瞬間に俺のアバターは砕け散るだろう。

「……流石に、諦めてもいいんだけどさぁ」

謎の強運を発揮して目の荒い網をすり抜けていきながら、ほぼ手詰まりとなった俺は呟く。

端的に言って、どうしようもない状況だ。常識的に考えれば詰み……さっさと諦めて「次は落ちないようにしよう」なんて反省しながら目を瞑る場面——だが、

「せっかくの冒険——できる限り全力って決めてんだよなァ……‼」

迫り来る次弾、再び落下の軌道に重なる石橋との交錯までおよそ三十メートル——二十、十……

——唸れ《軽業》ＡＧＩッ‼

「ッ——‼」

下へ下へと容赦なく身体を引っ張る重力に抗い無理矢理に身体を起こし、捻り撓《たわ》ませて——石橋の横っ面へ、繰り出した右足の裏を叩き付ける。

「ッぅあっ……——次ィ‼」

ごっそり二割は消し飛んだＨＰバーも、膝から先がなくなったんじゃないかと錯覚するほどの激甚な痺れも、全て無視。

わざと軌道をずらし、次の足場へと定めた一つ下の石橋へ——着弾。

「ッだぁ痛ってェッ‼」

もはや痛みと紛うほどの痺れに左脚が絡めとられるが、右の痺れは微かなインターバルの間に気休め程度には薄れた——ＨＰだってまだ残っている、まだ死んでねえ‼

三段目、四段目、五段目……徐々に落下の勢いを横へと誤魔化していき、着弾時の激突を着地へとすり替える。僅かずつではあるが衝撃を減じ、ダメージも段階的に軽くなっていくが……流石に次が限界、これで死んだらまあしゃーなしだ。

最後の踏み切り、落下目標地点は橋の際ではなくど真ん中。この着地に俺のアバターが耐えられ

なければ、そんときは爆散サヨナラ！

目を背け続けた恐怖を奥歯で噛み潰しながら、《クイックチェンジ》――呼び出した大斧を、交錯の瞬間に全力で石橋へと叩き付ける。

耳を劈《つんざ》くような衝撃音、視界に星の散るほどのアホみたいな衝撃が俺の身体を突き抜けて――反動で吹き飛び、投げ出され、転がり、終いに大の字になって石橋の網を見上げた俺は、

「…………これは言っても許されるだろ……オレすげぇ」

視界の端――ミリ残しで耐えたＨＰを見やりながら、気を抜くままに呟くのだった。

ゲーム的に考えて落下＝死が決定づけられているとすれば、無駄に長い落下時間は全くの無意味。プレイヤーにも無用のストレスを与えるだけの不要な仕様と言えるだろう。

主観視点どころではなく、あらゆる事象に生身で相対するＶＲゲームであるならばなおのこと。人によってはトラウマ案件になりかねない長時間の落下など、無駄に実装するとは考え難い。

落下最中に「もしかして」と閃いたのは、その件についてだ。どういうことかと言えば、俺は本ルートである崖道の下になんらかの下層ステージが存在するのではと考えた。

それは上層への復帰ルート、あるいは隠し要素的な裏ルートの類を予想していたのだが――

「なるほど……崖の下から奴が飛んで来たのは、こういうワケか」

呟く俺の視線の先には、巨大な巣――鳥の巣と言われたら誰もが想像するであろう、枝やらなにやらで形作られたあの『巣』が鎮座していた。

「なおサイズ……」

クッソでかい。蜘蛛の巣のように交錯する石橋の一本を堂々と占拠するそれは、優に幅五メートルは超えようかというビッグスケール。かの大翼鳥の巨体を考えれば、なるほど納得の巨大さだ。

巣の主人は不在だが、わかりやすい見た目からして確定と考えていいはず。

なんとなくこのエリアの構造やら成り立ちを把握できた気がしなくもないが……問題が一つ。

「これ、どこ行きゃいいんだ……？」

そうぼやく俺は現在、網目状になっている石橋の最上段にいる。石橋の両端、岩壁との接合部から都合良く上へ行けるような溝があったので、それを伝って登ってくることができた。

できたが……これ、どう見てもこの先がない。両端は調べたが、更に上へ登れるような溝はナシ。

洞窟的な穴なんかも見当たらず、上層の崖道へ復帰するルートは望めなさそうだ。

「まさかの下……裏ボスとかいないだろうな」

メッチャいそう。てか、流れ的には確実にいる——しかも表ルートよりも凶悪な、明らかにこのフィールドの適正レベルを超えた『裏ボス』がな。

賭けてもいい。絶ッッッッッッッ対に低レベルがソロで挑むような調整はされていない。

「ハッハ、死への旅路ってかウケる」

クソが。こちとらアホみたいな挙動して命からがら生き残ったんだ、なにかしらの実入りは欲しいもんだが……ともあれ、行くしかないわな——下へ。

登るよりは遥かに楽だ。一段下に飛び下りる程度なら、ノーダメで受け身も取れるし……いや、踏み外して落下でもしようものなら今度こそ死ぬっつーの。危機感すら麻痺してきてるな俺。

濃い雲の中、風景の変化は意外に早く現れた。石橋の網を段々に飛び下りていくこと数分、距離的には百メートルほど下った辺りで地表が姿を現したのである。

「……マジか」

質感は壁と変わらない岩肌の床。今まで狭い崖道や石橋に散々慣らされたせいか、違和感すら感じるほどに広々とした地表だ。

「いやマジか……つまり、そういうことか？　いやでも、はぁー……」

錯覚していた——いや、騙されていたと言うべきか。

「なぁにが空架道だよ」

いまだ俺を飲み込む辺り一面の白——これは雲じゃない、『霧』だ。空架道という名称から崖の下に広がるそれを雲と誤認し、俺はフィールドの舞台を空の上だと勘違いしていた。

この岩床を地表と見るのであれば、なんのことはない二百メートル程度の崖だったわけか。それでも高いっちゃ高いが、空に架かる道という名に雲に見せかけた霧——ミスリードもいいとこだ。

「意外といい性格してんなデザイナー……いや、単なる深読みかもしれんけど」

ともあれ、ここからは本格的に裏ステージと考えて良さそうだ。難易度設定によっては、ボスどころか雑魚にさえ歯が立たない可能性は高いが……てかこの霧よ、流石に濃過ぎるだろ。

手を伸ばして指先が見えなくなるレベルってヤバくない？

この霧の中に敵が配置されていた場合、抗うどころか不意打ちワンキルもあり得るぞ……。

ＳＴＲ的な問題で大斧を常装するのは厳しい。名称に『破損』が追加されて諸々の数値が暴落しているが、折れた直剣でも多少の気休めにはなるだろう。

無残な姿にしてしまった愛剣を片手に、先の見えない霧の中を進む。文字通りの視界ゼロゆえ壁伝いに歩き続けているが、これでは分かれ道などがあっても気付けないだろう。このエリアが【岩壁の荒地】と同じような迷路構造だった場合、永遠にゴールへ辿り着けない可能性すらある。

「……十分、歩いてなにもなければ考えよう」

主に、自決リスポーンの方法をな。

かくしておよそ十分後――自決の策について考え始めていた俺の前に、ソレは現れた。

「――――、っは、え……」

齢十八、初めて『言葉を失う』という経験をこの身で味わったかもしれない。

波が引く水音を錯覚させるような勢いで、急速に割れていく濃霧。足を止めるに至った最後の一歩で、形容しがたい感覚が――俺に、領域へ踏み入ったことを強烈に知覚させる。

目眩すら感じさせるほど爆発的に開けた視界。広がる光景は距離感を喪失するほどに広大な窪地――クレーター。直径数キロはありそうな円形の窪地をグルリと囲む、三百メートルほどの高さに屹立した壁。どこを見ても無数の亀裂が走っており、俺もその一つから顔を出したことになる。

そして、それら全てを些事にする圧倒的視覚情報――クレーター中央に在る『白』が、身を固める俺の目を釘付けにしていた。

「ドラ、ゴン……？」

距離感の狂うこの大窪地中央に存在するにもかかわらず、人の目で細部まで見て取れるような桁違いの巨体。白一色の全貌は節々に爬虫類を思わせる特徴を持ち、大きな翼に長い尻尾まで見れば『あぁ、ドラゴンだな』と無条件で納得させる姿。

だが、呟きに疑問符がついた理由……明らかに異様な部位が三つある。

一つは頭部。まるで鯰のように平たい楕円形に、その殆どを占める巨大過ぎる口。今は閉じられているが、あれが全開になれば家屋すら容易く丸呑みにされるだろう。

二つ目は腹部。まるで膨れ上がった芋虫のようなそれが、重々しく地に横たえられている。全体のスケールに見合った脚もしっかり付いているが、あの異形で歩行するイメージがまるで湧かない。巨大な翼も退化しているようには見えないが、果たして飛べるのかどうか。

そして三つ目は頭部。大事なことだから二回挙げたわけじゃない、二つ目の頭部だ。長大な尾の先端に、まるでキマイラの蛇尾の如く歪な頭がくっ付いて――

「――」

目が、合った。苦悶を浮かべる人面の如き、異様な怖気を感じさせるそれと。

いや、目は閉じられている。だが、確実に見られているとわかってしまう。尾も本体同様に地に横たえられたままだが、こちらへと向く顔から――視線。

――マズい、動けない。

恐ろしいとか、威圧感がとか、そういう次元ではない。身体へ命令すら下せないほどに思考を侵す、超越的な存在の情報量による暴力。

これがゲームだと？

アレが仮想空間に用意されたデータの構築物だって？

馬鹿言うな、アレは――

「――――!?」

突如として、目前。移動したのは――俺だ。

立ち尽くすそのままに、まるで無造作に掴み寄せられたかの如く。俺は一歩たりとも動けないまま、『白』の目前へと瞬間的に移動させられていた。

目前――正確には横たえられた尾の眼前。仮想のアバターが冷汗を噴き出す。無意識に握り込もうとした直剣が、握力の失せた右手からすり抜けた。

岩地に響き渡る落下音。そして――大振動。

「っ……は、っは……、！」

絞り出そうとした笑い声は、不格好な嗚咽に。意識とは無関係に本能的な後退を試みた両足が、経験したことがないレベルの地揺れに絡め取られる。

尻餅を突いた俺の目の前で身動ぎをした『白』が――今度こそ本体の頭を掲げて、俺を見ていた。

平たい頭部の両端、まるで白内障のように白濁した巨大な瞳が二つ。

なぜHPが減らないんだ？　こんなに重たいのに。

まるで人と蟻の睨み合い――蟻に感情があったなら、こんな気分になるのだろうか。

俺も『白』も動かない。十秒、二十秒――永遠に続くとも思われた相対は、

「――っ…………くはっ」

息を吹き返した、俺の声で終局を得た。

……いやもうね、俺の負けだよ完敗っすわ。マジで呑まれた指一本動かせねえとかガチビビりかよ十八にもなってゲームでとかもうさあ……っはあぁぁぁぁああああなッッッさけねぇ!!

「やるじゃん仮想世界……いやそうな、思う以上にアレコレ順調に進み過ぎて調子に乗ってた感ありましたわ。俺スゲーとか一瞬思ったりもしてたよ」

まさかこんなビッグサプライズで鼻をへし折ってくれるとは、まったく——願ってもない僥倖だ。

「あぁ、もうなにも言えねえよ、最高か？　それ以外ねえよな最高だぜアルカディア……!!」

情報は入れずとも、想像ならばいくらでもした。

最高の冒険を思い描き、最高の出会いを思い描き、最高の戦いを思い描いてきた。

そして最後にはいつも付け足した——思い描くほどに凄ければいいなと。

夢にまで見た仮想現実。されどそれは、実現できた仮想現実である。フィクションの中に存在するような夢の世界と、果たして重なるものかはわからない。

願い続けていた——せめて一歩劣る程度のものであってくれと。

誤魔化し続けていた——きっとそれでも満足はできるはずだと。

ハッキリと言おう。俺は【Arcadia】を舐めていた。

初めて仮想世界に飛び込んだ瞬間を思い出す——現実と相違ない世界の光景、質感は圧倒的。

これまでの戦いを思い出す——現実では絶対に得ることのできなかった経験、興奮、勝利の高揚。

歩んできた冒険を思い出す——夢中になって笑っていたあの時、この時、その瞬間。

——果たして俺は、この『世界』を、ただのゲームだと認識していたか？

「トドメにお前だ」

こんな頭をぶん殴られるような出会い——思い描いていた最高が矮小と化してしまったよ。

「っと……失礼？」

無様にも取り落としていた直剣を拾い上げる。握り込んで、軽く振って、真正面に構えて見せる。

誰に見せるって？　さっきから俺を見下ろしていらっしゃる、最高の御方にだよ。

「で、お前さんは倒せんのかね」

そもそもエネミーなのか？　わからない。

「まあエネミーだとして……ソロどころかパーティ攻略すらお断りの、レイド案件と思しき威容ですがそこんとこどうよ？」

この広大過ぎるエリア構造。個人でどうこうするビジョンが毛ほども浮かばない、巨大過ぎる体軀を鑑みればほぼ間違いないだろう。

「はてさて、攻略済みで複数回挑戦可能なコンテンツなのか……まさかの、サービス開始から三年無敗の強者だったりな」

少なくとも、俺が百人いても相手にすらならないのは確実だろう。

「俺の声って聞こえてるのか？　ノーリアクション聞き上手？　返答の気配すらないからドラゴンのＮＰＣって線は廃してＯＫ？」

そろそろ限界だからいいよね？

なにが限界かって？

決まってんだろ——暴力的なワクワクに一歩踏み出す、その我慢が限界だってんだよ。

「遠慮なく消し飛ばしてくれていいぞ――絶対にいつか、リベンジに来てやるからなぁッ!!」

――ただ一発だけでいい、なにが来ようが躱す。

――ただ一発だけでいい、擦り傷すら付けられなくても当てる。

爆熱するテンションと真逆に、火傷するほどに思考を冷却。瞬間移動させられたことを思い出せ、奴は空間すらどうこうしてくるチートスペック濃厚、本体の緩慢な動きに騙されるな、攻撃手段がなんだろうと低レベル弱小スペックの俺が見てからどうこうできる相手じゃないと思え。

予想しろ、想像しろ。圧倒的強者が血迷った埃を吹き飛ばすのにどんなアクションを返す、むしろ無視されるか？　いやエネミーだとすればプレイヤー側からの敵対行為をスルーすることはあり得ないはず、戦闘行動は間違いなく取られるものと仮定する。

俺がデザイナーだったら、コイツにどんな初動を望む？　ドラゴン、巨体、見た目、鈍重、大口、尾の人面、霧、瞬間移動――オーソドックスに考えて、

「ッ――!!」

走り出していた、既に。

眼前と言ってもスケールが違い過ぎる。彼我の距離は約五十メートルフラット。

一番近いのは地に屹立する左前脚――『白』が動いた。

一手限りの決め打ち。先んじた行動に追いついた思考が結論を渡してくる。

『白』の初動は長大な尾による薙ぎ払いだ。疑問は挟まない――見てからじゃ遅過ぎる、やれ!!

全力で真上への跳躍。現ＡＧＩでの最高到達高度は三メートルオーバーだが――足りねぇッ！

『白』の初動が来る。緩慢な動作だが、その埒外のサイズゆえに遅いが超速。橋かなにかかと思わ

んばかりの、巨大な白壁が豪速で迫る。

地を抉りつつ迫る尾の軌道から、三メートル上へ跳んだ程度じゃ逃げ切れない——だから、

「——《クイックチェンジ》ッ!!」

呼び出すは大斧、限界まで身体を縮めて——足下に伸ばした掌へと。

散々使い倒して、このスキルの特性は感覚に叩き込まれている。悪用で結構、予想が正しければおそらくソレは可能なはず。インパクトは可能な限り一瞬に凝縮、宙へ翳した掌の先に現れた大斧の柄を——俺は握らずに、全力で蹴り抜いた。

細い、だが確かに空間へ固定された〝足場〟を踏み込んだ感覚。地上からの全力ジャンプと変わらぬ三メートル強を再び駆け上がり——轟音。

計七メートル弱、強引な空中ジャンプにより宙を駆けた俺の真下を、ゾッとするような風圧を撒き散らしながら『白』の尾が突き抜けた。

余波に煽られ、しかし無傷——三秒と少し、クールタイム終了。

「っ……クィックチェンジィッ!!」

次手は直剣——自然落下してる暇なんてねぇッ!!

大斧と同じく直剣を足場に再三の跳躍。墜落するように勢い良く地面へ着弾し——駆ける、そして再三の《クイックチェンジ》。

宙へ取り残した直剣が消え去り、呼び出すは——ムキおじに授けられたツルハシだ。

「ノーダメ上等……ッ！　——もらっとけやぁあアアアッッ!!」

この世界に身を投じてから、初にして最高の全身全霊。距離をゼロまで踏み潰した俺は、鱗の一

枚まで数えられる鼻先へ迫った『白』の足先へと――矮小極まるその牙を、叩き付けた。

◇『白座のツァルクアルヴ』との邂逅を果たしました◇

◇称号を獲得しました◇

・『白座を目指す者』　・『無謀を貫き通す者』

◇スキルを獲得しました◇

・《体現想護》

「――ハイ死んだぁあっしゃぁあッ!!」

シャランと蘇生。お決まりとなった復活地点の噴水で、ライトエフェクトも消えぬ間に雄叫びを上げる。周囲で駄弁ってたり道行く御先達が揃ってビクッと反応するが、いろいろと興奮冷めやらぬ俺はそれどころではない。

邂逅だの新称号だの新スキルだのを全て脳内の『保留フォルダ』に叩き込んで、逸る気持ちをそのままに呼び出したシステムウィンドウを高速連打する。怒涛のタイピングの締めにログアウトボタンへと拳を叩きつければ、現実世界への送還の光が俺のアバターを包み込んだ。

「待ってろよアルカディア――こっからはマジだ」

これより俺はＶＲＭＭＯに本気で挑みかかる。

ならば手始めにすることはなにか答えは一つ‼

「我、攻略サイト《ちしきのいずみ》を解禁せり‼」

第三章　出会い連ねて道は続く

「…………ん、ぅ……」

ゆったりとした意識の浮上。夢の世界からの帰還に慣れるには、もう少し時間が掛かりそう。曖昧な感覚の手足に少しずつ力を込めて、起き上がろうと身動ぎをした女性——少女の身体を、機械が検知して持ち上げてくれた。

自動で開閉する上蓋といい、飾り気のない機能的な外見といい、やはりゲーム機というよりは医療機器と言ったほうが似合う雰囲気だ。そんなことを思いながら起き上がり、時間を確認する。

本当ならもう日が暮れ始めていてもおかしくはないほど、長い時を体感したというのに。現実世界の時計が示す時刻は、まだ午後の三時を回った程度だった。

「……精神年齢だけ、いつの間にか大人になっちゃいそう」

理屈を何度聞かされても、イマイチ理解できない時間加速技術。果たして『中』で現実世界の仕事や勉強をした場合、それは【Arcadia】の非ユーザーから見たら明らかなズルになるのでは——

「ぁ、と……急がなきゃ」

物思いに耽っている場合ではない。早く支度に取り掛からないと、昨日に続いてまた出番を取られてしまう。少女はラックに掛かった羽織を部屋着の上から被り、慌てて自室を後にした。

「あら、今日はもうよろしいんですか?」

やはりというか、少女が目的の場所へと足を運んだときには既に先客がいた。

当たり前のようにエプロンを着けて、当たり前のように火の前で鍋の中身をかき回している女性が一人。その姿を見て、少女は不満げに頬を膨らませる。

「もう、斎《いつき》さんっ！　休日のご飯は私の当番って言ってるじゃないですか！」

文句を言えばその女性――夏目《なつめ》斎はコロコロと、冗談めかして微笑んでみせた。

「ふふ……今日も昨日の騎士様との冒険に、夜まで夢中かと思ったんですが」

「っ！　ま、まだ変な誤解してる！　本当にそういうのじゃないですからっ、ゲームですから！」

こんなとき、すぐに顔に出てしまう自分が恨めしい。こういった誤解も、顔を赤くして弁解したところで説得力がないのは自覚しているから。

昨夜初めての冒険に興奮冷めやらぬまま、彼女を捕まえていろいろと語ってしまった自分が悪いのだ。からかわれるのは諦めて、ともかく彼女をキッチンから追い出さなければ。

どいてどいてと鍋の前から押しやれば、斎は「あらあら」とさして抵抗も見せずに場所を空ける。ジト目を向ける少女を見やる視線は、生暖かさ百パーセント――母や姉のそれである。

手の回らない家事全般をしてくれている彼女には感謝が尽きないが、自分の役目まで強奪したりおかしな部分まで面倒を見ようとするのは勘弁して欲しいものだ。

少し行動を共にしただけの男性に、一目惚れでもするような……いわゆる、チョロい子だとでも思われているのだろうか。あまり甘く見ないでもらいたい。

「まったく……お出汁、お味噌汁ですか？」

「はい。後は任せてしまってよろしいですか？」

「今日は洋食が良かったです」

「あらあら。では、明日はスープにいたしますね」

「春休みなんだから、明日も私がお料理当番ですっ‼」

お返しとばかりに放った憎まれ口は威力が足らず、するりと受け流されてしまう。

彼女の歳は、確か二十代半ば——果たして今から十年そこらで、自分も彼女のような余裕を身につけられるものなのだろうか。残念ながら想像ができない。

本格的にむくれ始めた少女の様子を見てとったか、からかいの雰囲気をあっさりと引っ込めて、傍らに控えた斎は柔らかく微笑む。

「機嫌を直して、お話を聞かせてくださいな。今日もまた、賑やかな冒険をされたのでしょう?」

彼女のこの雰囲気に、少女は弱い。和やかな姉のような、あるいは穏やかな母のような眼差し。どうしてもくすぐったくて、恥ずかしくて、目を逸らしてしまうから。

「まあ……そうですね、賑やかではありました」

「なら、聞かせてください。これでも私、お嬢様の冒険譚のファンになってしまいましたので」

本当にワクワクした様子を隠しもせず言ってくるのだから、この人は憎めない——けれども、少女としては見逃せない点が一つ。

「『お嬢様』なんて言う人には、聞かせてあげません」

「これは失礼しました。では——そら様、どうかお話を聞かせてくださいませんか?」

「い・つ・き・さん?」

「もう、そらったら細かいことばかり気にするんですから。早く楽しいお話を聞かせて頂戴?」

いいように手玉に取られている感が拭えずにムッとしつつ、少女――そらは「仕方ないですね」とそっぽを向きながら、昨夜に続く冒険を話し始めたのだった。

「嘘やん……」

スマホを片手にネットの海に潜っていた俺は、もう何度目とも知れない呟きを漏らしていた。

いやマジでもう何回言ったかわかんねえよ「嘘だろ」の乱舞、驚愕の祭りだよ……俺のプレイしていた【Arcadia】は、大衆のそれと別ゲーだった……？

初見で飛んだ最大手らしき攻略サイトの各種ページ数にドン引きして、とりあえず検索対象は現状で求める最低限に絞りはしたが……いやダメだ嘘やんが止まんねえ。嘘やん。

まず直近で最大の疑問である【白座のツァルクアルヴ】についてだが――なんとコイツ、既出ではあるがいまだに攻略法不明なレイドボスとして情報欄がハテナで埋まっていた。

三年も経って発見済みで未攻略のボスとかマジ？

なんか例の剣王ちゃんも含めた総勢三桁に上るレイドパーティが挑戦して瞬殺喰らったらしいんですが……考察する気にもならんな。情報が少な過ぎるし、気が向くまでパス安定。

んで、次はとりあえずＭＭＯで探っとくべき最重要項目――つまりはキャラクタービルドの育成方針についてのあれこれだが……うん、ちょっとこれに関しては心の整理がおっつかねえわ……。

特記事項をシンプルに三行にまとめてみようか？

一、ＡＧＩ特化はやめとけ！　後々後悔して死ぬ！
二、軽装戦士はプロ勢の特権！　一般人は鎧着込め！　死ぬ！
三、《全武器適性》はゴミ・オブ・ゴミ！　死ね！

「狙い撃ちか？」

いっそ芸術的なまでに地雷踏みまくってんぞ我が分身よ。恥ずかしくないの？

けれども、その結論に達するまでに閲覧した記事の数々に納得いっていない自分がいる。なんというか、いろいろと俺の認識とは食い違っている部分が多過ぎてだな……。

「なにより……《全武器適性》ツリーがゴミってのがあり得ねぇ」

ログアウト後、一心にスマホと睨めっこを始めて既に二時間近くが経っている。その間で俺はいい加減に無知無能を脱却し、【Arcadia】について諸々の仕様をある程度は飲み込めたと言えよう。

現在のゲーム内ステータスについても、先達の記した膨大な情報と照らし合わせておおよその自己評価は下せている――が、問題はその評価値が余りにも低過ぎるという点だ。

まず【Arcadia】のキャラクタービルドにおいて主軸となるのが適性スキル。俺で言えば《全武器適性》になるが、これは複数種類を取得したらどれか一本をアクティブ化する形になるんだとか。

つまりは《片手剣適性》と《両手剣適性》の二種を習得したとしても、それらを同時に運用するのは不可能。どちらを適用するか選択して、オンオフを切り替える必要がある。

ちなみに魔法適性は武器適性と共存できるらしく、ソラの《短弓適性》と《光魔法適性》のように一つずつをアクティブにできる……とのことだが、今の俺には関係ない。

で、適性取得後はその性質に沿ったスキルを習得していくシステムになっているのだが、これらはツリー形式……適性スキルを核として、それに見合ったスキルが順次取得できる形となっている。

そして当然、適性スキルを切り替えればそのツリーも丸ごと切り替わる。複数の適性ツリーから好き勝手にスキルを選んで付け替える……ということも、できない仕様というわけだ。

そういった前提を元に、呆れるほど多岐にわたる適性スキルが個々に評価を付けられているのだが、《全武器適性》はワーストとはいかないまでも、下から数えたほうが早いほどの低評価っぷり。

挙げられている理由はいくつもあるが……まず一つ目は俺も予想していた通り、専門的な適性ツリーと比べてどうしても火力諸々の倍率補正が劣ること。これはまあわかる、次。

二つ目、基本的に攻撃スキルを覚えられないらしいこと。要は必殺技的なアレがほぼ用意されていない不遇というわけで、これには流石に俺も「マジかよ」とえずいた。

そりゃまあ不遇だわ、わかるわかる次。

三つ目、ツリーの核であり目玉でもある《クイックチェンジ》のスキルがマジもう使い物にならないくらいのゴミで——はいストップ。

「ないわ」

いやないわ。他の何をおいても、これだけは文句なし完全無欠なる神スキルだろいい加減にしろ。クイックチェンジ先生と呼んで差し上げたまえ。

曰く、起動までのラグが酷くて使い物にならない。

曰く、そもそもイメージ力の要求度が高過ぎて起動が不安定。

曰く、必死こいてスキルを起動させるより手動のほうが早い。

「どこの世界線の話かな?」

なにを言ってんだこの御先達共は……戸惑ったのは取得直後の一度目くらいで、それ以降は手足の如く自由自在に働いてくれているんだが？

別段、思考操作の難易度が高いとも思えない。呼び出したい装備の外見やら名前やらを、パパッと思い浮かべて起動するだけだ。慣れたら一秒も掛からんて。

個人差……？　いや、それにしたって……うーむ。

俺が思うに、《全武器適性》のツリーは──というよりも、《クイックチェンジ》というスキルは〝壊れ〟……即ち『下手すればゲームバランスを壊しかねない』性能を備えた超優良スキルだ。戦闘中の即時武装変更による臨機応変な展開を実現し、限界所持容量などの問題点さえ解決すれば攻守も自在にこなせるポテンシャル。

加えて武器を切り替えた瞬間の重量無視。更には手元に召喚してから握り込むまでの一瞬だけ、宙に固定されている猶予期間──『白』の一撃を躱した土壇場の空中ジャンプこそ、まさしく後者の性質を利用して実現したものである。

これだけやたらめったら悪さができそうな特性を詰め込まれているというのに、下されているのは低評価の乱舞、ゴミスキルの烙印──解せぬ。

ピーキーなのは、まあ認めるけどさ。俺もオワタ式で九割脊髄反射の高機動戦士とかいう、初心者にあるまじき戦法を取る羽目になっていることだし……現状、別に本意ではないからな。

確立しつつある跳ね回り《ピンボール》戦術は楽しくて気に入ってるけど、正直言えば着られるものなら普通に防具くらい着たい。いまだに見た目が簡素なアンダーウェアそのままだから、街を歩いていれば高確率で「なんだアレ」的な視線がぶっ刺さるんだよ。

「けどなぁ……やっぱなぁ……」

サイトを見る限り、狙った適性スキルの取得自体は難しいモノではない。だから先達の評価を参考に今から専門スキルツリーに転向、という案もなしではないんだが……。

「二日目にして、早くもしっくり来てんだよなぁ」

俺がこれまで経験した三度のボス討伐も、崖下への転落から無理矢理に命を繋いだ件も、『白』の野郎へ反撃くれてやった一幕も——どれもが、今のビルドだからこそ成し得たと言えるだろう。

大衆の意見を素直に鵜呑みにすることができなくなっている程度には、アバターに育まれた力は既に俺自身の信頼を勝ち取ってしまっているのだ——ならば、物は試しだ。

攻略情報の収集というやつは、見て納得してハイおしまいではない。不特定多数と意見をやり取りすることが容易な現代、自分からも発言しなくては損というもの。

確かプレイヤーコミュニティの場も設けられた、【Arcadia】のユーザー専用ホームページとやらが……あった、これか。機体ＩＤとパスを打ち込んで、と。

「あら、名前とアバターＩＤ表示されてら」

なるほど、非匿名性なのか。この手のサービスでは珍しい気が……まあその辺り、唯一のＶＲコンテンツということでいろいろと事情があるのだろう。

ざっと直近の掲示板を確認させてもらったところ、勝手知ったる皆様はフランクでありながらも丁寧かつ落ち着いたやり取りをされているご様子。

アバターという〝ガワ〟を纏う仮想世界といえども、実際に顔を突き合わせてのコミュニケーションとなるからだろう。他人への礼儀作法など、現実と変わらないものを求められるのはまあ当然といえば当然……お、質問板みっけ。とりあえずここで聞いてみようか。

初心者アピールを忘れず添え、諸々の疑問点を書き連ねて——こんなところか、ほい投稿っと。

「お返事お願いします……っと。さて」

休憩はもう十二分。夕飯までには戻ると母上殿には通達した。仮想世界に籠もりっぱなしの俺には非常に非情な視線がぶっ刺さったが、せめて一週間程度はこのままご容赦いただきたい所存。

「差し当たり、ムキおじのクエストだけサクッと終わらせますかね……ドライブ・オン」

落ち着きを見せないテンションに引き摺られているせいだろう。ここ二日で数を増している独り言を零しつつ、機体に横たわった俺は今日三度目の起動鍵を口にした。


【陣営不問】質問兼雑談掲示板【Ｐａｒｔ．１２５９】

139：【テレサさん】
その辺は本人のＰＳによる所が大きいのでなんとも
とりあえず上でもあがってる構成で試してみるが吉かと

140：【Ｌｉｌａｃ】
ちなみに集められるなら最低でも三人以上を推奨しておきます

141：【メカブ王国】New!
あそこは処理ミスるとペアじゃフォロー効かない場合が多いからね

なるほど……わかりました。とりあえず上記の構成で凸ってみようかと思います！
人数も三人は集まるかと！　皆さん丁寧なレスありがとうございました！

142：【Nier】
頑張ってねー！

143：【テレサさん】
ご新規さんはいつ見てもほっこりしますなー

144：【佃煮侍】
人口ガッツリ増加とか、なかなか望めないゲームだからね
新規はプレイヤー一人一人を大事にして盛り上げていかないと

145：【Haru】New!
初めまして、昨日から始めた新参者ですが失礼します。諸事情あって先ほど攻略サイトを解禁したのですが、当方のビルド運用の所感といくつかの記事とで食い違いがある点についてご意見を伺いたく、書き込みをさせていただきました。主題としましては全武器適性ツリーについて――……

――……
――……
――……
――……
――……
――……

――――……

……――以上が、疑問に思った点となります

146：【Ｈａｒｕ】New!

無知者ゆえに取り止めのない説明となってしまいましたが、ご意見いただければ幸いです。

ｐｓ．これよりアルカディアに潜るので再レス遅れます

ムキおじを待たせていますのでご容赦ください

147：【Ｎｉｅｒ】

……………………なっがい!!

148：【テレサさん】

え、ご新規さん……え、何この……なに？

149：【リカル電灯】

なんかいろいろとぶっ飛んだこと書いてね……？

いやｐｓじゃねえよ戻ってきてちょっと

150：【佃煮侍】

全武器適性ツリーとか一年近く話題に出てなかった気がする

151：【ヘーゼル】

一番謎なのは唐突に出た「ムキおじ」なるワードでは？

152：【Ｌｉｌａｃ】

いや長いし堅いし業務報告かな？　真面目に書いてるのかおふざけなのか判断に困るね

153：【テレサさん】
この板は非匿名だし、新規でいきなり荒らしは流石にないんじゃ……

154：【Nier】
クイックチェンジってあれでしょ？　サービス開始すぐのときに少し話題になったやつ。
いろいろと残念で使えないって結論じゃなかった？

155：【Lilac】
ハルさんは、その使えないって評価に疑問を抱いてるみたいだね。挙げてる反論がアレだけど

156：【リカル電灯】
即時起動に連続起動が容易……戦闘中の話だろ？
加えて切り替えた瞬間の重量反映ラグを利用した過重量武器の投擲やら、同じく切替時の瞬間的座標固定を利用した擬似的な空中ジャンプ………？？？？

157：【テレサさん】
今いる中で全武器適性ツリー触ったことある人っています？

158：【リカル電灯】
俺あるよ。てかサービス開始後しばらくはメインツリーだった。産廃認定されるまでね

159：【Nier】
おぉ！

160：【リカル電灯】
だからこそ頭抱えてる

161：【Ｎｉｅｒ】
おぅ……
162：【Ｌｉｌａｃ】
経験者的には実際どう思う？
163：【リカル電灯】
いや、端的に言って無理。少なくとも俺は無理
昔と違って思考操作とか慣れてる今の状態で触ったとしてもクイックチェンジは無理マジで
164：【Ｎｉｅｒ】
そこまで？　や、あたしは触ったことないからあれだけど
165：【リカル電灯】
簡単に言えば、戦闘中に脳内で絵を描けるかって話
それもただの絵じゃないぞ、めっちゃ精細で一目見てそれとわかるほどハッキリくっきりした絵だ。そのくらい詳細なイメージが最低限の起動条件なんだよ
166：【テレサさん】
私は無理ですね、物理でも脳内でも絵心が死滅してるので
167：【Ｎｉｅｒ】
あ、はい無理です
168：【Ｌｉｌａｃ】
厳しいね。片手間でインベントリ操作して切り替えたほうがまだ現実的かな

169：【ヘーゼル】
そしたらやっぱ冗談の線が濃厚？
170：【リカル電灯】
いや、でも切り替え時の仕様については確かにその通りなんだよね
だからまあ、Ｈａｒｕさんが本当に自在な起動を可能としてるなら……
171：【Ｌｉｌａｃ】
要求ＳＴＲを無視して大斧ぶん投げたり、呼び出した武器を足場にして空中ジャンプしたりも？
172：【リカル電灯】
………ありえる、かもしれん。
173：【佃煮侍】
いやマジか……マジか？
174：【テレサさん】
書くだけ書いて行かれちゃったのが痛いですね。これ普通に特大の要検証案件なのでは
175：【リカル電灯】
いやほんとそれ。ｐｓじゃないよ戻ってきてＨａｒｕさん
176：【ヘーゼル】
というか新規さんだし書き方から察するに、ゲーム内でもここ見れることを知らない感じだよね
177：【テレサさん】
あーそういう……

178：【Ｎｉｅｒ】
いっそのこと凸っちゃうとか？　昨日始めたばかりなら行けるエリア限られてるだろうし、初心者フィールドならかっそ過疎だからすぐ見つからない？

179：【リカル電灯】
それもアリか。暇してるしダメ元で探してみようかな……あれ、てか陣営

180：【リカル電灯】
あっ

181：【Ｎｉｅｒ】
イスティアぁ⁉

182：【テレサさん】
えぇ……

183：【Ｌｉｌａｃ】
前情報なしで始めたって書いてあるけどそのレベルか……

184：【佃煮侍】
東に新規とか修羅勢か……？

185：【リカル電灯】
いや、うん、まあ置いといて……俺ダメだわ南勢

186：【Ｌｉｌａｃ】
自分はノルタリア。イスティア陣営の方いるかな？

——————……

——————……

187：【Ｌｉｌａｃ】
いないかぁ

188：【リカル電灯】
詰んだ。はぁあああ本人が戻るの待つしかないかー

189：【Ｋａｇｕｒａ】
横から失礼、探してみようか？

190：【リカル電灯】
おっ！　マジか頼めるかな？

191：【Ｎｉｅｒ】
カグラさんじゃん！　なになにイスティアでお仕事中？

192：【Ｋａｇｕｒａ】
納品にね。面白そうだから探してみるよ、Ｈａｒｕとやらを

193：【Ｌｉｌａｃ】
それじゃお願いします。発見できたら真偽だけでも報告いただければ……流石に気になる

194：【Ｋａｇｕｒａ】
はいよ。それじゃあね

195：【佃煮侍】

健闘をお祈り申し上げる

196：【テレサさん】

久しい爆弾投下だった……待ちになるでしょうから、進展か別の質問来るまで減速しましょうか

197：【ヘーゼル】

ごめん、最後に一つだけツッコミ入れたいんだけどさ

198：【ヘーゼル】

ハルさん「昨日から始めた」って書いてるんだけど、ドライブ二日目ないし初日からボスを倒せるレベルの戦闘をこなしてるってこと？

199：【Lilac】

…………………………

200：【Nier】

カグラさん早く見つけてぇえええええ!!

「白座の王」

開口一番――正確には白いあん畜生を殴り付けたら当たり前のようにヘシ折れたツルハシの交換をせびりに鍛冶屋を訪れた俺が低頭姿勢でへーこらしながら柄の半ばで真っ二つになった借り物を献上した後十数秒の沈黙を経て――ムキおじは厳かに、そう口にした。

「……よくおわかりで」

白座の王――それが何者を指し示すものかなど、考えるまでもない。

「鍛冶は鉄を読む」

「……っ、……は…………？」

――いや「通じたな」みたいに頷いてんじゃねえ。わかんねえよ、アンタそれで意味が伝わると思ってんなら言語中枢交換したほうがいいよ？

「なるほど、深い……」

さりとて、ＮＰＣに好感度パラメータなど設定されていたら後が怖いので日和見安定。

しかして、本音を押し殺してわかったように頷き返す俺をガン無視しながら、ムキおじはジッと折れたツルハシ――微かに白く変色した、その鋒を見つめていた。

深いね、主に心と心の溝が……と、

「おん？」

シャランと軽快なサウンドが耳に届く。違和感を探せば、視界端に『クエスト更新』の通知が。

「大翼鳥の尾羽を一束だ」

それと合わせて、ムキおじからも口頭の通達。

照らし合わせてみれば、クエストの採集アイテム一覧から青色鉄鉱石の名前が消えていた。

「あれ、鉄鉱石はもういいので？」

二つ目の鉱石を見つける前に大翼鳥から紐なしバンジーをご案内されたので、要求数は集まっていない。にもかかわらず、達成条件から【青色鉄鉱石】が消えたことに首を傾げていると――

「必要ない。芯材にはコイツを使う」

そう言ってごつい手が示したのは、今しがた俺が渡したツルハシの残骸……え、マジで？

「屑鉄だが、爪の先ほど『力』を喰っている。初めの一本にしては、でき過ぎた芯だ」

「……マジか」

キタコレ……確実に特殊なルート入ったろ⁉

こうしちゃいられねぇ待ってろ鳥野郎、今から根絶やしに行くからよぉッ‼


イスティアの中央街区。待ち合わせスポットにもなっている噴水広場にて、思案顔で一人佇む女性プレイヤーの姿があった。

炎のように鮮やかな緋色の髪が目を惹く上に、殊更に目立つのはその装い。専門の職人が不足しているため、アルカディアの世界ではいまだ希少な和装。中でも特に高額で取引されている振袖状の着物をラフに着こなしたその姿は、物静かに立っているだけの彼女をひどく目立たせている。

「ふーむ……」

気まぐれで覗いた掲示板で興味を引く案件に思わず首を突っ込んだが、ほぼ手掛かりゼロの状態から始めた人捜しは難航する……かと思いきや、『彼』の情報はアッサリと転がり込んで来た。

イスティアではおおよそ半年ぶりの新規参入ということで、件のプレイヤーは予想以上にこの街で目立っていたらしい。少し聞き込みをしただけで、結構な情報が手に入り——というか、現在地までもが呆気なく判明してしまった。

というのも、先ほどアホみたいな速度で転移門へ突撃しながら「断崖の空架道ィエアッ!!」などと雄叫びを上げていた姿が目撃されており……どうにも掲示板で見た業務報告の如き堅い文章と、実際の人物像が乖離している感が否めない。

そもそも掲示板には『昨日から始めた』と書かれていたはずだったが、二日目にして初心者エリアの三つ目を攻略中とはどういうことなのか。

更に目撃情報が正しければ現在はソロで突撃しているらしく、いよいよもって意味がわからない。そもそもドライブ二日目の新規プレイヤーが、高レベルプレイヤーに「アホみたいな速度で走っていた」と言わしめるような全力疾走などできるはずがないのだが——

「……なんだ、俄然面白そうじゃん」

首を突っ込んだのは気まぐれかつ暇潰し程度のつもりだったが、予想外に楽しい出会いになる予感がしてならない。彼女は一人呟くと、楽しげに髪を揺らして噴水広場を後にした。

「キサマさては雑魚敵じゃねえなっ!?」

勢い込んで舞い戻った【断崖の空架道】——崖道の一角にて殴り合いに臨みながら、俺は確信を持って因縁の鳥野郎へと毒づいていた。

どうしたもこうしたもない。この大翼鳥、雑魚扱いの一般エネミーにしてはあらゆる面でタフ過ぎるのだ。一方的に襲撃を受けるしかない戦闘フィールドも相まって、そもそもまともに戦《や》り合うことを想定されていない気がする。

ならば求められるは撃退か逃走の二択だと思うのだが、後者は現実的ではない。この崖道、下手なところ踏み抜くと当たり前のように崩れるからね？

こんなところで全力逃走を試みるとか、遠回しでもなんでもない直接的な自殺と同義である。

「ならば撃退……！　一定の与ダメージか時間耐久と見た！」

どちらかでも達成すれば撃退できるものと信じるしかない——ならば、俺こと紙耐久が取れる択など前者しかあり得ない。

「まあ、たぶんカウンターが正攻法なんだろうが……！」

しゃらくせえ。空中が既にお前だけの領域ではないと教えてやんよ!!

執拗にラッシュを仕掛けてくるグローバードへ、《クイックチェンジ》からの大斧一閃。虚を突いた大得物の一撃に、慌てた様子で距離を取ってみせた大翼鳥に対して——

「男は度胸ッ!!」

俺が取るアクションは、追撃の一手。身を引き留めようとする僅かばかりの恐怖も蹴飛ばして、全力で崖の『先』へと踏み切る。果たして鳥の眼にも俺の狂行は衝撃に映ったか、動揺したように一瞬だけ動きを鈍らせたグローバードの頭上を取ることに成功。

そして更に、右手には大斧に代わり喚び出した直剣がスタンバイ。飛び出した勢いのまま、ムキおじの修復によって剣身を取り戻した愛剣の刃を——

「ッらぁ!!」

間抜けヅラを晒す鳥頭へと、叩き込んだ。

ＨＰの減り自体は大したことないものの、意表を突いた一撃は間違いなく痛打となっただろう。

甲高い悲鳴が木霊するが、俺のほうもそれに対して「ざまあみろ」と叫ぶ余裕はない。

――まだか、早く早く早く早く早く早く……っしゃクールタイム終了ァ!!

「《クイックチェンジ》！」

重力に引かれる身体を、先刻会得した裏技空中ジャンプで跳ね上げる。直剣と入れ替わりに現れた大斧を足場にして崖道へと舞い戻った俺は、言い表せない達成感に身を震わせて叫んだ。

「っしゃおらあッ！　どうよ擬似空中戦これでもまだ産廃扱いかぁ!?」

流石にマジ物の空中ジャンプスキルとは張り合えないだろうが、正規の手段がない身で空を踏めるというのはデカいはずだ。

意表を突くという面も評価できる。まさに今、泡を食って離脱していく大翼鳥の姿がその証左！

「いよっし、とりあえず下さえ見なけりゃなんとかなるな」

リベンジを果たすと共に、新たに習得した疑似空中殺法が鳥野郎に通じることは証明された。

間違って下を注視するとメンタルが削られる点を度外視すれば、攻略法を確立したと言っていいだろう。正直なとこ吐きそうなくらい怖いし自分でも「ねえ正気？」と自問しないでもないが、常識には積極的に蓋をしていく所存――これゲームだから、へーきへーき。

「それじゃまあ、サクッと突破しますかね！」

【陣営不問】質問兼雑談掲示板【Ｐａｒｔ．１２５９】

896：【Ｋａｇｕｒａ】
勢い止まってなくてビックリ。躊躇なく崖から飛ぶ変態を見つけたのもビックリしたけど

897：【Ｈｉｓａｓａｇｉ】
いやーでもなぁ。三年経った今でも空中ジャンプスキルは取得者ゼロだし……
そんな抜け道みたいな方法でプレイヤーに空飛ばせるかなぁ？

898：【Ｎｉｅｒ】
ハイ待ってたカグラさん!!

899：【Ｌｉｌａｃ】
え、思ったより早かったというか崖から飛ぶ変態……？

900：【テレフォンキャノン】
お？　続報来た感じ？

901：【Ｎｉｅｒ】
はいはい減速ー!!　カグラさんが報告を書いてくれるから減速するよみんなー!!

902：【Ｋａｇｕｒａ】
いたよ例のプレイヤー。三つ目の初心者エリアの崖で鳥と戦ってた、というか今も戦って……あ、また身投げした……。説明難しいんだけど、崖から跳んで攻撃した後に武器を切り替えてそれを足場にジャンプして崖に戻ってる……みたいな。あんなの見たことないんだけど、なぜか服着てないし凄いテンション高いしなんか叫んでるし怖い

903：【Ｌｉｌａｃ】
…………？？？？
904：【Ｎｉｅｒ】
おう……まとめ役すら言葉を失う。カグラさんムービーとか撮れない？　せめてスクショでも
905：【Ｋａｇｕｒａ】
だめ、撮影認可されてない。プライバシー設定デフォのままなんじゃないかな
906：【Ｋａｇｕｒａ】
服着て欲しい
907：【Ｌｉｌａｃ】
え、なに、裸の変質者が投身自殺してるって話？
908：【Ｎｉｅｒ】
なにそれこわい
909：【Ｋａｇｕｒａ】
初期アンダーウェアで剣と大斧振り回して高笑いしながら地上空中問わずに跳ね回ってる人の話
910：【Ｎｉｅｒ】
なにそれもう逮捕じゃん
911：【テレフォンキャノン】
新種のエネミーってことでＯＫ？
912：【Ｈｉｓａｓａｇｉ】

なんかもう滅茶苦茶で草
913：【Ｌｉｌａｃ】
ええと……カグラさん、コンタクト取れますか？
身の危険を感じるようであれば観察だけでも構いませんが
914：【Ｋａｇｕｒａ】
凄いペースでルート進んでもうボスエリア入っちゃったんだよね
とりあえずこのまま様子窺って覚悟決まったら声掛けてみる……で、いい？
915：【テレフォンキャノン】
イスティアのボス戦って、初心者がソロでどうにかできる難易度だっけ……

「さぁ、この思わせぶりな台地よ」

度重なるグローバードの襲撃を返り討ちにしつつ、途中から上り道が増えた崖を越えた先――俺の前に姿を現したのは直径三十メートルほどの円形の台地だった。

足元も滑らかとまでいかないが、崖道よりは遥かにマシな平地で目立つオブジェクトは特になし。縁をぐるりと一周してみるが、もと来た道の他にルートは見当たらない。ならば恐らく……

「終点か……」

長く苦しい戦いだった……いや距離自体は大したことなかったが、なんせ足場は悪いわクソ鳥の襲撃がしつこいわでやたらと神経を磨り減らされた。

崖ジャンは試行回数が二桁に達した辺りで恐怖感など麻痺したものの、である。それを差し引いても、気を使う点が多ければ疲労が溜まるのは避けられない。

さてさて、そんな苦難の道を乗り越えた先。このゴールで待ち受けている相手とやらは……もうわかってんだよなぁ――なにせまだ、一体たりとも倒せていないのだから。

「ムキおじも待ちくたびれてるだろうしな……その尾羽、そろそろ毟《むし》らせてもらうとしようか？」

周囲の気配が瞬時に切り替わる独特な感覚。これまでのボス戦で幾度か経験してきたそれを肌で感じ取ると同時、台地中央に立つ俺を囲むように甲高い鳴き声が響き渡った。

そう、囲むように――即ち、複数。道中で散々襲撃されるうちに、俺も推測に至ったのだが……つまるところ、この『断崖の空架道』におけるボスエネミーとは、

「乱戦系ボスってところか。そりゃアホほどタフに決まってるよなぁ、グローバードさんよ？」

――崖の縁から舞い上がり、姿を現した巨体は四つ。どれもが青い身体に大翼を広げて、等しく見覚えのある位置になんらかの傷跡を負っている。

その傷が示すのはつまり、どいつもこいつも俺が道中で撃退してきた個体ということだ。

しかし襲撃回数を考えると、もっと大量に出現してもおかしくはないはず……その辺は追加投入枠か、こちらの人数に合わせての難易度調整だったり？　後者を願おう。

管楽器の重奏の如く口々に俺へと威嚇音を上げるグローバードを見上げながら、ここまで溜め込んできたフラストレーションを露わに……見せ付けるようにして直剣を構える。

「アスレチックハイキング、それなりに楽しかったぜお邪魔キャラ共――存分に礼をくれてやるか

ら、覚悟しやがれ！」

啖呵に反応したのか否か――次の瞬間、一際甲高い鳴き声と同時に三体のグローバードが動いた。等間隔で俺の四方を囲んでいたうちの左右と後ろの個体――アクションは単純な突進！

「ッ……!!」

反射的に迷いかけた足を即座に切り返し、背後から迫る一体へと突き進む。これまでの崖道とは比べようもないほどに広いが、それでも狭い。向かい合って直進すれば交錯は一瞬だ。

「足場があるなら……！」

俺の転進に、後ろから迫っていた一体がなんらかのアクションを取るよりも先に――

「腰も入るってなぁッ!!」

嘴の刺突をいなして擦れ違いざま、全力の一撃を細長い首筋へと叩き落とす。存分に慣性の乗った巨体に持っていかれそうになるのを堪え、更に踏み込み――

「――ッだらァ!!」

強引に振り抜く。いくら巨体といえど飛行生物。矮小な人の身とて地に足ついていれば、膂力で勝ることも――いや現実じゃ絶対無理だわ、万歳ファンタジー！

地に叩き伏せられ悲痛な声を上げる一体に追撃の手を上げかけるが、左右から勢い良く迫る風切音を聞き取って即座に撤回。

飛び退った瞬間、左右それぞれから新たな巨体が仲間を守るように飛来した。俺が元いた場所へ仲良く空振りをお見舞いした二体をよそに……おうコラ、羽ばたきの音でバレてるかんな？

「そのデカい翼で不意打ちは無理だろう、よッ！」

《クイックチェンジ》――真上からの急襲を目論んだ四体目へ向けて、逆に大斧投擲による不意打ちをお見舞いしてやる。重量反映までのコンマ数秒、仕様の間隙を突いた瞬間操作。

片手で放られた大斧は高速回転しながら軽々と空を裂き――グローバードの鼻っ柱に激突した。

これまで空中で見舞ってきた、踏み込みのない攻撃とはわけが違うだろう。存分に威力の乗った一撃は特大のヒットエフェクトを炸裂させ、直撃を受けた大翼鳥の嘴が爆散するように砕け散った。

そのまま墜落してくる巨体を見上げながら、我ながら悪い笑みを浮かべて落下地点へ歩み寄る。

「さてお披露目だ、武器変レパートリー三号」

大斧を運用していて確信した、やはり『重い武器は強い』――ならばその威力に魅入られた俺が次に求めるは、重量武器の代表格！　いでよキングオブ鈍器!!

足元へと墜落した一体へ向けて、空手のまま振り上げた右手を振り下ろす。そしてその最中、大翼鳥の巨体に遅れて落下してきた大斧が頭上で消え去り――新たに手中へ現れるは、異形の戦鎚。

「我流――《クイックチェンジ》ストライクァッ!!」

両手がかりでも確実に持ち上げられないサイズの大鉄塊が、インチキまみれの高速スイングによって与えられた慣性をそのままに本来の重量を取り戻し――着弾。

――――ッッッ!!

形容し難い悲鳴――否、それは既に声ではなく、単なる飛散音。

クエスト内容の変化で浮いた青色鉄鉱石を芯材に、限界まで鉄をぶち込んで仕上げていただいた戦鎚――その名も【歪な鉄塊鎚】は、振るった本人をドン引きさせるような威力を発揮してみせた。

具体的に言うと、大翼鳥は頭を爆散させて絶命――えぇ……複数ボスとはいえほぼ一撃？

「重量はパワーだった……？　いや、慣性ブーストが強力過ぎたのか……？」

大ダメージだぜヒャッハァ！　くらいの気持ちで叩き込んだ一撃の予想を超えた結果に、謎に冷や汗を垂らして困惑してしまう。更に言えば、動揺したのは俺だけではなかったようで……今まさに味方のフォローに入ろうとしていた他三体も、ビビったように硬直していた。

立ち尽くす俺。

燐光となって消えていく一体のグローバード。

羽ばたきもそぞろに俺の動向を窺う鳥三羽。

そしてそっと顔を上げて……視線を返す俺。

その瞬間——俺の第六感が『恐怖』という感情を受信した時点で、彼我の関係性は『ボスとチャレンジャー』という形から『獲物と狩人』へと変化した。

どちらが獲物か、もちろんわかってるね？　さあ尾羽を寄越せぇ……！

「…………………………」

【断崖の空架道】の一角——ボスエリアのすぐ手前にある岩陰に身を潜めている彼女は、どう言い表せばいいのか見当もつかない光景に頭を悩ませていた。

別に隠れる必要はないはずなのだが……追跡していたプレイヤーは現在ボス戦に——ボス戦でいいんだよねアレ？　私の知ってるボス戦と違うよ？　……ともあれ、ボス戦に挑んでいる人物がわりとやべぇ奴なため、大事をとって接触を先延ばしにしている状況だった。

「……掲示板に書いてあったことは、一通りこなしてるっぽいよね」

空中ジャンプに関しては道中で散々披露してもらったし、《クイックチェンジ》スキルを用いた重量武器の瞬間操作もこの目で見ることができた。

職業柄ちょっといろいろ物申したい戦鎚が出てきたが、確かにアレを彼のように片手で振るうのは低レベルのステータスでは本来不可能だろう。

というか、高レベルの戦士でも怪しい。総鉄製と仮定して目算で重量を勘定するが、少なくともＳＴＲが300は必要……片手であの速度のスイングとなると、その倍は欲しい。そこまで筋力偏重のビルド構成は現在の流行ではない。

というか、あんなものをインベントリに入れて限界重量は大丈夫なのだろうか？　もう一つの店売り品らしき大斧だって、かなりの重さがあるはず――え、だから防具を着てないの？　まさか消費アイテム類も持っていない感じだったりする？

「どうしようアレ……」

ここに至っては、もう間違いないのではなかろうか――あのプレイヤーが、彼女の知る『規格外』たちと同種の存在であることは。

自由なようで意外と枷の多いこの仮想世界の常識を、真正面から非常識でぶち破っていく存在。始めた次の日から既に突き抜けている者というのも、前例がなかったわけではない。彼女の知人である一人の女性が脳裏に浮かび、苦笑いを禁じ得ない。

「……どうしよう、アレ」

そんな理解と、困惑その他の様々な感情が渦巻く彼女の胸中は穏やかではない。

初めからおかしなプレイヤーである予感はしていたが、ここまで突き抜けているとは想定外。正直なところ、この情報を素直に掲示板へ投下していいものか怪しくなってきた。

【Arcadia】のプレイヤーは等しく、運営側の審査をパスした一定の常識と良識を備えた者たちだ。ゆえに彼が抱える『おかしな点』を盛大に暴露したところで、まさか無数の凸人にすぐさま囲まれるなんて事態にはならないだろう。

――けれど、なんらかの動きを見せる者は確実にいる。

そしてそれらは例外なく、新参の彼が関わるには早過ぎるであろう、古兵連中に違いない。ツッコミ所の多過ぎるアクションの数々に呆《ほう》けるまま、既にいくらかマズい書き込みはしてしまった――が、まだ間に合う。現状ではまだ、彼の如何は自分に委ねられている……ならば、

「……なんて、ちょっと言い訳がましいかな」

岩場の陰から立ち上がった彼女――カグラは、無意識の内に言い訳がましい思考を重ねる自分に苦笑いを零した。いろいろと理屈を並べて、それっぽく納得など得ようとしていたが……。

結局は、本心のままに動くことを決めた。正直に言って――腕がうずいて仕方ないから。

ボス戦のステージである台地を囲っていた、不可視の侵入防止壁が不意に解除される。

それは即ち、決着の証。フィールドの中央に一人立つ勝者は、見るからに不完全燃焼に終わった戦闘が物足りなかったのだろうか。少々不満げな顔で佇んでいた。

そんな様子を見て一つ忍び笑いを零してから、カグラは姿を隠すことをやめて足を踏み出す。些細な不義理を働くことになる掲示板の住人たちに対し、多少の罪悪感を覚えながら――

「——抜け駆け御免ってね」

享楽主義者である彼女の顔には、押し隠せない好奇心が浮かんでいた。

◇『大翼の鳥群』を討伐しました◇

◇称号を獲得しました◇
・『大翼の鳥群を討伐せし者』　・『一撃粉砕』

◇スキルを獲得しました◇
・《重撃の操手》

◇スキルが成長しました◇
・《跳躍機動》⇩《ジャンプルステップ》

「この不完全燃焼感よ」

思えば、苦戦らしい苦戦もないボス討伐は初になるのか？　茸も猪も蠍もなにかしらピンチシーンがあったのだが、終盤になんらかの強化展開があるわけでもなくアッサリと終わってしまった。

増援も来ないまま、四つの鳥頭を順番に粉砕してコングラッチュレーション。道中で散々コケにしてくれた礼をしてやれたのはスカッとしたが、正直なところ少し……いや大分、

「なんか……壊れてませんかねコレ」

加速度的に力を蓄えている己が身を見下ろして、俺は嫌な汗が浮かぶのを感じた。

『アルカディア』はオンラインゲーム――いわゆるＭＭＯＲＰＧを謳っているゲームだ。数ある同ジャンルの中には例外も多く存在するはずだが、ＭＭＯの常として『ボス戦』というイベントは基本的に難易度が高く設定されている。

多人数同時参加型という名称に違わず、そのゲームメイクは〝複数人で共に〟という方針が前提になることが多いためだ。まだ始めて日は浅いが……これまでのことを鑑みるに、このゲームからもその枠に漏れないシビアな作り込みが感じ取れる。

リンチ、奇襲、狙い撃ち、地の利など――用意されたコンセプトは初心者エリアにして既にえげつなく、冷静に考えればそのどれもが複数人での相互フォローを推奨していることがわかるだろう。

そこへ行くと、単独かつ鼻歌交じりにボスを叩き潰してしまった俺は一体……。

「レベルの上げ過ぎか……？」

「今はいくつなんだい？」

「まだ30程度」

「ここの適正はそんなもんだよ」

なるほど。とすると鉄塊ハンマーは例外として、店売り鉄剣にアンダーウェアの時点で装備過剰の線もなし。これはやはり、世間でゴミ評価を受けている《全武器適性》のスキルツリーが――

「――へぁっ⁉」

しれっと言葉を交わした後に気付く。物思いに耽っていた頭を持ち上げ慌てて振り向けば、いつの間にやら背後に佇んでいた一人のプレイヤーと目が合った。

その姿に焦点を合わせて注視すれば、頭上にポップアップするのは控えめに輝く青いカラーカーソル……前触れもなく、街外でのプレイヤー初遭遇である。

てかすげぇ。赤髪に着崩した着物姿――とんでもなく目立つ装いだ。整ったアバターの顔と堂々とした雰囲気が相まって実に様になっているが、現実ではそうそう見ないような威容である。

この手のゲームでは、派手で目立つ装備＝強者の方程式が崩れることは少ない。始めたばかりの俺にとっては当たり前のことだが、確実に格上の御仁だろう。

そんなプレイヤーがなぜこんな初心者エリアに……などと俺が首を傾げたところで、お相手さんが先に口を開いた。

「突然失礼したね。ボス戦は見てたよ、おめでとさん」

「え、あ、そりゃどうも」

絢爛な外見に反して、口調はフランクというかサバサバしている……というよりは、なんというか〝粗雑さ〟を意識したようなロールプレイ風味を感じる。

驚いたわ見た目派手だわで反射的に警戒心を抱いていたが、わりと気安いそのスタイルに触れて自然と気が抜けた。お互い仮想のアバターとはいえ、顔を見合わせて一つ二つ言葉も交わせば相手の雰囲気くらいは掴めるものだ。

気さくで美人な御先達――うむ、警戒する点など一つもありゃしないな。

「さて、まどろっこしいのは苦手なんだ。手っ取り早く本題に入らせてもらうとするよ」

極めて頭の悪い思考に一人納得していると、彼女は悪戯っぽい笑みと共に左手を持ち上げた。

スラリとした指の先に展開するのは、見慣れたシステムウィンドウ。慣れ切った所作で操作がなされた後、色味の違う一枚の小窓が追加でポップする。

「挨拶が遅れたね――カグラだ、お見知り置きを」

ピンと指先で弾かれたウィンドウがクルクルと回りながら俺の目前に飛来する。反射的にキャッチすると――そこには名刺よろしく、彼女のプレイヤープロフィールが記載されていた。

「……陽炎の工房？」

アルカディア渾身の謎システムに内心で興奮しつつ、【Ｋａｇｕｒａ】というプレイヤーネームに並んで記された名詞――恐らくは所属組織を意味するのであろうそれを、無意識に読み上げる。

俺の呟きに一つ頷いて、カグラさんはおもむろにその手を差し出してきた。

「単刀直入にいくよ、専属魔工師に興味はないかい？」

――などという、突然の申し出にしばしのフリーズを要した後。

「…………まこうし……って、なんです？」

俺の口から零れ落ちる気の抜けた声が、主人を失った台地に間抜けに響くのだった。


「――つまり魔工師ってのは、魔法でなんでもござれな万能の職人って理解でいいか？」

「大体合ってるよ。熟練度の伸ばし方で得意分野の差は出てくるけど、このゲームには鍛冶師や裁縫師みたいな職業システムはないからね」

各々で名乗っている者は多いらしいが、主に装備品類の製作を行っている者たちを大別して『魔工師』と呼ぶのだとか。生産系スキルツリーの名前である《魔工》が由来となっているそうな。

「あたしの得意分野は鉄——金属だ。武器や防具をメインに、アクセサリーなんかの彫金もやるよ」

「なるほどね……」

少々込み入った話になるとのことで、あれから場所を移して現在はイスティア街区のとある酒場。それっぽい装飾が『まさに』といった具合で興奮したものだが、蓋を開ければ単なる食事処だった。

カウンターに腰掛けて彼女——カグラさんの売り込み文句に耳を傾ける俺は、趣ある木製のカップを弄びながら困惑から抜け出せずにいた。レクチャーを受けて彼女の言う魔工師の意味は理解できたが、なぜその職人とやらが急に接触してきたのか。

「ええと……なにゆえ突然、俺みたいな新参者に？」

「新参者だからこそ、だよ」

飲み物を傾けながら、彼女は首を傾げる俺を横目で見やる。なにやら「やれやれ」といった様子で一つ溜息を溢すと、カグラさんはシステム窓を操作してとある画面を俺の前に開いた。

「ん……？　総合、質問掲示版……あれ、これって」

見覚えがある……というか、つい先刻に俺が書き込みをした掲示板——え、マジか、こういうのゲーム内からでもアクセスできんのかよ！

俺の驚きを読み取ったのだろう。目を丸くしていると、カグラさんから「公式で運営されてるサイトだけだけどね」との注釈を賜った。なるほど、超便利じゃん。

「書き込んだろう？　アンタ。それでまあ……察しちゃいるけど、その後の騒ぎは知らないと」

「騒ぎ？　そりゃどういう……」

意味が飲み込めずにいる俺に、カグラさんは「とりあえず見ろ」とばかりにトントンと指先で掲示板を示す。御先達殿の思し召しである、素直に従った俺は——


「……………………なにこれ、怖っ……」

——数分後。自分が投下した書き込みを皮切りに、控えめに言っても大盛り上がりを見せている古参プレイヤーたちの賑わいにドン引きしていた。

「現状は理解したかい？」

「あぁ……うん、はい。大体は」

まぁ、なんだ……結論から言って、やはり俺はなにかしらおかしいところがあると、そういうことなのだろう。俺の書き込みに対する意見の全てが、その異常性を指摘している。

——そんでもって、彼女が姿を現した経緯も理解できた。

「とりあえず……服なら、しかと着ておりますが」

状況を理解しての第一声。まずは『全裸の変質者』扱いに異議を唱えるべく腕を広げて抗議すると、カグラさんからはアホを見る目を向けられる。

「ゲームで装備なしは、全裸って言うだろ」

「俺の一張羅に失礼なんだが？」

「初期衣装のアンダーウェアが一張羅ってアンタね……」

呆れたとばかりの苦笑いを頂戴するが、俺だって好きで裸族をやってるわけではない。

神様から頂戴した才能に則って、自らの最適解を体現しているだけだ。

「……とりあえず、俺が燃料投下したせいで掲示板が盛況なのは理解した。んで話を戻すけど、それでどうして魔工師殿が専属だのと名乗り出てくるんだ？」

「燃料どころか、久方ぶりの爆弾だったけどねぇ……まあ、一つは詫びの意味もあるよ。興味本位でこの流れを助長した自覚は、アタシにもあるから」

俺を探し出した上で観察し、その所感を投稿したことを言っているのだろう。

律儀にも「悪かったね」などと頭を下げられてしまえば、重ねて文句を言う気は起きないし。そもそも、完全に俺の『無知は罪』案件だからなコレは。

やたら大騒ぎになっているのも、更には何人かのプレイヤーが彼女に続いて俺を探し始めているらしい事実も、完全に身から出た錆である。

「けど、正直そっちはオマケだよ。本音を言えば——単純に、アンタに装備を作ってやりたいのさ」

「そりゃまた……重ねがさね、なぜ？」

実に楽しげな笑みを浮かべたその顔を見るに、言葉通りそちらが本命なのだろう。

当然ながら、俺の疑問は余計に深まるわけだが……。

「自分で言うのもなんだけど、アタシは娯楽思考の職人でね。ストイックに高品質のモノを志す連中と違って、面白いモノを作りたいだけのエンジョイ派なのさ」

「ほーん……？」

曖昧に相槌を打つ俺に「一応は品質も保証するけどね」と、彼女は冗談めかして笑う。

「だけど、職人ってのは依頼人あってのものだ。そう面白い依頼ばかりなわけもなく、かといって自分一人で好き勝手に作ったところで、誰にも使ってもらえない――そこでアンタさ」

横目に俺を指差して、彼女は心底楽しそうに言った。

「アンタが持ってくる依頼は楽しそうだ。それが理由だよ」

「……なるほどね」

つまり、こういうことだ。初めて二日目にして既に頭のおかしなプレイスタイルを取っている俺ならば、それに見合ったおかしな依頼を持ってくるだろうと……なるほど、よくわかった。

「面白がってるだけだろ、アンタ」

「ゲームだよ。面白がらなきゃどうするんだい」

――ふむ…………ふむ。ぐうの音も出ない正論だな。

「ご存知の通り、バリバリの新参者だ。金も素材もないから、当分は大した依頼なんかできないぞ？」

「自慢じゃないけど、これでも物好きなお得意さんはいてね。金には困ってないから心配いらないよ。なにか入り用になったときに、優先してアタシに話を持ってきてくれたらそれでいいさ」

ご贔屓に――ってところか。始めたばかりでなんのパイプも持たないこの身としては、なかなかの高位プレイヤーらしき職人とお近付きになれるのは願ってもいないことだ。

こんな初心者を騙したところで得るものもなかろう。雰囲気からしても、好意というか享楽を求めての申し出なのは……まあ、間違いないだろうから。

正直この人、結構好きだしな。接し方が明快というか、お互いに単刀直入なやり取りをできてい

る感じが好ましい。とくれば……答えは、初めから決まっていたようなもんか。

「……遅ればせながら、ハルです。以後よろしく、カグラさん」

せっかく雰囲気ある酒場という舞台だ。掌の代わりに、そう言って杯を差し出せば――

「どうぞ御贔屓に、安くさせてもらうよ」

ニヤリと魅力的な笑みを浮かべたカグラさんはそう応えて、乾杯の音は快活に響き渡った。


なにかと貫禄のある振る舞いからもしやと思ったが、やはりサービス開始初期からの最古参組だったらしいカグラさん。あの後「火消しは任せな」などと言ってそれはもう男前にしがらみを引き受けてくれた彼女は、振り返らずに片手を振りながら酒場を出て行った。残された俺としては、そりゃもう「あらやだカッコいい」といった具合に惚れ込む以外ないわけで……なんにせよ、一応の落着といったところか。

去り際に後ろ盾がどうのという話をしていたが、要するに好奇心から俺にちょっかいを掛けてくるであろう御先達の方々を牽制してくれるつもりのようだった。

まだしばらくはマイペースに攻略を進めたいこちらとしては、実にありがたい話。

ここは頼れる姐御に任せておくとしよう。

「――そしてやったぜ脱・裸族」

プレイヤーネーム非表示がデフォルト仕様とはいえ、アンダーウェア一丁でうろついていたら即バレ待ったなし――ならば熱が冷めるまで人目を忍ぶべきというのは共通の解だった。

そこで『お近付きの印に』と渡されてしまったぜ衣装アイテム！

値段的にはどのくらいするのかと聞いたら、知らないほうがいいと言われたぜ衣装アイテム‼

「一発目からデカい借りを作っちまったな……」

亜麻色の上着に、黒革仕立ての下衣。そう表すだけなら地味だが流石はファンタジーだ。各所に施されたベルトやらなにやら、やたらゴテついた装飾が最高に中二心をくすぐってきやがる。

ステータス性能は備えていない単なるファッションアイテムらしいが、シンプルながらやけに洗練されたデザインと着心地がその品質の高さを主張している。

オマケに装備するアバターの体格に応じて、各所が最適化される高級仕様。

元々はカグラさんが使わなくなった衣装……つまりは〝おさがり〟とのことだが、この自動フィッティング機能のおかげで男性アバターでも違和感なく着こなすことができた。

「高いんだろうなぁ……昔やってたネトゲでも、お洒落アバターとかクッソ高価だったしな……」

真面目に考え出すと膝が震えてきそうだ。大事に使わせていただくことで感謝を示すとしよう。

——っと、俺もいつまでも杯をチビチビやっている場合ではない。

残った飲み物をグイッと飲み干し……なんだっけコレ、確かシャナトゥスパークリングなんちゃら……味がうっすい癖に、やたら雑味のある葡萄ソーダ的な？　仮想世界で初めて口にした飲食物は、可もなく不可もなくといったところだった。

ちなみにどれだけ飲み食いしても空腹感、満腹感はリアルの肉体が感じているものが直で反映されるらしい。いろんな意味で当然と言えば当然だが、清涼飲料水を飲み干しながらも喉の渇きが続く感覚がなかなかに気持ち悪い。

「っし、サクッと報告済ませて落ちるとするかね」

整えられた髭が渋いＮＰＣ店主に向けて、キメ顔で片手を挙げながら席を立つ。

当社比クールマシマシな挨拶にガン無視を決め込まれた切なさを押し込め視線を動かせば——クエスト達成を意味する『！』マークが、視界の隅で微かな主張を放っていた。


「……確かに」

【大翼鳥の尾羽】×10を受け取り、数を改めたムキおじが厳かに頷く。討伐したグローバード四に対して取得総数がちょうど十——おそらく、一体あたりのドロップ数はランダムだったのだろう。

いやはや、これぱっかりは己が幸運に感謝。いちいち足りないで崖道ハイキングのおかわりは流石にしんどい——ストレスの具現たる足場制限＆お邪魔キャラのコンボを思い返して辟易する俺をよそに、ムキおじは預けたままにしていたツルハシの残骸を取り出した。

付け根からへし折れていた木製部分は取り除かれ、分解された金属部分がゴトリと音を立ててカウンターに置かれる。そのひしゃげたその鋒を微かに染める『白』は、どこかの無謀な馬鹿が圧倒的上位者へと牙を突き立てた証に他ならない。

「坊主、名前は」

相も変わらず、話し始めも話題の変遷も唐突というか下手くそというか……てか、言われてみれば俺たち互いに名乗ってすらいなかった。見ず知らずの他人同士でクエスト契約してんじゃねえ。

「ハルです」

「奇遇だな。ハルゼンだ」

……おう、ムキおじの名前だよな？　まさかの『ハル』被りとは、妙な偶然もあったもんだ。

「好きに呼べ、ハル」

もういっそムキおじで良くない？　ダメ？　いやなんか真面目な空気だよな、ダメなんだろうな。

「んじゃ〝旦那〟で……」

いや、ふざけてるわけじゃないよ。さん付けってのも若干しっくり来ないし、明らかな歳上を呼び捨てってのも慣れないし……その首肯は許可と受け取っていいなハイ決定。

「物は預かった。これから鉄を打つ」

「アッハイ、何卒よろしくお願いします」

流石に慣れてきたぞ、この妖怪文脈知らずめ。もうちょい接続詞やら話題の転換といった会話のスキルを……いやもう、いいか。単刀直入オンリーも悪くはない、単純明快バンザイ。

「明日の今頃まで時間を貰う。剣に要望はあるか」

「要望……とりあえず、直剣で頼めますよね？」

「そのつもりだ」

最初に「見せろ」と言われて渡したのも、振って見せたのも直剣だしな。

カテゴリについてはそれでＯＫとして、特にこれといった要望も浮かんでこない。強いて言えば、普段使い用に扱いやすい剣が望ましい……くらいだろうか。

「一応はメイン武器に据えるつもりなんで、扱いやすく仕上げてもらえると」

「軽いほうがいいか」

「んー……軽過ぎないくらい……あぁ、展示品の直剣はいい感じだったな」

「わかった」

と、そこでクエストアイコンが点滅する。新たに表示されたアイコンは待機を示す砂時計――どうやら、これで無事に段階を踏めたらしい。

「また来い」

「っす。よろしく頼みますわ」

さて、いろいろあったが……いやマジでいろいろあり過ぎたが、ともかくこれにて一段落だ。

仮想の身体は疲れ知らずではあるが、それを動かしている現実の脳には当然ながら疲労が溜まる。

微かにまとわりつく眠気のような感覚と、さっさと現実の水分を寄越せと主張してくる喉の渇きに従って、二日目の冒険は終わりを迎えたのだった。


「それでどうだ、待望の仮想世界ってやつは」

――夕飯時。一日空けて両親と三人で食卓を囲んでいると、茶を傾ける父上にそう聞かれた。

「超楽しい。人生変わるレベル」

変わるというかむしろ、実際もう一つの人生が生えたようなもんだし。

「他を疎かにしないように、気を付けなさいよ」

「うっす」

母上からもお言葉を頂戴するが、まあこの程度は小言にも入らないだろう。基本的に現実では寝たきりとなるコンテンツだからな、自己管理の徹底が必要なのはわかりきったことだ。

「せっかくだから、たまには話を聞かせなさい。息子の冒険譚なんて、なかなか聞けるものじゃないからな」

会社の連中に自慢できる、などと父上は朗らかに笑っていた。

「そうだなぁ。とりあえず、昨日今日でキノコのバケモノとトラック並みにデカい大猪に大蠍、あとは翼竜みたいな鳥の群れを薙ぎ倒してきたよ」

「…………意外と武闘派だったんだな、お前」

「あとあれだ、数百メートルの崖から紐なしバンジーとか」

半ば予想はできていたが、俺が語る冒険譚の悉くにドン引きした二人から『何してんのコイツ』みたいな視線を頂戴する――うん、まあ流石に自覚するよ。おいおい自重していこうな。


「――っはぁ……疲れた……」

仮想世界から現実の身体へと意識がシフトする、もうすっかり慣れきった感覚。以前は体感覚の急激な変化から虚脱感や疲労感を覚えたものだが……今回のような対人疲れと比べれば、そっちのほうが幾分マシである。

「話題を持ち逃げされたら、面白くないのはわかるけど」

結局あれから〝火消し〟に多大な手間と時間を取られた挙句、勝手に面倒ごとに首を突っ込んだうえ工房の名前まで使ったせいで、クランのトップからお叱りを受けてしまった。

いろいろと精神力を磨耗したせいで身体が重い。けれど、後悔は微塵もなかった。頭の中は久しい高揚感で満たされていて、次から次へと創作意欲が浮かんでくる。

【Ｈａｒｕ】――アルカディアにしては珍しい、平凡な容姿の男性プレイヤー。観察していた戦闘時のイメージとは異なり、話してみると意外と礼儀正しいというか丁寧な印象を受けた。

節々の反応や仕草から、どうも近しい年齢のような気も……それはまあ、どうでもいいか。

「敏捷特化って言ってたし、とりあえず軽量武器……や、瞬間操作なら筋力関係ないとも言ってたから、次々に切り替えるスタイルを考えるなら一撃重いほうが……？　や、限界容量の問題的があった。それじゃ先に拡張用のアクセサリーを……風見蝶の晶羽って在庫あったかな？」

正直なところ、彼自身の性質にはあまり興味がない。本人にも告げた通り、自分はとにかく面白い物作りができるなら他に望むことはないのだ。

さて、彼は一体どんな依頼を持ってきてくれるだろうか。降って湧いた楽しみに焦がれながら、彼女は頬を緩ませるのだった。

「張り切っていこうか、三日目!!」

鍛冶師、謎ボス、魔工師との連続エンカウントから明くる日。流石に疲労が溜まっていたのか昼前まで爆睡してしまったため、本日は昼食を済ませてからのログインと相成った。

さて、今日はなにから始めようか。一番気になるのは当然クエスト品の武器がどうなっているかだが、旦那の下に顔を出すには時間的にまだ早い。

ならまあ普通に攻略を……あーいや、ちょっと一旦身辺整理をしときたいか。昨日は特にテンションと勢いに任せて突っ走ったせいで、取得あるいは進化したスキルの詳細確認やらが不十分だ。

……あれ、というかステ振り。蠍の討伐後に弄ってから放置してたな？　とくれば、とりあえずやることは決まった。適当にどこか既存のフィールドに出て身体動かすとしますかね。

どこか……草原と迷路と崖、選択肢が一つしかないんだが？

◇Status◇
Name：Haru　Lv・33（100）
STR（筋力）：30　AGI（敏捷）：130　DEX（器用）：100
VIT（頑強）：5　MID（精神）：5　LUC（幸運）：10
◇Skill◇
・全武器適性
《クイックチェンジ》《ウェポンダーツ》
・Passive

《体現想護》New!　《重撃の操手》New!　《アクセルテンポ》　《ボアズハート》　《軽業》

《ジャンブルステップ》Up!　《キャリーランニング》


「???」


間に挟んだ冒険の内容が濃過ぎて、既に懐かしさを覚える【地平の草原】にて。

ステータス画面を開いた俺は、一部の表示数値に対して首を傾げていた。

レベルの上昇値に対して、ポイントの獲得数が釣り合っていない。前回は確か28レベルの状態でポイントを使い切ったため、五つ上がった現在の保有ポイントは50のはずなのだが……?

「クエスト達成の報酬……じゃないよな。一つこなして5レベル分は盛り過ぎだ」

ダメだわからん。レベルアップ以外にもポイントの獲得方法があるのか？　後で調べとこう。

さて新しいスキルについては……《ジャンブルステップ》は《跳躍機動》が進化したヤツだな。

以前はジャンプに関する行動を補助してアバターの動作を安定させてくれるものだったが、その効果に加えて跳躍時の加速力を向上してくれるようになったようだ——ハイ神。

次、《重撃の操手》……え、これマジ？　筋力要求値を満たしていない武器を扱う際に攻撃力上昇とか、俺のためにあるようなスキルじゃん——無論、神。

ラストは《体現想護》だ。はてさてこのスキルは一体どういう……——

「………?　……は……え、なに……???」

《体現想護》……曰く、達成困難な事象に対して補正が掛かる。

This is 謎——いやわかんねえよ、どう補正が付くんだよ。主人公補正的なアレですか?

後で調べるにしてもコイツは保留だな……で、とりあえずスキルはいいとして、次はステ振りだ。

「ま、今更もう迷うことはないか」

昨日の戦闘で確信した、もう俺にSTRは不要。ただひたすらに求めるべきは、切替重撃を確実に叩き込むための機動力——つまり伸ばすべきはAGI一択だ。

前衛としては紙耐久が過ぎるが、まあなんとかなるさ。

むしろ回避力に直結するAGI振りは、見方を変えれば耐久振りと同義なのでは？

「詰んだらそのときに泣こう」

腹を決めて、ガシガシとポイントを注ぎ込んでいく。欲望のままに敏捷へと全ツッパ——する寸前で、はたと指を止めた。危ねぇ敏捷関係の仕様を完全に忘れていた。

というのも、今の俺はAGI数値による高速機動を制御するためのDEXを《軽業》スキルで賄っているわけだが、果たしてその補助がどの程度の割合まで有効か検証が済んでいないのだ。

◇Status◇
Name：Haru　Lv・33（20）
STR（筋力）：30　AGI（敏捷）：130⇒210　DEX（器用）：100
VIT（頑強）：5　MID（精神）：5　LUC（幸運）：10
◇Skill◇
・全武器適性
《クイックチェンジ》《ウェポンダーツ》

・Passive
《体現想護》《重撃の操手》《アクセルテンポ》《ボアズハート》《軽業》
《ジャンブルステップ》《キャリーランニング》

と、ちょいオーバーしたが、これでおおよそ倍の数値。軽業を得る前は、ＡＧＩを御するのに同値のＤＥＸが必要だったわけだが……。

「さて……――っとぉあ⁉」

確認のために一歩踏み出した瞬間、想像を超える加速力で身体がぶっ飛び悲鳴を上げる。

感覚的には、時速七十キロ前後――そんな速度が一足で出たわけだ、当然ビビるってか流石にこれは予想外。走るつもりが跳んでしまった身体を咄嗟に制動し、派手に土を抉りながら着地した。

考えてみりゃ、数値的にはいきなり今までの五割増しなんだよな。踏み切りミスって『跳躍』になったから、《ジャンブルステップ》の加速補正も働いたのだろう――そりゃこうなるわ。

「っは、いい感じに人間辞めて来てんなぁ……」

いいね、俄然楽しくなってきた。そのまま何度かシャトルランをしつつ、因縁つけて来た【フールボア】を蹴散らしながら身体の操作性を確認していく。

結論から言って、おそらく現状の値だと軽業の補正を振り切ってＡＧＩ過剰気味な感触だった。

そうなると、軽業の補正値はＤＥＸ×２の乗算、あるいは１００の固定値上乗せかと予想できるわけだが……乗算は強過ぎる、とりあえずは固定値が濃厚か。

さて、そういうことならまたＤＥＸのほうにもポイントを割いていくことになる……のだが、少々試したいことがあるので一旦保留。

「結局のところ、動作の正確性補助なわけだから、なっ！」

平地故に壁蹴り機動は行えないが問題ない。武器踏みを用いて縦横無尽に跳ね回りながら、反抗期に片足を突っ込み始めた敏捷を御しつつ考える。

……うむ、操れないこともない。たまに身体操作をミスって地面に激突しそうにはなるが、無理矢理に従えようと思えばできないこともない――ま、なんとかなるだろう。

「っし。しばらくはこれでいくか」

徐々に慣らしていく方針で、少々のポイントを貯蓄。現状のＡＧＩ対ＤＥＸの値を完全に乗りこなしたと判断したら、また敏捷を積んでいくとしよう――と、足裏に何やら覚えのある振動を感知。

「んあ、騒ぎ過ぎたか……ッとぉ！」

甘いぜクソ猪が、こちとら空中へとステージを広げた「俺Ｖｅｒ．1.1」ぞ？　足元からの急襲なんざ最早脅威とはならんのだよ！

「上等だコラ、試運転のサンドバッグにしてやんよ‼」

【土埋の大猪】も三度目の遭遇となれば、もはや見慣れた威容だ。啖呵もそこそこに宙へ展開した大斧を踏み切り、捻れた大牙を持つ鼻面に容赦なく飛び蹴りを叩き込んでやった。

――尚、約十秒後に身体操作を誤りスリップ。転倒したところを踏み潰されて死亡した模様。

「――お？」

イキリ倒した直後の無様死による傷心を抱えて蘇生した俺の耳に、ピコンと聞きなれないサウンドが響いた。それと同時、視界隅にポップアップするのはわかり易いメールアイコン。

なにやらメッセージが届いたようだが、この世界でメール機能を利用するためにはフレンド登録が必須であるため、俺の場合は候補が二人しかいない。

即ちソラかカグラさんか——今回は前者。端的に言えば『お誘い』のメッセージだった。が、その文面が妙にぎこちないというかカタコトというか……なんというかこう、少女の遠慮している様子が言葉選びからありありと伝わってくる。

「ふむ……」

これはもう——サクッと攫って、俺が遠慮など必要ない人種であることをわからせるしかないな。

「——ということでウェルカム・トゥ・断崖絶壁!!」

「な、にゃ、なんっ……！　なにが『ということで』なんですかっ!?」

NPCショップで買い物をしていたターゲットをフレンド追跡機能を用いて捕捉&確保した俺は、挨拶もそこそこにノンストップで【断崖の空架道】へとご招待していた。

おそらく俺の返信を待っていたのだろう。どこかソワソワとした様子でお買い物に勤しんでいたソラは、前触れなく身を攫われるという事態に悲鳴、混乱を経て、現在はステータスに『ご立腹』を抱えていらっしゃる様子。

「お堅いメールを受信したもんだから、こんな奴に遠慮は無用ってことを行動で示してみた」

「え、遠慮したわけじゃ……男の人に連絡する機会があまりないので、緊張しただけです……」

若干ドヤ顔で行動理由を述べたところ、予想外に可愛い答えを返されてしまった。

反応に詰まる俺に、ソラは拗ねたようにそっぽを向いて「降ろしてください」と呟く。

「あぁ……いや、失敬」

少女を誘拐する絵面の犯罪指数を削ぐために〝お姫様抱っこ〟で攫ってきたわけだが、流石に恥ずかしいのか顔を赤くしているソラを降ろしてやる。

「全くもう……」

あらやだ、ジト目が可愛らしいこと。今更ながら『やり過ぎたか』と目を逸らす俺をしばし睨め付けた後、ソラはなにかに気付いた様子で目を丸くした。

「そういえばハルさん、その格好は……」

と、まあそうだろう。これまで防具を身に着ける素振りすら見せずに初期アンダーで野生児プレイをしていた奴が、翌日突如として洒落乙ファッションに身を包んでいたら驚くのも然り。

「あー、これはその……なんだ、かくかくしかじかで貰った」

「貰っ……え？　衣装系のアイテムって、とても高価なものだったような……」

「いやまあ、かくかくしかじかで」

軽率に質問板に書き込みしたら大騒ぎになった――などと正直にバラせば、またかこいつ的な視線を頂戴することはわかりきっている。カグラさんのことは機会があったときにでも紹介するとして、この場は適当に流させていただくとしよう。

「ま、完全に衣装枠だから防御力ゼロは継続中なんだけど」

「堂々と言うことじゃ……えっと、ハルさんはこのエリア、もうクリアされたんですか？」

次いでの質問には頷いて肯定を返しつつ、俺の頭の中を占めるのは別のこと。なにかと言えば、ずばり『下』におわす奴の存在についてだ。

軽く調べたところ、アレは数少ない未クリアコンテンツということで……それなりどころか、結構な有名案件だったらしい。勤勉なソラならば、既知の可能性もあるだろう。

「ソラって、攻略情報とかはノータッチなんだよな？」

「え、と……？　そう、ですね。マップ情報ですとか、どんなモンスターがいるのかといった知識は入れないようにしてます」

システム面のあれこれや大ざっぱな仮想世界の情勢、初心者でも知っておいたほうがいい小ネタなど。一般にも広く知られているような『外向けの常識』が、ソラの予備知識の内訳らしい。

俺自身の遭遇体験がわりと壮絶というか頭悪い感じだったのもあり、初見であるのならソラにも是非あの常識をぶち抜かれる感じを体験させてやりたい。

なのでまあ、そういうことならネタバレは伏せて、もうとりあえず〝謁見〟していただこうか。

「……このエリアさ、実は隠しルートがあるんだよ。いや、ルートってより隠しエリアか？」

お淑やかな外見にお嬢様然とした振る舞いと、お手本のような清楚美少女然とした立ち振る舞いのソラさん。しかしながら、彼女は実のところかなり好奇心が強い。

即ち、こうして気を引いてやれば――

「隠しエリア！」

ハイこの通り。目をキラッキラさせて秒で食いつくことはわかりきっていた。

「そうそう。ただし、終点にあるギミックがちょっと現状の俺たちだと突破が厳しいというか、正直に言うと確実に死に戻りすることになるんだけど……」

当然だが、そうなればデスペナは発生する。失うものがある以上、リスクの説明は当然行わなければならないが――いやもう「それがなにか？」と言わんばかりのキラキラお目々しちゃってまぁ。

「チョロいなぁ……」

「はい？」

お兄さん少し心配だよ。リアルではもう少し警戒心を備えていることを切に願う。

「いや、なんでも。それじゃ良ければ案内するけど、行ってみる？」

「行ってみたいです！」

ＯＫおひとり様ご案内だ――さて、それじゃ肝心の行き方だけど……断崖絶壁の下にあるエリアへ辿り着くのに、方法なんて一つしかないよなぁ？

「それではお手を……いや、お身体を拝借」

「えっ……――ぇ、ちょっ……!?」

ワクワクを振りまいて目を輝かせているソラの手を引いて、素早く抱き上げる。人ひとり抱えるのも手慣れてきたな、余裕のお姫様抱っこだ――いや、流石に両手使えないとキツイな。

「は、ハルさんっ……！　いい加減に突然抱き上げるのやめ」

「ごめんソラ、片手空けたいからしがみついてもらっていい？　締め落とさない程度に」

「締め落と――そ、そんなことしません！　いえ、そうじゃなくっ」

「ほら行くぞー。おひとり様ごあんなーいってな」

「だからどこへ……っ――⁉　ま、待って、待ってください……崖、そっちは崖です、ハルさん。ハルさん……？　ハルさんっ……！」

いやほら、怖いことって事前に説明して身構えてると余計怖かったりするじゃん？　予想だにしないタイミングで急に訪れる恐怖体験ならビックリしてる間に終わるものだし、これは良心。

「ソラ」

「は、はいっ……」

崖の縁で立ち止まり、これから散歩にでも行くような気楽な表情で声を掛ける俺を、少女は戦慄を湛えた瞳で見上げてくる。

「昨日言ってたよな、人は空を飛ばない――その反例をご覧に入れよう」

「…………」

――なに言ってるのこの人という表情。

――言っていることを理解したくないという表情。

――お願いだから考え直してという懇願の表情。

――まるで、今まさに凶行に及ぼうとしている凶悪犯罪者に、慈悲を乞うかのような悲壮な表情。

「つまり……――しがみついてないと、大変だぞ？」

「ま、待って……！　まっ――っいやぁああぁあああああああああああああぁぁああっ⁉」

笑顔で崖を踏み切る俺、

泣き叫ぶソラ、職務を全うする重力、そして吹き荒《すさ》ぶ轟風。

ソラの正気度と至近距離から悲鳴に貫かれた俺の鼓膜を通行料に――

二つの影は、道なき霧の中へと没していった。


「――次、こういうことしたら嫌いになります」

「深く反省いたします、ハイ」

武器踏みを活用して崖下へ降り立った後、俺は当然の如くソラさんより説教　ｗｉｔｈ　正座を頂戴した。悪ノリした自覚はあるので是非もない。平身低頭謝罪ＢＯＴと成り下がっていた俺は、ひとまずのお許しを得て腰を上げる。

「まったくもう…………そ、それにしても、凄い霧ですね」

昨日訪れたときと変わらない、数十センチ先も見えないような規格外の濃霧。初見のソラは警戒心を露わに周囲を見渡している。ついでにお説教をしていた手前まだ『怒ってます』という顔をしているが、内心は不安が勝つのか傍を離れようとはしなかった。

「エネミーとかは出ないはずだから、今のところは安心していいよ。さっき言った通りに、終点はヤバいから覚悟しといて欲しいけど」

「わ、わかりました……」

身を縮め、キョロキョロと辺りを警戒している様は完全に小動物。

微笑ましい気持ちで観察しつつ先導のために歩き出せば、ソラは慌てて後にくっついて来る。

「よく見つけましたね、こんなところ……」

「見つけたというか、経緯は完全に遭難だったけどな。崖から落ちてダメ元で足掻いた結果、意外となんとかなったわ程度の偶然」

「ええ……まあ空を飛べる……というか、跳べるのならなんとかなるんでしょうけど」

　残念ながら、あのときはまだ空中機動未修得だったんだよなぁ——なんて更なる無茶苦茶を白状したところで、白い目を向けられるだけだろう。既におかしなものを見る目は頂戴しているので誤差な気がしないでもないが、自ら墓穴を掘ることもない。


「聞いても理解できないとは思いますけど……アレ、なにをどうして跳んでるんですか？」

「あー、とー……まあ簡単に説明すると、《クイックチェンジ》で武器が切り替わった直後に発生する瞬間的なオブジェクトの座標固定効果を利用して——」

　道中、半眼を向けながらあれこれ尋ねてくるソラに空中跳躍のカラクリを説いたり——

「あ、それ知ってます。プレイヤー全員が経験する成長武器のクエストですよね」

「ほーん有名なのか……って待てまて、成長武器？　なにそれそんな単語あのオッサン一度も」

　俺が進行中であるクエストの概要を話している途中、ソラから未確認情報がもたらされたり——

「…………………」

「…………いや、事故だったんだよ。まさかそこまで自分がおかしなことをしてるとは露知らず」

　うっかり口を滑らせた後に『掲示板炎上事件』のあらましを吐かされ、形容し難い表情を向けられたり——

そうして、およそ十数分後。俺たちは無事に街へと帰還を果たしたのだった。

あぁ、そうだよ。二人ともしっかり五体満足で帰ってきた、なにも間違っちゃいない。まあより正しくは、帰ってきたというより還ってきたというべきか——

「——ハルさん！　ハルさん!!　なんですかアレなんですかアレ!!　とっても大きかったです！　白かったです大きかったです!!　凄いですドラゴンでした凄くてすごかったですっ!!」

……いや、なんだろうねコレ？　ちょっと予想外のバグり方したなこの子。

あれから予定通りソラと奴——『白座のツァルクアルヴ』との初邂逅をセッティングしたのだが、その直後からこの通りソラさんのテンションがぶっ壊れている。

邂逅の結果は当然ながら、二人仲良く消し飛ばされてリスポーン。しかし、仮想の肉体を擦り潰されてなおも少女の高揚は薄れていないらしい。

アレの外見がわりと生物的ホラーなため、怯えるなり狂乱するなりした後にまあ説教かなと思っていた。正直、こんなリアクションが返ってくるとは想像していない。

「あー……ソ、ソラさん。ちょぃと落ち着いて」

例によって初期地点の噴水広場、当然ながら人目が多い。

これが『ソロでリスポーンした俺が死因に対しての呪言を撒き散らす様』であったのなら、視線など一瞬だけ集める程度が関の山だろう。しかし、美少女アバター w i t h 美少女ボイスがテンション高くはしゃいでいる様ともなれば話が違う。

即ち——見られてる。メッチャ見られてる。ていうかソラさん距離感バグってません？　基本的にこの子、テンション上がるとやたら興奮して接近してくるんですが無意識？

「わたし知ってますよ！　知ってました!!　あれ！　あれって色持《カラード》ちモンスターですよね!!　アルカディアでも特に有名な特大コンテンツの――」

「はいオッケーオッケーお嬢さんこちらへどうぞ。公然だからねーちょっと場所移そうねー」

　別に人目が苦手などとシャイボーイを気取るつもりはない。カグラさんからも「しばらく目立たないように」と忠言を貰っている今は、単純にタイミングが悪いのだ。

　決して今にも中指立てそうな形相でこちらを見ている、男性プレイヤー諸氏に危機感を抱いたわけでは……いや、まあ、うん。触らぬ神になんとやら。

　彼らからそっと目を逸らした俺は、大はしゃぎ継続中のソラを連れて広場から離脱するのだった。

「…………あの、お見苦しいところを」

「いやまあ、俺と比べれば多少はね？」

　戦闘時に毎回バグってる野郎を考えれば、あの程度へーきへーき。

　そんなこんなで場所は再び崖道の上。他プレイヤー皆無な初心者エリアで落ち着きを取り戻したソラは、羞恥を隠すようにそっぽを向いて縮こまっている。

　美少女がなにをしようと見苦しいどころか可愛いだけなんだが、そんな世界の真理を本人に説いたところで詮ない話だろう。

「ほらほら、気を取り直して攻略再開しよう」

「うぅ……」

ボス戦はともかくとして、ここの道中は流石に遠距離攻撃持ちの独壇場だ。弓で思う存分メインアタッカーを張っていただいて、恥ずかしい思いなどさっさと上書きさせてやるとしよう。

そうとなれば、俺も空中機動は封印してソラの護衛役を——護衛。護衛？　できるのか、俺に？

いくらかレベルを上げようが、相も変わらず耐久力は当社比一倍なんだが……。

「……？　どうかしましたか？」

「い、いや、大丈夫。行こうか」

できるのかじゃねえ、やるんだよ。可愛い相棒のエスコートだ、気合入れていけ俺……‼

「うぅ……散々でした……」

「まあまあ。たしか通常のパーティが六人編成だろ？　想定の半分以下で挑めば仕方ないって」

【断崖の空架道】攻略へ乗り出してから、およそ二時間後のイスティア街区。それなりの奮戦を経て凱旋を果たした俺たちだが、大翼鳥の群れに翻弄され倒したソラは疲労困憊といったご様子。

カグラさんに案内されてからなんとなく『行きつけ』になりつつある酒場の片隅で、席を並べた少女は力なくカウンターに項垂れていた。

「もう半分諦めてますけど……ハルさんは詐欺ですよ。こんな初心者さんいませんよ」

「いやぁ照れますなぁ」

「褒めてますけど、褒めてません」

やはりというか、奴らは挑戦人数に比例した数が出現する仕様だったらしい。今回も開幕は四体だったが、時間経過で二体ずつが追加されていき——最終的に計八体が乱舞する地獄絵図と化した。

俺は〝お化け金槌〟を封印して攻撃控えめに回避盾を演じたのだが、一歩間違えば即鳥葬のキルゾーンで数十分ダンスを踊り切った様は、まあ自分でもわりと頭おかしいと思う。

第三者視点で録画なりを見せられたら、三日前に始めたばかりの初心者とは思わないだろう。

「私も少しくらい前で戦いたいのに、ズルいです……」

背に吊った短弓を肩越しに見やり、切なそうに溜息。ジト目でイジける様はわりと目の保養ではあるが、本人が真面目に悲しみを抱えていることはいい加減理解しているので茶化しづらい。

意外と好戦的——というか出会った当初から戦闘に意欲的なソラだが、本人が望むところの近接戦闘に関しては……残念ながら、今のところは難しいと言わざるを得ない。

『敵を目前にして武器を振ると目を瞑ってしまう』という致命的な癖が治らず、保留という名目で捨て置かれている現状だ。もう彼女自身も半ば諦めているのは、素直に魔法型ビルドへとステータスを伸ばしていることから察しているのだが……。

「…………んー」

相変わらず喉を潤さない飲み物をチビチビやりながら。少しだけ拗ねた様子で、抱えたコップの中身に視線を落としているソラを横目に考える。

俺自身のスタンスに照らし合わせれば、自分の適性に沿わない道などサクッと切り捨てて、伸び代のある道を邁進していけばいいと思う。けれど、誰しもがそんな風にさっぱりと割り切れるものでもないことも、理解はできる。

更に言ってしまえば、〝これ〟はゲームだ。娯楽なのだから、得手不得手など切り捨てて苦手を邁進しようとも誰に咎められるわけでもない。

強いて言うなら、チームプレイの際に迷惑がどうのと考えることはあるかもしれないが……現状、そのポジションにいるのは俺だけ――だからまあ、つまるところ……。

「――ソラ。ちょっと今のステータスを見せてもらっていいかな？」

俺がそれを許容するならば、咎める者などいやしないということだ。

心を決めてそう口を開く。初体験であろう仮想飲料に微妙な表情をしていたソラは微かに首を傾げてから、素直に「どうぞ」と言って自らのステータスを可視化してくれた。

――一応こういったゲームでは個人のステータスなど重要情報として扱われるものだが、相棒としての信頼か単にゲーム初心者ゆえの無警戒か……好意的に、前者だと思っておこうか。

さて、初お披露目の彼女のステータスは――

◇Status◇
Name：Sora　Lv・27
STR（筋力）：40　AGI（敏捷）：40　DEX（器用）：40
VIT（頑強）：50　MID（精神）：100　LUC（幸運）：50
◇Skill◇
・短弓適性

《射手の静息》
・光魔法適性
《ヒールライト》
・Active
《スペクテイト・エール》《観測眼》
・Passive
《癒手の心得》

「……ふむ」

「…………」

上から下まで数十秒。吟味するようにウィンドウを見つめる俺を見て、ソラは何某かの採点でも受けている心境なのか、若干の緊張模様。

◇Status◇
Name：Haru　Lv・35（10）
STR（筋力）：30　AGI（敏捷）：230　DEX（器用）：110
VIT（頑強）：5　MID（精神）：5　LUC（幸運）：10

ちなみに俺の現ステータスがこれ。まさかソラも、採点役が『うっわ俺のステータスバランス悪過ぎて草』とばかり内心で自嘲の嵐などとは露にも思わないだろう。

いやもう、手本の如くお利口さんなステータス振りで誠に結構。このゲーム、ＭＭＯにしては珍しくバランス振りが推奨されてるみたいだからな。

さておき、魔法型ゆえのＭＩＤの突出とてまだまだ序盤ゆえに取り返しはつく。精神ステータスの数値はＭＰ総量や魔法耐性にも関係アリなため、純魔以外でも普通に取得推奨だったはずだ。

「ソラ、中途半端にここまで進めてからであれだけどさ――近接転向、頑張ってみるか？」

「…………………えっ」

いじけてはいたものの、実際のところ本人的には諦めていたはずの案件だ。彼女にしてみれば唐突であろう提案を受けて、琥珀色の瞳を湛えた目が驚いたように見開かれる。

「そっ、ぁ、でもっ……でも私、癖が」

「まあ難儀はするだろうけど、徹底的に特訓すれば流石に直せるんじゃないか？　なにかしら心的要因があるわけでもない、無意識の癖なんだろ？」

本人はそう言っていたし、別に嘘をつくポイントでもないだろうから事実のはずだ。

「それは、そうですけど……」

一応これまでにも何度か特訓をした上で空振りに終わっているため、流石に自信が持てないのだろう。無理もないが、だからといって諦める理由もない。

「俺は手伝う側だから、ソラが決めてくれていいよ。単純に、やってみたいかそうでもないか」

どうかな？　とカップを振って促せば、ソラは口を開けたり閉じたり、顔を上げたり俯いたり、たっぷり三十秒ほど悩んだ末に――

「…………頑張ってみたい、です」

返ってきた答えに頷いて、俺はカップの中身を飲み干すと勢い良く立ち上がった。

「よっしゃ行こうか。言い出しっぺの責任という権限を持って、徹底的に付き合って差し上げよう」

なにか言いたげなソラを遮るように捲し立て、カウンター奥の店主に二人分の代金を放り投げる――おぉ……見向きもせずにナイスキャッチ。流石ファンタジー、期待を裏切らないぜ。

「ソラさん見た今の。流石アルカディア、お約束は押し並べて体験させてくれるというか――あ、気遣い云々は散々やったくだりだから、カットでいいよな?」

「…………もう」

笑みを向けつつ手を差し出せば、ソラはなんとも言い難い表情の後――困ったように眉を下げつつも、最後には相好を崩して小さな手を持ち上げた。

しからばお手を拝借。手を引いて酒場を後にするまま、足早に転移門を目指す――いや、まあね。俺だって、あからさまに格好付けなどすれば普通に恥ずかしいんだよ。

フツメンの照れ顔なんざどこに需要が転がってんのかと……犬も食わないであろう羞恥を抱えて、俺は平静を装いながらソラの前を歩き続ける。

そこはかとなく漂うむず痒い空気は――多分、お互いに気付かないフリをしていた。


「――っすぁ……さ、さあて！　それじゃ始めましょうかねぇ特訓をねぇ！」

出だしで声をひっくり返らせ、無様極まる俺にソラは生暖かい表情。イケメンムーブが続かない現実こそ俺がフツメンたる証左だが――そこ、微笑んでるんじゃないよ。

繋いできた手を離すタイミングで、どうしてほんのり名残惜しそうな顔したの？

美少女のそれは殺人兵器であると、論理的に証明されている事実をご存知でない？

「心を弄ばれました。特訓はスパルタで行きます」

「どうしてですか⁉」

美少女の言動が男に齎《もたら》す精神的作用について、学を納めてから出直してどうぞ――よし。やはり心を落ち着けるには馬鹿な思考が特効薬だな。

「冗談はさておき、だ。とにかく実践しか策はないと思うんだよな」

「うっ……実践、ですか」

足を運んだのは例によって、便利な平地こと【地平の草原】だ。

ゆえに、そこらを闊歩している猪たちへ視線を向けてソラは不安げな表情を見せる。まあ奴ら相手に実践なんかすれば、目を瞑って剣を一振りした次の瞬間に撥ねられるのが確定路線だからな。

「いや、あの馬鹿共に講師を任せるつもりはない。マンツーマンで行こう」

そう言いつつ直剣を喚び出した俺を見て、ソラの不安げな顔が――え？　なんで不安色が濃くなったんですかね？　俺よりも猪のほうがマシだと仰います？

「え、と……ハルさんが相手、ですか？」

ちょっと待とうか。その若干嫌そうな声、お兄さんはどう受け取ればいいんだい。

「……なにかご不満か？」

「わたし、細切れにされるのはちょっと……」

いや、いったい俺をなんだと思っているのか。自分でもどんな顔をしていたのか定かでないが、動きを止めた俺を見てソラはクスリと——ははーん、さては揶揄いおったな？

「……ごほん。まあ端的に言えば、ひたすら俺に斬り掛かってみようか」

「ふふ、ごめんなさい」

誤魔化すように咳払いをした俺に、仕返しが成功したとばかりにご満悦のソラ。なんか俺に対する遠慮がなくなるにつれて、〝戦闘力〟上げてないかこの子？　あくまで妹分だぞ、大丈夫か俺？

ちょっと輝度が高過ぎる笑顔から顔を背けつつ、クルリと回した直剣の柄を差し出す。おずおずと剣を受け取ったソラは、持ち慣れないそれを両手で抱えて首を傾げた。

「斬りかかったりして大丈…………大丈夫ですね。当たるわけないですし」

それ、ソラだから当たらないってニュアンスじゃないよね。俺だから当たらないって意味だったよね。加えて言えば信頼とは別の、そこはかとない呆れやら諦観を内包してたよね。

…………フッ、これが日頃の行い、か。

「あの、どういう表情ですか？」

「いやぁ、徐々に俺の扱いがこなれてきていらっしゃるなぁと……」

「……？」

うん、なんでもないっす。

「ま、まあそういうアレで。俺の回避訓練も兼ねて一石二鳥ってな」

「今更ハルさんに回避の練習が必要かは疑問ですけど……」

大翼鳥の群れ相手に披露した大立ち回りでも思い返しているのだろう。苦笑いを浮かべるソラ。

意識を切り替えるように小さく頭を振ると、少女はまだ覚束ない動作で直剣を構えた。

少女姿の小型なアバターとて、ステータス的には俺を上回る筋力値だ。平均的に揃えられた敏捷と器用さも併せ持つ身ゆえ、現実に照らし合わせれば十分以上に超人である。

少女の細腕と侮るなかれ。剣一本程度、振れない道理はない。

「えと、その……構え、とか」

「んー、俺も我流というか素人だからなんとも言えないけど……強いて言うなら、もうちょい力抜いて。すっぽ抜けない程度で、振る瞬間だけグッと力む感じかな？」

流石に剣の振り方なんざ詳しく調べたことはないが、十八年も男子をやってれば多少の知識はある。男子必修科目程度の、簡単なアドバイスならできないこともない。

「こんな感じでしょうか？」

「オーケー。そのまま一度振ってみて……ちょっと止めを意識したほうがいいかな？　最後、少し振り回されてる感があるから」

「わ、わかりました。……っ」

実際に打ち込みを始める前に、前提レベルの身体操作をレクチャーしていく。……素振りだと問題ないんだよな、目瞑り。やっぱ目の前に相手がいるかどうかがポイントか。

「ふっ……っ……ど、どうでしょう？」

「ん、悪くないと思うよ」

この少女、実のところ運動神経は悪くない。俺も若干の先入観がいまだ残っており、鈍臭いまでは行かずとも運動不得手っぽいイメージを抱いてしまっていたが……実際は、走るときの足運びなんか綺麗なもんだしな。身体を動かすこと自体は得意なのだろう。

　普通に〝見れる〟——いやむしろ、金髪美少女剣士ってメチャクチャ絵になるな。なんか謎に、俺のモチベが上がってくる……さておいて、剣の振り方はまあいいだろう。

「んじゃ始めようか。しっかり避けるから遠慮せずどうぞ」

「よ、よろしくお願いします……！」

　そうして律儀なお辞儀一つを合図に、ソラの特訓が幕を開けたのだった。

「——まぁ、漫画みたいに数コマでスピード解決とはいかないか……」

　目を開ければ、映るのはそろそろ見慣れてきた【Arcadia】の天蓋。

　このところは心なしか、ログアウト後の肉体性能乖離による強烈な違和感も和らいできてなによりだ。俺の仮想現実適応は順調に進んでいると言って差し支えない……が、目下こなすべきシステム外で進行しているクエストは難航の最中だ。

「目を瞑る癖すらなくせばなんとかなる……と、思ったんだけどなぁ」

　——ソラの前衛転向へ向けて特訓を開始してから、三日が経過している。

　最初こそ順調……というより、最大の壁であったはずの癖は初日の開始一時間ちょっとでクリアできてしまった。やはり人間『絶対にやる』と決めて本気で動けば、わりとどうにかなるものである。そのときは二人して「これは思わぬ短期決着か」などとテンションを上げたものだが——

「まさか三日も掛けてスキルが得られんとは……」

近接戦闘における一応の最低限を満たしたソラを前衛に据えて、俺たちは猪平原を皮切りにこれまでの足跡を辿りながら特訓を続けた。

三日とは言っても、ソラは俺のように一日中ぶっ続けとは行かない。彼女のデイリーログイン時間は平均しておよそ四時間、アルカディア換算では六時間と言ったところか。

それでも、実時間にしておよそ十八時間。ひたすらに剣を振っていただいたわけだが……出ない、生えない、得られない。比較的容易というか、しばらく該当武器種を扱っていれば狙って即日獲得が可能なはずの適性ツリーすら、芽を出さなかったのである。

大言を吐いて、つきっきりを決め込んでいる俺も傍目に相当気まずい……が、ご本人様の落ち込みようがマジで居た堪れない。

ソラからしてみれば、システム側から言外に「キミ向いてないよ」と言われているようなものだからな。今日の別れ際なんて、八割方は目から光が消えていた。

更には「さっさと本業に戻ってどうぞ」とでも言わんばかり、使ってもいない短弓ツリーにスキルが生えたときのソラの顔を俺はおそらく忘れられないだろう。

美少女は何しても美少女とは誰の言葉だったか……いや、マジギレは流石に怖い。人ってあんなに冷たい目ができるんだね。あの眼差しが自分に向けられることがあれば、その日が俺の命日だ。

「はぁ……」

どうしたもんかと溜息を零しながら【Arcadia】の機体から身体を起こす。

ログアウト際《ぎわ》の沈んだ表情を見るに、流石にそろそろ精神的フォローも必要になってくる頃合いだろう。発破を掛けた責任もある――スキルの取得法だけじゃなく、女性（リアル情報不詳）の慰め方なんかの知見も、ネットで得られはしないものだろうか……。

　夕飯の匂いに釣られて部屋を出ながら、俺はバイト生活では得られなかった技能の取得法に頭を悩ませていた。


「どうかされましたかお嬢様？　そんな不機嫌そうにしていたら、せっかくの可愛い顔が……まあそれでも可愛いけどね？」

「………」

「あら、意外と重症」

　恒例のお嬢様呼びに対する苦言をスルーしてしまうほどに参っているらしい。スルーというより心ここにあらずといった様子か、夕飯の準備中からずっとこうである。

　ちょうど三日前あたりから徐々に元気をなくしているようだが、例のゲームを始めて興奮しきりだった数日前とは雲泥の差だ。

「どうしたの、そら。なにか悩みごと？」

　からかいを引っ込めて頭を撫でつつ尋ねてみれば、とりあえず気を引くことには成功したようで視線が斎へと向けられる。

「…………私、才能がないみたいなんです」

才能？　なんの才能だろうかと、素直にそう訊ねてみれば――

「剣の才能です……」

儚げな表情を浮かべて、斎が愛するお嬢様はそんなことを宣《のたま》った。

この子は、一体全体どこの中世かファンタジー世界の住人なのかと一瞬笑いそうになるが、流石にゲームの話であると察しはつく。

「はあ、剣……確かにソラが剣を振って戦う姿なんて、想像がつかないけれど」

「……ゲームにもそう言われました」

ちょっと言っている意味はわからないが、要するに『壁』にぶつかって落ち込んでいると。

「んー……それじゃあほら、そこは噂の騎士様に頼ってみちゃうとか？」

「ハルさんはもう三日も付き合ってくれてます……時間を割いてもらってるのに、私は全然……」

マズい、更に地雷を踏んだようである――というか、もう本当にずっと一緒にいるらしいハルさんとやら。既に少なからずそらの信頼を勝ち取っているようだが、一体どんな人物なのだろうか。

まさか自分まで【Arcadia】の筐体を用意して連れ立つわけにもいかず、この目で人となりを確かめられないのが少々口惜しい。

「ゲームのことはよくわからないけど……ゲームなんだから、楽しまなくては損よ？」

「わかってますけど……せっかくハルさんが発破を掛けてくれたのに……」

この子がこうまで露骨に落ち込むことは珍しい。そらの性格を考えるに、自分が上手くいっていないこと自体ではなく、その結果『誰か』に面倒を掛けている事実が堪えているのだろうが。

「ハルさんは男性なんでしょう？　だったら迷惑掛け倒しちゃえばいいじゃない。こんな可愛い子に頼られて、むしろ役得なんて思ってるかもよ？」

「なにを言って……私もハルさんも仮想の姿《アバター》なんです。外見でどうこうなんて」

「あら、でもそらは顔変えたりしてないでしょう？」

「そ、そんなのっ、わざわざ伝えたりしません……！　向こうでみだりに現実情報を開示するのは、マナー違反です……！」

　仮想世界については一般娯楽としての知識しかないのだが、なにやらいろいろと決まりがあるらしい。現実に遜色ない仮想現実ともなれば、当然と言えば当然か。

「難しいなら、他のことをしたらいいんじゃないの？　ほら、せっかく御伽噺のような世界なんだから、魔法使いとか」

「……仮想世界では、思い切り身体を動かしてみたかったんです。現実の私はこんなですから」

と、そらは自分を指して不満を示す。生まれつき身体が弱く、激しい運動を禁止されている彼女は学校の体育すら満足に参加したことがない。

　生まれ持った運動センス自体は優秀だし、本人も淑やかな外見に反して身体を動かすことを好んでいる。それを知る身としては気の毒に思うが、ゲームにまで不適性の判を押されていようとは。

　不憫というか、こういうときにはなにかと恵まれないお嬢様に同情の念を禁じ得ないが……結局、仮想世界について詳しくない斎にできることといえば、愚痴や弱音を聞いてやるくらい。

　どうしたものかという憐憫の視線を向けられながら——そらは終始浮かない顔で、姉代わりの使用人に慰められるのだった。

第四章　砂上の楼閣、流転するは玉座

「さて……」

今日で仮想世界デビューから一週間。見通しの立たないタスクを抱えてしまってはいるが、俺個人としては仮想世界にも大分慣れを感じ始めた頃合いだ。

現在時刻は早朝四時手前。ふと目が覚めてしまった流れでベッドから【Arcadia】へと床を移して二度寝に興じているわけだが……流石はオンラインゲームというか、こんな時間でも少なくないプレイヤーの姿が見受けられる。

特に設定を更新していないため、ログイン兼リスポーン地点としてお馴染みとなっている広場。ランドマークとなっている噴水の縁に腰を預けながら、俺はステータス画面と睨み合いをしていた。

◇Status◇
Name：Haru　Lv・44（10）
STR（筋力）：30　AGI（敏捷）：280　DEX（器用）：150
VIT（頑強）：5　MID（精神）：5　LUC（幸運）：10
◇Skill◇
・全武器適性
《クイックチェンジ》《ピアシングダート》

・Ｐａｓｓｉｖｅ
《体現想護》《重撃の操手》《アクセルテンポ》《ボアズハート》《軽業》
《ジャンブルステップ》《キャリーランニング》

40を超えて多少は落ちてきたが、レベルの上昇ペースはまだまだ軽快。ステータスの伸びは順調というか、ＡＧＩに関してはもう完全に人間を卒業してバケモノのそれとなっている。

そもそもリサーチの結果からしてこのゲーム、メジャーとされている軽戦士型のＡＧＩ推奨値が２００前後――つまり俺は上限である１００の半分に満たないレベルで、その域を超えたわけだ。

ちなみに現在最速とされている軽戦士……【早駆】という名前の御仁らしいが、そのハヤガケ氏の公開ステータスがＡＧＩ３５０。それすらも、あと六つレベルを上げれば追いついてしまう。

レベルアップでの取得以外にもポイントを獲得できることはわかっている。というのも、以前の５レベル分の謎加点は、『白座』との遭遇で得られるボーナスだったらしい。

それを含めてアレコレ上積みしていく手段はあるのかもしれないが……それでもやはり、基本となる数値は１００レベル×10の合計１０００ポイントと考えられる。

ＡＧＩに振るからにはＤＥＸも相応の値を積まなければならず、《軽業》系統のスキルがなければそれだけで大半を食い潰される……と考えれば、その辺が最速ラインになるのも納得だ。

――んで実際、そこまでした結果どんだけ速いの？　というお話だが、アニメとかでよく見るスッゲー早い戦闘シーンなんかを地で行くレベル。

動画サイトなどでコマ送りのスロー再生なんかが投稿されたりするが、それを見てやっとなにをしてるのかわかる――ハッキリ言って、まさしくその次元だ。

全力疾走時のトップスピードは、軽々とスポーツカーを凌駕。初動からして既に周囲の景色は線と化すし、体重六十キロ程度のちっぽけな人体によって当たり前のように突風が巻き起こる。

白状すれば、既にわりと限界が来ていた。なにが限界って、俺自身の速度に反応が追い付いていかないという話。いくら身体が加速したところで思考速度は平常運転……つまりは、ハードにソフトが釣り合っていないということだ。

なにやら『思考加速スキル』なるとんでもないアレも存在するとのことだが、軽く目を通しただけで狙って取得することは無理だと判断できたので解決策として当てにはならない。

思考加速効果はないが、マジでソラの《観測眼》が羨ましいんだよな……アレは遠距離専用だから俺が取得しても宝の持ち腐れではあるが、もし近距離版があるなら喉から手が出るほど欲しい。

ちなみにソラさんが知っているかどうかは不明だが、《観測眼》は攻略サイトのデータベースに載っていない――つまり秘匿所持者がいる場合を除いて、ソラだけのユニークスキルである。

ついでに例の《スペクテイト・エール》もユニークだった。何者だよあの美少女。

羨ましくなって俺も自分の所持スキルをサーチにかけてみたが、一つ残らず即出の代物ばかり。

謎スキルの《体現想護》などもしやと思ったのだが、取得条件こそ不確定ながら所持者は複数いる模様――まあ、そう簡単に手に入っていたらユニーク（笑）とかなりそうだしな。

いや、別に？　別に悔しいとか、別にないし別に……。

「はぁ……レベリングしよ」

モチベ低下に繋がるであろう事柄は見て見ぬ振りが最善策。ユニークスキルがなくとも俺自身のビルドがユニークってか珍獣街道を直走っているわけで、余計なことは考えず駆け抜けるとしよう。

――第四エリア【流転砂の大空洞】は、一言で表せば「馬鹿広い円形ドーム（砂）」といった様相のフィールドである。全ての壁と天井が砂岩で構成された真円形の大空洞で、仕切りになるような障害物は存在せずエリアの端から端までを一望できる。

　この目で見たことがないので判然としないが、実際の砂漠もこんな感じなのだろうか。足場となる砂が柔らかく踏ん張りが効かないため、中途半端な敏捷値では速度を殺される厄介な環境である。

　全体的にアホほど単純な構成となっている【流転砂の大空洞】だが、もちろん特筆すべき可笑しな点は存在する――『広さ』だ。

　なにかに例えるのすら馬鹿馬鹿しくなるほどの、広大が過ぎるその面積。なんでも敏捷特化のプレイヤーが外周壁沿いに全力疾走して、一周するのに半日掛かるほどだとか。そもそも初期スポーン地点から外壁へ辿り着くまでに数時間掛かるという、頭のおかしなスケールを誇っている。

「相も変わらず、遠近感が職務放棄してんな……」

　例によって転移門を用いてエリアを訪れたプレイヤーは、この天蓋付き砂漠のランダムな位置に投げ出される。正確にはエリア中心部を基点とした一定距離の円周上、そのどこかへ。

　俺がこのエリアを訪れたのはこれで三度目。その変わらない威容に、毎度のごとく目眩のような感覚に襲われる。　雰囲気は全く違うが、スケール的には『白』の奴が居座る大窪地に近いものがあるかもしれない――中央部に、異様なモノがあることを含めて。

それは何一つとしてオブジェクトの存在しない大空洞において、唯一の目印であると同時にプレイヤーが目指すべきゴールでもある。

――落ちては昇る流砂、そう形容する他ない不可思議な光景だ。単純な視覚情報としては、エリア中央に聳え立つ巨大な砂の塔。しかしそれは砂岩などではなく、絶えず波打つ流砂の円壁である。天蓋の隙間から流れ落ちているわけでもなく、地表から噴き出しているわけでもない、ただ大空洞の上下を繋ぐように流転する砂の滝……実にファンタジーな光景だ。

まあ当然の如くアレの内部にこのエリアのボスがいるわけだが、しばらくの間は挑む予定はない。

――というかぶっちゃけ既にソロで挑戦済みなわけだが、いろいろあって俺一人では百パーセント攻略不能だと判断したため、今はソラの特訓が実を結ぶのを待っている状況だったりする。

いやはや、崖でのボス戦を経て散々イキっていたわけだが、直後のエリアでこうも清々しくストップを掛けられるとは……嬉しさと恥ずかしさが半々、といったところか。

「よっし――今日も頼むぜ相棒」

異様な空間の只中でぼやけそうになる意識を奮い立たせ、左手に喚び出すはサーバーに二つとない俺だけの一振り――その銘《な》も、【白欠の直剣】。

ソラとの特訓を開始した日の夕刻、ハルゼンの旦那より授かった俺専用の武器だ。

全体の色味は鈍色で、やや細身の剣身。特徴的なのは鍔、しのぎ、ナックルガードに該当する部位がほぼ形作られていない点で、刃と柄を隔てるのは菱形に膨らんだ横幅のみ。

芯材となったツルハシより受け継いだ『白』の残滓はしかと継承されており、唯一白く染まった鋒がワンポイントのスマートな一本に仕上がっている。

　数値的なスペックは店売り品をあらゆる面で凌駕しており、更には俺専用に誂えられた証として固有の特殊能力まで備えている——まさしく、オンリーワンの一振りというわけだ。

　これについては全プレイヤー等しく取得クエストが発生するようで、それぞれの課題を達成することで『個人のプレイスタイルに沿った装備品』が与えられるのだそうな。

　ユニークやら成長装備やらとプレイヤー間の呼称にバラ付きがあるのだが……一応、公式では『魂依器《アニマ》』と称されている。俺の場合は直剣になったが、そもそも武器に限らず防具やアクセサリーなどカテゴリは無数に分かれるらしい。

　……といった詳しい事情を、俺は結局ネットの力を借りて全て自分で調べ上げた。あのムキおじ、マジでそういった説明を全く寄越さずに「できたぞ」の一言で終わらせやがったからな。

『魂依器』は成長装備なんて呼ばれるように、プレイヤーが一定の水準まで使い込む度に成長、そして進化していく特殊な代物である。

　その節目節目の強化にはクエストを受注した生産職ＮＰＣに頼る必要があり、つまり俺は旦那と末永くよろしくやっていくことが決定付けられたわけだが……いやぁ、先が思いやられますねぇ？

「いつか絶対なにかしら一矢報いてやっからな……さて」

　昼頃にソラがログインしてくるまでの間、俺は自身の課題を遂げるため狩りに邁進するとしよう。

　この【流転砂の大空洞】に生息するエネミーは見える位置、つまりは砂上をうろついていることはない。確認した限りでは大物と小物で二種類いるのだが、どちらも平時は砂中で息を潜めている。

　待ち伏せメインという意味では二つ前の【岩壁の荒地】に近いが……あそこのトカゲやらカエル

やらよりもいろいろな意味でアグレッシブな連中なので、より警戒が必要だ。

注意すべきは『音』――このエリアの連中は、砂上を歩く獲物の足音を目掛けて殺到してくる。なので穏やかな行軍を望むのであれば、抜き足差し足とまでは言わずとも走行は自重して進むのがセオリー――なのだが、俺の目的は狩り。ならば取るべき行動はその逆となる。

「それじゃ張り切っていこうか――レッツパーティ!!」

見渡す限りの砂地？　踏ん張りが効かない？　こちとら最大時速三百キロに迫る人力マシーンだ。五十メートルを一秒で駆け抜けるこの脚を、その程度で捕まえられると思うなよ。

突き抜けた脚力は『走る』よりも『飛ぶ』に寄る。ＡＧＩ、《軽業》、《ジャンブルステップ》と、持ち得る機動力を一斉点火した俺の足元で、盛大な炸裂音を撒き散らして砂が爆ぜた――瞬間、

「――――ッッッ!!」

名状し難い咆哮を名乗り声に、音の爆心地を囲うようにソイツらは現れる。このエリアに辿り着くまでに出会ってきた怪物、その全てに勝る巨体――否、長躯を誇るコイツが【流転砂の大空洞】におけるメインエネミーだ。

どこか『ウツボ』を彷彿とさせる、不気味さと間抜けさをミックスしたような絶妙な造形の頭部。身体のほうもほぼまんまで、尻尾の先まで同幅な体躯が不思議パワーで砂海を水の如く自在に泳ぐ。

現実のウツボとの相違点は、凝固した血液の如きどす黒い赤の体色。加えて、胸鰭が謎進化したような大きな前足を備えていること。更には耳なんだかエラなんだか詳細不明な器官が、頭の左右から生え出している点くらいだろうか。

通称『砂漠ウツボ』――正式名称【デザートサーペント】は、体長およそ二十メートルを超える

超大型の雑魚エネミーである。

そう、雑魚だ。さて、ゲームにおける『雑魚敵』の特徴を一つ挙げるとしよう。ことMMOであれば殊更極端に……まあ、簡潔に言えば――沢山いるってことだ。

「三、四……六――上等ッ!!」

爆心地から円を描いて駆ける俺を包囲するように、全く同じ咆哮が連続して砂漠に響き渡る。

その数は六。等間隔で砂上に躍り出た巨体は、さながら餌場に躍り出た愚者をポイントするキルサークルが如く――なお、その獲物は霞むような速度で駆け回る上、鋭い牙も爪も備えている模様。

大音を立てた時点で位置は捕捉されている。餌を食い散らかす権利を奪い合うため一直線に俺へと殺到する【デザートサーペント】――その内の突出した一体に狙いを定め、砂を蹴り付け急転回。

コイツらはこの砂漠中に夥しい数が配置されているが、それでも絶対数や出現ポイントの規則性はしっかり設定されている。出現位置が等間隔だったことから簡単に推測できるわけだが、端的に言えば『縄張り』が決まっているということ。

だからまあ、出現位置を基点に縄張り内でやり合うよう意識すれば、各個撃破は難しくない――が、一度こうして起こしてしまうと標的が死ぬか腹の中に収まるまで執拗に追いかけてくる習性を持つため、俺のようにわざと広範囲で音を撒き散らすような真似をすると、こうなる。

肝心なそのステータスは、そこそこタフかつ見た目のスケール相応に攻撃力も高い――間違いなく雑魚カテゴリではあるのだが、ちょっとした中ボス感覚で相手をするのが正道だろう。

総評。中ボス的に経験値が美味しく湧き位置が決まっており、同時出現の数が膨大な上に音を立てるだけで簡単に釣れてどこまでも追いかけてくる。

つまりはそう。見方を変えれば、絶好の――トレイン狩りのカモだ。

難点は砂上でも余裕を持ってコイツらを引き回せる程度の脚を要求される点と、事故って被弾でもすればウツボの津波に飲まれて瞬時にすり潰される点。ついでに見た目キモい魚類もどきの大群に延々追い回されるという、人によってはトラウマ不可避の極悪シチュエーション。

しかしそれらをクリアできる、ちょっとアレなプレイヤーに限れば――

「最高のレベリングスポットってなぁ!!」

交錯の瞬間、自ら飛び込んできた餌を嬉々として大口で迎えたウツボの鼻面を蹴り飛ばし、疾駆の勢いを殺さないまま回避と離脱を両立させる。

包囲を抜け、そのまま一切の遠慮なく砂を蹴り散らかす俺の行く先で――再びいくつもの咆哮。砂漠の一人大横断を強行する俺《エサ》に捕食者《カモ》共が次々と反応し、瞬く間に砂漠で赤い津波が巻き起こる。

なにも知らない人間がこの光景を見れば、まず間違いなく俺のことを自殺志願者かなにかとしか思わないだろう。正直なところ俺自身、後ろに迫る大津波を振り返ればわりと真面目に自らの頭のネジ事情に不安を覚えざるを得ない。

が、この凶行の遂行可否は、既に先日結論が出ている――ノーダメ余裕。かかってこいやぁッ!!

「ッしゃオラァ!!　いくぞァあぁあああアアアァッ!!」

目算不明。絡まり合ってもはや一匹一匹の体躯をなぞることすら困難なウツボの波を確認し、派手に砂を蹴散らして百八十度転回。

相棒の直剣を固く握り締め、気合の雄叫び一発――俺は即死圏内へと躊躇なく跳び込んだ。

瞬間、迫るは大口、顎、鰭口口尾鰭尾尾胴口尾胴胴胴尾口口尾胴尾口口口口口口――

——正直なところ、これほどのキルゾーンに身を投じると通常運転の思考なんざ全く付いて来ない。攻撃が来た、躱そう、なんて呑気に考えていたらその瞬間にはもう死んでいる。

明鏡止水なんて境地を俺は知らないが、少なくとも考えてるフリでしかないこんな思考群は等しく後付け——脊髄反射の戦闘行動は、遅れてくる自意識の視点からすれば他人事のような感覚だ。

正面から迫る口をすり抜け、振り下ろされた尾を躱しざま足場にして背後から迫る大木のような胴を回避するため跳躍、同時に縋る三つの大顎の一つに自ら飛び込み、咀嚼を許さず口内で大斧を展開、好き放題に頭部を内側からズタズタにすれば、呆気なく燐光となって爆散したウツボから解放されて、宙に放り出された俺に休みなく迫るは——先に倍する、餌を求める無数の口。

「——ッハ」

なにが可笑しいのか、自分でもわからない。笑みが溢れたのは完全なる無意識だが、遅れた思考でその様を俯瞰する俺は、地獄絵図の中で笑う自分自身にドン引きしながら爆笑していた。

——楽しい、嗚呼楽しい!!

認めるしかあるまい。こと【Arcadia】の中に限り、俺は間違いなくイカれていると。アクションもそう、メンタルもそう、テンションも等しくそうだ。全部が全部、おそらく普通を逸している。

それが——嗚呼それが、どうしようもなく、狂おしいまでに嬉しい。

夢に見て恋焦がれた世界において『自分が普通ではないかもしれない』という認識が、腹の底から笑ってしまうくらい壮絶に愉快だ。

全力でやると決めていた。全力で楽しむと決めていた。全力で戦うと決めていた。

そして俺は、今この瞬間に決意した。もう行けるところまで征《い》ってやろうと。三年遅れだとか先

行者がどうとか関係ない。速さを捕まえたこの脚で、最前線まで特急で駆け上がってやる‼

そのため、まずは手始めに——

「木偶の坊の魚類ども、まとめて経験値になりやがれァッ‼」

取り急ぎレベルカンストと、初心者エリアの早期脱却を掲げていくとしようか！

大斧の乱舞、大鉄塊の重撃、無数の剣閃が飛び交い、操手もまた宙を縦横無尽に駆け回る。

巨体の入り乱れる重音と咆哮はいつしか悲鳴へと寄り——

砂漠の赤い津波からは、青い燐光が噴水の如く吹き上がり続けた。


「…………………わぁ」

もうなにもかもを諦めたかのような、徹底的に気の抜けた声。一時に比べて不安になるほどの静寂に支配された砂漠では、そんな掠れ声すらもよく響く。

動くものの失せたフィールドに佇む影は二つ。一つは当然ながら俺、もう片方はヘルプ要請に応えて駆け付けてくれたソラさんである。

「もう、これ………もう………」

断腸の思いでメッセージを飛ばした時点でリアクションの方向性は察していたが……ついには力なく両手で顔を覆ってしまった少女の様子に、俺としても流石にやっちまった感が拭えない。

目の前に広がるのは、砂一色が常であるはずの景色を所狭しと埋め尽くす、赤赤赤——もう数える気にもならないレベルで散乱する、夥《おびただ》しい数のドロップアイテムだ。

戦利品は基本的に直接インベントリへぶち込まれる形式だが、限界所持容量を超過した場合は足元、あるいはプレイヤーに極近い空きスペースへ放り出される仕様となっていたらしい。

一応素材やら換金アイテムやらは如何なる理屈か、装備品などと比べても随分と重量が軽く設定されていたのだが……。

「いやぁ……楽しくなって、ちょっとやり過ぎた次第で……」

ただでさえ容量カツカツな俺のインベントリ事情に加えて、情け容赦ない大物エネミーのやんちゃ狩り——その結果がこの惨状である。

皮、牙、骨に鰭爪、胆石などなど……過剰な武具類に圧迫された俺のインベントリなど、開始の数分で許容量オーバー。そこからおよそ一時間強は続いたウツボ漁の戦利品は、こうして一つ残らず戦場となった砂の上にばら撒かれてしまったわけだ。

足の踏み場もないとはまさにこのこと——結局どれだけの【デザートサーペント】を血祭りに上げたのかわからないが、この有様を見るに数十ではきかないだろう。我がことながら、軽く引く。

そして俺自身すら引くレベルなのだからソラの心境や推して知るべしだ。

「ちょっと……ちょっと？　……そうですか、ちょっとですか。私とハルさんでは、ちょっとの定義が随分と違うようですね？」

目を覆っていた両手をゆっくりと下ろし、ソラは散らかり放題な砂漠を緩慢な動きで見渡した。

心なしか濁って見えるその瞳に、言い知れぬ恐怖を感じてしまう。

「ちなみに、どれくらい狩りをなさっていたんでしょうか」

その質問って短時間にしろ長時間にしろ、形を変えて結局ドン引きされるやつですよね？

「い、一時間ほど……」

「いちじかん……」

ほら見ろ、ソラさんまた顔を覆っちゃっただろ。

別に悪いことをしているつもりはないのだが、ソラの気持ちもよくわかる。現在進行形で近接転向に行き詰まっている状況――これ見よがしに大戦果など見せつけられたら、そりゃ辛いだろう。

背に腹は代えられなかったとはいえ……やはり可哀想なことをしたかもしれない。

「一時間でなにをどうすれば……いえ、いいです、聞きたくないです」

言い訳がましくトレイン狩りの説明をしようかと口を開くが、ソラに止められてしまう――台詞だけなら拗ねてしまったように思えるが、声音を聞く限り多少落ち着きを取り戻した様子だ。

密かにビビり倒していた俺としては、ホッと胸を撫で下ろす他ない。

「それじゃ、拾っていきましょうか……流石に全部は入らないと思いますけど」

苦笑いを浮かべるソラの言う通り、いくら軽装かつ自前の治癒魔法で回復アイテムの携行数を抑えている彼女でも限度はある。

この見渡す限りのドロップ品の内、半分も拾えるか怪しい……流石に勿体ない精神が湧いてくるが、無計画な狩りの授業料と思って諦めるとしよう。

「時間を取らせて悪いね……手間賃じゃないけど、あれなら好きなだけ自分で確保してくれていいから。いや、というか是非そうしてください」

それはもう、俺の罪悪感を減らす意味でも是非ね。

「あはは……それでは、遠慮なく」

と言いつつ、ソラは少し困ったような顔を見せる。

「私、装備製作にまだ手を出してないんですよね。ハルさんがお世話になった……『旦那』さん？に、依頼したりすればいいんでしょうか？」

と、顔ほどもあるウツボの牙を拾いながらの質問。今までは戦利品もある程度の数を残して売却してばかりだったので、具体的になにをどうすればいいのかわからないらしい。

「それでもいいんじゃない？　というより、俺も旦那以外の生産NPCとか知らないから……」

一瞬だけNPCの他にカグラさんの顔が思い浮かんだが、流石に遥か先を行く先達魔工師に初心者エリアで得られる素材を持ち込むのは気が引けてしまう。

「それでは、紹介してもらってもいいですか？」

「お安い御用——あ、待てよ『魂依器』のクエストが……確かアレ、NPCの職人に初めて出会うと自動発生するんだよな？」

ソラの伺いに当然とばかり頷きかけて、不都合に気付く。

俺のときは会話の流れで自然と素材調たちのクエストが発生したわけだが、どうもあれはプレイヤーが初めて職人NPCを訪ねることで確定発生するイベントだったらしい。

導入の形は人それぞれだが、大筋の流れはほぼ同じ。指定された素材を入手してクエストを達成することで、そのプレイヤーに最も適した装備品を作成してもらえる。

問題なのが『適した装備品』の選定が完全にシステム任せという点で、大まかなカテゴリを自分で選んだりできない仕組みとなっているようだ。つまり剣であれば短剣か長剣か程度の注文は効くが、そもそもの『剣』というカテゴリ自体の変更はさせてもらえないということ。

現状のソラは装備品こそ軽装の革鎧に直剣と剣士の装いだが、スキルツリーはいまだ一つしか出ていない短弓ツリーのまま。その他のスキルも、支援バフに治癒魔法と見事にチグハグだ。

今の状態で彼女が『魂依器』のクエストに挑んでも、都合良く近接系の装備品が選出される可能性は低いだろう——と、そういった理由から『せめて近接ツリーを生やしてからクエストに臨む』といった方針で保留していたのだが……。

「それでしたら大丈夫です。自動発生と言っても強制的に受けさせられるわけではないので、受諾しなければいいそうなので」

「あ、そうなの？」

それなら安心……そういや、クエスト受けたときに任意受諾どうこうって注釈が付いてたっけ。

なんにせよ、杞憂だったならば問題はないか。

と、話はまとまったが、とりあえず砂漠の大掃除を済ませなければ始まらない。辺りを見回し今一度せつなげな溜息を零したソラをフォローしつつ、二人でウツボの残骸をかき集めていった。

「——【デザートサーペント】か」

「ええ。どうっすかね？」

カウンターに並べた大きな牙やら皮やらを前に、今日も旦那は仏頂面一歩手前の無表情を崩さない。最近は俺も『堅苦しい』などと言われた丁寧語を省き、フランクな態度へとシフトしていた。

「悪くない、量も十分だ。なんでも作れる……だが、お前には重いかもな」

「あー……やっぱり？」

ソラと二人で拾い集めていたときに薄々気付いていたが、あの砂漠ウツボの素材はどれもこれもなかなかに重量があった。

そのサイズを考慮に入れても、である。流石に金属なんかよりは軽いだろうが、仮に鱓革《ウツボ》で全身コーディネートともなればかなり重量が嵩むことだろう。俺にはあらゆる意味で論外だし、ソラも噛み合っていない。俺ほど極端ではないが、軽戦士志望だからな。

「そっちの娘も、お前と同じだろう。重戦士には見えん」

「いえ、同じではないかと……」

初対面の大男に緊張しているのか、俺の陰に隠れているソラが極めて不本意そうな声を出す。

その反応は誠に遺憾だが、理性をぶっ飛ばして高笑いしながら跳ね回るソラなんて見たら三日は寝込む自信があるので同意する他ない。

「なら……全身ではなく末端、グローブやブーツなんかはどうだ」

「ブーツか……重くなりません？」

「適度な重量は、重石にはならん。踏み込みや振り抜きに安定感が出る」

「ふむ……牙とか爪とかは、重量落として武器にはならないっすか？　いっそのこと投釘《ピック》とかでも」

「そこまで強靭な素材じゃない。短剣程度ならなんとかなるが、重さはコイツの欠点であると同時に長所だ。削ったら、大した代物はできんぞ」

なるほどねぇ。

「だってさソラ。どうする？」

俺の後ろで大人しくしている相棒に声を掛けつつ様子を窺えば、話はちゃんと聞いていた様子。問いに対して、少女はコクリと頷いて見せた。

「あの、では……ブーツとグローブを、お願いしてもよろしいでしょうか」

最近は遠慮のない態度を見せてくれるようになってきたから忘れがちだが、ソラは重度の人見知りというほどではないものの初対面相手には基本引き気味なスタンスだ。

加えて、その相手がハルゼンのような現実ではなかなか見ないムキムキの巨漢とくれば、借りてきた猫のような少女の様子もまあ頷ける。

「任せろ」

「あ、俺も同じの……いや、グローブだけ、んー……」

ソラと同じく俺も二点注文しようとして、躊躇う。

ただでさえ数分程度の狩りでキャパオーバーするような有様なのに加えて、無被弾前提のビルドで防具を身に付ける必要性があるのかと疑問に思ってしまう。

以前はビジュアル面の問題から着る物を欲していたこともあるが、それもカグラさんからのプレゼントで解消された今は解決済みである。

しかも衣装アイテムはステータス等の恩恵が皆無な代わりに、所持容量ほぼゼロの素敵仕様だからな。本当に良い贈り物を頂いたというか、カグラさんには足を向けて寝られない。

「ハルさんは、作らないんですか？」

「あぁ、うん。よくよく考えたら別に必要ないかなって——え、待ってそれどういう感情？」

必要ないと口にした瞬間、ソラが浮かべた微かに不満げな表情を俺は見逃さない。あまり見ない反応に首を傾げれば、ソラは誤魔化すようにフイッと視線を逸らした。

「なんでもないです」

「と言いつつ本心ではアッハイごめんなさい」

整った顔立ちから繰り出される睨みは威力が高い。

ウザ絡みを即座に引っ込めた俺へ、ソラはジト目を向けた後に拗ねたように呟いた。

「……その、あの…………パートナー、じゃないですか。だったらお揃いの装備とか……ちょっといいなって、思った、だけです」

一言ずつ声は先細りになっていき、最後のほうはほぼ聞こえなかったが——

いや、えぇ、なにこの子……そんな可愛いこと言っちゃいます……？

「旦那」

「なんだ」

「俺も同じので」

「……尻に敷かれてるな」

うるせえ。アンタこの流れで「まあでも俺は別にいらないかな」なんて宣える男がいるとでも？

俺の鞄事情なんざ知ったことかよ。

「あ、あの……ハルさん？　無理にそんなことしなくても」

「いやあ、珍しく可愛い意見が出たんだから乗っかりたい。重量も武器一本削れば大丈夫だろ」

「っ……そう、ですか」

現在の武器プールは【白欠の直剣】と【歪な鉄塊鎚】の他に、店売り品の鉄製直剣と大斧、それからここ数日で追加した短剣二本にショートスピアが一本。

アルカディアのゲームメイクからすると予備過剰にもほどがあるが、俺の場合は予備どころか一本残らず常用品だから手に負えない。とはいえ、槍とか今のところ必要性はないからな。ちゃちゃっとショートスピアを旦那に押し付けて端金をもらい、所持容量に空きを作る。注文した二品を装備しても、これで多少の余裕ができただろう。

「これでよし。受け取りはまた翌日とかに？」

「いや、前に打ってやった魂依器とはモノが違う。すぐにできる」

要求通りの数を並べた素材をカウンターから攫って席を立ったハルゼンは、一言「待っていろ」と残して作業場へと姿を消した。

……ていうか、すっかり鍛冶専門だと思い込んでいたんだが、革素材でも仕立てられるんだな。思えばカグラさんが「この世界に鍛冶師や裁縫師なんてカテゴライズはない」とか言っていたが、つまりはＮＰＣも全てが等しく魔工師ということか。

すぐできるとは言ったものの、流石に数秒では戻って来ない。手持ち無沙汰になった俺たちは、店内に飾られた装備品を何となしに眺めて回る。

若干ソラの挙動がバグっているが、さっきのやり取りで照れているのだろう。ハイかわいい。

「ソラはこのまま直剣でいいんだよな？　店売りのやつ、使いにくかったりしない？」

良くも悪くも規格品だ。俺とソラが使っている【鉄の直剣】は寸分違わず同じものだし、俺が片手で振るそれも小柄な彼女のアバターには少々大きい。

実際、ソラは両手で振ってるしな。別に片手剣ってわけではないから、どちらでもいいんだが。

「そう、ですね……はい。今のところは大丈夫です」

「そっか。もしアレなら、ついでに剣も旦那に頼んだらと思ってさ」

ソラの魂依器クエストでも要求される可能性を考えて、『断崖の空架道』を二人で攻略した際に青色鉄鉱石はいくつか採掘済みだ。

直剣一本くらい新調する余分はあるし……と思っての提案だったが、今のところは必要なさそうだな。実際、【鉄の直剣】もMMORPGの店売り品にあるまじき十分な性能ではあるので。

流石に物足りなさは拭えないものの、初心者エリアとはいえボス相手にも確かに通用する品だ。少なくとも現状では舐めたものではない。

「それは、無事にスキルツリーが取得できたときのお祝いに取っておきます」

そう言って笑うソラだが、その笑顔はどことなく力がない——まあ、三日も頑張って成果が出ていないんじゃ自信もなくす、か。

いろいろ調べてはいるのだが、結局のところなぜ頑としてスキルツリーが生えてこないのか原因は不明のままだ——ただ一つ、システムに『一切の才能なし』と判断されている可能性を除いては。

「んなことないと思うんだけどなぁ……」

「……？」

「なんでもないよ」

俺の見る限り、目を瞑る癖を無事に克服した今のソラには十分適性がある。

運動神経――少なくとも、仮想世界におけるそれは悪くないはずだ。剣の操作も俺の動きから上手いこと自分なりに落とし込んで吸収してみせるし、素人目にもセンスはあるように思える。単純にしつこく得物を振るうだけでも得られる武器適性ツリーが、なぜここまで取得できないのか本気でお手上げ状態なのだ。

そしていくら考えたところで、いまだ浅いにも程がある知識しか持たない俺では正答に辿り着けるはずもなく。自身の無力に唸るくらいしかできないのがもどかしい。

「――できたぞ」

互いに気を遣ってしまい微妙な空気を醸しかけていた俺たちに、ムキムキの救いの手が差し伸べられる。再び姿を現したハルゼンの声に顔を向ければ――その腕には見慣れない色合いの革手袋と革靴が、二揃えずつ抱えられていた。

「え……あの、これって」

カウンターに置かれた品を見て、ソラが不思議そうに首を傾げる。乾血の如き赤黒い鱓革から作られたはずのそれらは、元の色合いからは想像もできないような美しい翡翠色に煌めいていた。

ソラ同様に疑問を抱いた俺が『どゆこと？』と視線を向ければ、旦那はフンと鼻を鳴らして――

「デザートサーペントの体表は、特殊な体液で凝固変色した砂の鎧で覆われている。それが、奴ら本来の体色だ」

――と、そういうことらしい。マジかよアイツら……特に鱗っぽいものも見当たらないくせしてやけに斬撃の通りが悪いと思ったら、天然の鎧を着てやがったのか。

鈍器で頭を叩き潰したり、口内に飛び込んで内側から三枚おろしが基本だったから支障は少なかったが、そう説明されたら納得である。

「綺麗……」

樹皮に似た独特な模様を持つ翡翠革。ぽーっとそれらを見つめて呟くソラは、どうやら予想外の品をいたくお気に召した様子だ。

思えば深く考えていなかったが、元のドス黒い赤色では彼女にあまり似合わなかったことだろう。本人がそのあたり考えていたかはわからないが、気が回っていなかった俺的にはウツボの謎生態に感謝を送りたい。

「着けてみろ」

装備を前にしてひとしきり感動する俺たちに、相変わらず無感動な声が降ってきた。いいものを仕立ててくれた職人に文句を放る口はなく、大人しくそれぞれに品を受け取って身に着けていく。

【砂漠鱓の革手袋】ＤＥＸ＋10

――流転砂の海を縄張りとする大鱓の革から仕立てられた手袋――

――翡翠の輝きは鎧を失った証だが、職人の技を経てより良い柔軟性と強靭さを得た――

【砂漠鱓の革靴】ＡＧＩ＋10

「こっちもフレーバーテキストは手袋と同じく、と……――いや、予想以上にイイ感じだな」

手袋のほうは、実用性と中二心を両立する指貫仕様。かなり丈長で肘辺りまですっぽりと覆われるが、相当に柔軟な造りで動きを阻害される感じは全くしない。

靴のほうはハルゼンの言う通り、心地良い重みでかなり安定感がある。これならばプラスされた重量など蹴飛ばして、初速はむしろ以前にも増すかもしれない。

加えて嬉しい要素として、カグラさんから頂戴した衣装に色味デザインともにマッチしている。総じてなかなかの満足度、文句なしだ。

傍に目を向ければ、同じく装備し終えたソラが手をにぎにぎしたり、爪先をトントンしたりと、なんだかそわそわとしていた。

俺とは違いソラは既に防具類を身に着けてはいたが、それでも店売りの簡素な品とモンスターの素材を用いた「いかにもな」ファンタジー製品とでは、いろいろと感じるものが違うのだろう。

感動と緊張を持て余すような彼女の素振りを微笑ましく思いつつ、女性の衣替えを拝見した以上は為さねばならないミッションを遂行しておく。

「ソラも似合ってるね。髪の色とマッチしていい感じだ」

「あ……えへへ、ありがとうございます」

サムズアップを添えてそう褒めれば、少女は照れながらも嬉しそうに顔を綻ばせて――

そんな馬鹿な、『えへへ』の使い手だと⁉　現実に存在していたのか……‼

勝手に褒めて勝手に悶え苦しみ始めた俺をよそに、ソラは上機嫌でハルゼンに「素敵な装備をありがとうございます」と頭を下げていた。先ほどまでの警戒心はもう薄れたようで、旦那のほうも微笑ましいソラの様子を見て満更でもなさそうに口元を緩めている。

――と、そうして和みのままにお開きかと思われたこの場だったが、

「……待て」

口を締め直したハルゼンが、唐突にソラの手元を指差して言った。なにかと思い視線を辿れば、ソラの右手――おそらくは、魔法発動補助の指輪を指しているのだろう。

「剣を提げているから剣士だと思っていたが、お前は魔法士か？」

「マホウシ」

「あ、と……魔法使いのことです。魔法を主軸にするプレイヤーは、一括りに魔法士と呼ぶそうで」

一瞬言葉の意味がわからず反射的にオウム返ししてしまった俺に、相変わらず細かな知識に詳しいソラが補足を入れてくれる。なるほど、近接関連しか調べていないから知識不足だったな。

「あの、最初は魔法と弓を主にしていたんですが、近接転向の特訓をしているところで……」

「特訓、不得手か」

不躾とも取れる程ストレートに切り込んできたハルゼンに、今現在のまさしく急所を突かれたソラは「むぐっ」と言葉を詰まらせた。大事な相棒を虐めてくれるなと横から睨みを効かせるが、マイペース極まる筋肉の塊には毛ほどの効果もないことだろう。

「スキルが、その……得られなくて、ですね」

「スキル……『天啓』か。そいつを振ってどれくらいになる」

おずおずと話すソラが腰に提げる直剣を指して、ハルゼンが問う。ソラが正直に「三日と少し」と答えれば、巨漢の職人は難しい顔をして顎に手を当てた。

「…………なんですか、ハルさん」

「いや、虐められた子供みたいな顔してたから」

正しくそんな表情だった少女の頭をぽすぽすと優しく叩いてやれば、どこか恨みがましい様子でジト目を向けられる。

「…………子供扱い、しないでください」

不満げに呟いてそっぽを向くが、ソラが手を払い除ける素振りはない。無意識の動作でセクハラ判定を下されなかったことにこっそり安堵しつつ、ぽすぽすぽすぽす――

「見せてみろ」

と、また唐突にハルゼンが口を開いた。同時にずいっと大きな手が目の前に差し出されて、俺にされるがままでいたソラがビクリと肩を跳ねさせる。

「え、と……!?」

助けを求めるように向けられる視線。これと酷似したやり取りを数日前にしている俺は、安心させるように笑みを見せつつ解答を示した。

「多分、剣を見せてくれってことだよ」

「は、はい……！」

わたわたしながら剣帯ごと鞘を外したソラは、恐る恐るハルゼンにそれを手渡した。続けざま「指輪もだ」との追加要求にも応えて、慌てながら右手のリングも抜き取って渡す。

……これ、もしかしなくても魂依器のクエスト導入では？

相変わらずＡＩ操作のＮＰＣとは思えない、恐ろしく自然な導入だこって……いや、旦那に関しては相変わらず、コミュニケーション能力が絶妙に足りていないけれども。

ソラが不安げな顔を向けてくる。おそらく彼女も、これが魂依器関連のイベントだと気付いたのだろう。受諾しなければやり直しが効くとはいえ、当人のその不安は理解できた。

「大丈夫だよ」

わざと楽観的にそう言ってやれば、ソラの表情も気持ち和らぐ。預けた剣と指輪を検めるハルゼンを待つ相棒に寄り添うことしばらく、鞘に剣身を収めた魔工師は端的な問いを口にした。

「剣士になりたいのか」

魂依器のカテゴライズは、プレイヤーには選択できない。ならばその質問はユニーククエストの性質上、意味がないはず。というか、俺のときにはこんなやり取り存在すらしなかったんだが。

「……は、はい」

ソラにとっても不意のことだったか、戸惑いの間を空けてそう答える。

ハルゼンは黙ったままだ。解答が足りないと思ったのか、ソラは少し躊躇いつつ言葉を続けた。

「私は支えるよりも——並んで、戦いたいです」

なおも押し黙るハルゼンは、しかしもう答えを求めている様子ではない。

瞑目した魔工師は、しばしの後に目を開けて——

「わかった」

望みを告げた少女を見据え、そう言った。

新調した【砂漠鱓の革靴】が、当然とばかり砂の足場によく馴染む。相当に具合のいい新装備だが、このフィールドでは殊更の働きを見せてくれそうな予感だ。

「結局流れのまま受けちゃったけど、本当にいいんだな？」

蜻蛉返りで再び足を踏み入れた【流転砂の大空洞】にて。すぐ隣、俺と同じく足元の具合を確かめている相棒に声を掛ける。

あの後ハルゼンが提示した魂依器の取得クエストを、何を思ったのかソラは迷わずに受諾した。本人は「なんとなくです」と言っていたが、提示された素材を獲りに行く前に最終確認だ。

「大丈夫です。本当になんとなくですけど……悪いようには、ならない気がしますから」

……まあ、そうな。あれだけ意味深なやり取りを挟んだならば、それなりに期待はできるか。当人が重ねてそう言うのならば、俺がとやかく言うことなどない。

「了解。そしたらいいよ……」

微笑むソラに笑い返して、俺はエリア中央——聳え立つ流転砂の塔を見据え、苦笑いを浮かべた。

「アレに、リベンジを果たさないとな」

◇受諾クエスト◇

『共に歩むもの』

・砂塵の涙滴　0／1　・鉄の直剣　1／1　・初心の指輪　1／1

――身体が軽いとは、まさにこのこと。機動力を命とする者にとって足元の安定性がどれほど重要なのか、俺は今更ながらに思い知らされた。

ハルゼンの旦那には素直に頭が下がる思いである。砂地と鞸革の相性が最高なのも勿論あるだろうが、今ならば例のトレイン狩りすら鼻歌交じりに――いや、それは流石に盛ったわ。

しかして、絶好調という事実に変わりはない。これまで素手だった手元も、グローブのおかげでグリップ良好――真正面から迫る【デザートサーペント】の大顎に、《クイックチェンジ》からの横薙ぎ戦鎚をぶちかます。

不正スレスレの超重量詐欺ストライクがトラック衝突の如き威力を生み出し、ウツボの横っ面を粉砕して突っ込んできた巨体を横へ逸らした。

頭部に甚大な衝撃を受ければ、大抵の生物は大なり小なり意識が飛ぶものだろう。それがゲームならば尚更だ、砂地に横たわるように身体を放り出したウツボ野郎へと追撃を――

「っと……」

即座に切り捨てる。視界端に映ったその予兆は、沸々と湯のように沸き立った砂の飛沫――咄嗟に後ろへ飛んだ俺の目前を、砂中から勢いよく飛び出すいくつもの影が遮った。

エネミー名【サーペントサッカー】――球技のサッカーと名前は無関係だろうが、ともかくコイツが流転砂漠に出現する二種のもう片方である。

一言で表せば、砂漠ピラニア。現実のピラニアとの相違点を挙げるとすれば、体長が五十センチ以上もあること、そしてその背鰭が短剣の如く鋭いエッジを備えている点か。

攻撃方法はウツボ同様に単純な体当たりや噛み付きが主だが、個人的には大物よりもこちらの小物のほうが段違いに面倒を感じている。

なぜってコイツら、攻撃のときしか砂上に顔を出さないド畜生共だからだ。デザートサーペントの取り巻きとして出現するときは、少なくとも必ず四～五匹以上の群れを成して。

この小魚共の存在を加味すると、俺的にはむしろ地獄絵図の様相を呈するトレイン狩りのほうが楽まである。あれだけ巨体が乱立する戦場になると、俺が相手をせずともウツボの大群に擦り潰されて勝手に全滅してくれるからだ。

姿を現したサッカーは四体。半数を宙にいる間にぶつ切りにするが──もう半数には砂中に逃げられ、おまけにスタンしていたサーペントも復帰してしまう。

思わず舌打ちしそうになるのを、背負った視線を思い出して飲み込んだ。思えば先ほどの戦鎚ホームランも、お手本としては落第点だろう。もう少し自重した立ち回りをするべきか。

「そしたら──たまには剣一本も悪くない」

愛剣を握り込み、懲りずに顔から突っ込んでくるサーペントに正対する。交錯まで一拍……親玉とタイミングを合わせるように左右で砂が沸きたった瞬間──俺は自ら猶予を踏み潰した。

サッカーの出現位置を置き去りに、サーペントの顎下へ潜り込むように飛び込む。新調した革靴で存分に砂の大地を掴み、制動を掛けた身体の真上に無防備な喉元が来た瞬間、

「──ッらァ!!」

天を衝くように、全力で剣の鋒を突き上げた。ハルゼンから得た情報通り砂の鎧を纏うコイツは、刃に耐性を持っている。ならば斬撃よりも、刺突のほうがいくらか効果的だろう。

頭部への打撃や、砂の鎧など関係ない口内からの攻撃に比べれば効きは悪いが、叩き込んだのは喉元。魚類だろうがなんだろうが生物にとって等しく明確な急所である。

真赤なダメージエフェクトが爆発的に噴き出し、その巨体が耐えかねたように跳ね上がった。

いつもならそのまま宙へ飛び出して追撃するところだが……今回は冷静に、『常識的な立ち回り』を意識して砂上に踏み止まる。

さてどうする――先に邪魔者を掃除するか。

先ほど置き去りにしたサッカーは、既に砂中へと再潜行している。片付けるにはまた奴らが姿を現すのを待つしかないが、既にパターンは掴んでいた。

奴らの攻撃タイミングは二つ。一つはサーペントの攻撃時に便乗するとき、もう一つは――

「大将への追撃を妨害するとき、だろッ！」

ノックバックしたサーペントへ向けて、俺がわざとらしく大きく一歩を踏み出した瞬間。目の前で性懲りもなくまた砂が沸き立ち始める――しかし端から予測のもと動いてしまえば、わざわざ出現位置を教えてくれる相手の対処法など一つしかない。

構えていた剣を目印へと勢いよく突き込めば、砂中で貫かれたサッカーが燐光となって爆散した。

不意打ちと同時攻撃。これら厄介な要素を封殺してしまえば、大した速度でもない小魚の突撃など簡単に対処可能。一瞬遅れて飛び出してきた最後の一匹に悠々とカウンターをお見舞いすれば、数的不利はこれにて閉幕だ。

鬱陶しい横槍さえなくなれば、今更ウツボの一匹など宙を駆けずとも好きなように調理できる。

俺は普段の空中機動を縛りながらも、努めて冷静に残ったサーペントを刻んでいった。

「――と、こんな感じかな。とりあえず、連中の攻撃パターンは全部引き出したはずだ」

ソラが流転砂漠を訪れたのは今日で二度目。偵察程度のノリで訪れた初回については、ソラは巨大ウツボにビビり倒し、俺は俺でテンションぶち上がって夢中で殴り合いをしていただけ。

結果としてほぼほぼノウハウなど得られずじまいだったソラのため、改めてこうしてレクチャーを行っていたというわけだ。

「………」

と、自分的にはなかなかのお手本をご覧に入れることができたと思っているのだが……肝心のソラさんは、なんとも不思議な表情をされていた。

「ええと……なにかあれば、拝聴しますが」

「いえ、あの……ハルさんも普通に戦えるんだなって」

――あぁ、うん。普段の俺の評価が一発でわかるお言葉をありがとう。

「あはは……いえその、とっても参考になりました。流石ハルさんですね」

俺の内心を読み取ったか否か、誤魔化しの笑顔と共に向けられるフォローが痛い。

流石にある程度の時間を経たことで、俺の仮想世界に対する行き過ぎたモチベーションは落ち着きを得つつある。最近では戦闘中に気分がノってきても早々トぶようなことはないが……初期に与えてしまったインパクトというものは、なかなか払拭されてくれないらしい。

「まあ参考になったなら重畳……前で行けそう？」

「そう、ですね……」

以前と異なり前衛二人組という前のめり構成だが……特攻一辺倒でやってきた俺と、いまだスキルの一つも得られていないソラとではあらゆる面で差が大きい。

当然ながら、俺にできてソラにできないということは少なくない。可能な限り俺がフォローに入るのは勿論だが、適性スキルをなにも持たない状態で前線に立つのが如何に大変かというのは、この数日ソラの苦労を見てきた俺も理解している。

「――大丈夫、です。頑張ります」

それでも彼女自身が力強くそう言うのであれば、否定の言葉など必要ない。俺はただ、可愛い相棒を支えるという大義を全力で遂行するまでだ。

「わかった。それじゃこれまで通り俺が引き付け役、ソラは遊撃で行こう。大物のほうは俺が確実にキャッチするけど、小物は集めきれないと思うから注意な」

「わかりました。足元に注意、ですよね」

「その通り。ぼこぼこしてから飛び出すまでほんの少しラグがあるから、慌てないようにな」

教師を気取る俺に対し、ソラは「はい！」と元気のいい返事。

素直かつ健気な教え子に頬を緩めつつ、俺たちは【流転砂の大空洞】の攻略を開始した。


「――っ、ソラ！」

「はいっ！」

すれすれで躱した俺を捉え損ね、砂漠に顔を突っ込んだサーペントが隙を晒す。瞬間――俺の掛け声が届くや否や、迷いなく距離を詰めたソラが勢い良く直剣を振るった。

サーペントに斬撃は通りが悪いが、それはあくまでも砂の鎧を纏っていればの話。ソラが狙うのは奴の首元――彼女自身が事前攻撃で作り出した、砂鎧の剥がされた一点《ウィークポイント》だ。

「っやあ！」

やや迫力には欠ける気勢ではあるものの、その眼差しと剣筋は決して馬鹿にできるものではない。両手に提げられた直剣が跳ね上がり、僅かな鎧の間隙を正確に打ち据える。

更に一撃には止まらず、ソラは斬り上げの勢いに引っ張られた身体を器用に操ると、重心を転換させて流れるように二撃目を叩き落とした。

アバターの見た目は華奢な少女であるものの、ＳＴＲ的には俺を上回る彼女の剣は非力とはほど遠い。加えて言えば、こと剣撃の正確性では確実に俺の上。

結果、正確無比な二連撃に弱点を痛打されたサーペントがのたうち、そのまま燐光となって爆散する様を眺めながら――

「これでセンスなしってのは、無理があるよなぁ……」

小さくぼやく俺の視線の先で佇む少女。息を吐きながら綺麗な所作で剣を鞘に収めるその姿は、気を抜けば見惚れてしまいそうになるほど様になっていた。

――ソラは臆病さを備えてはいるが、決して怖がりではない。彼女に前線を張らせてから数日、俺の抱いた感想といえばそれに尽きる。

初見かつ恐ろしい見た目のモンスター相手には、腰が引けたり悲鳴を上げることも少なくない。

しかしながら、その臆病さは誰もが持ち合わせる程度の『普通』だろう。

むしろゲームとは言え、一体どれだけの女性が自分を丸呑みにできるようなバケモノ相手に冷静に斬り込むことができるものか。

そりゃ長い間プレイして耐性を付ければ問題はないだろうが、ソラは仮想世界に飛び込んでからまだ一週間も経っていない。彼女の順応性と度胸は、なかなかのものと言えるだろう。

所感だが、おそらく剣に限って言えば俺よりもいいセンスをお持ちだ。

なんというかこう、一振り一振りが様になるというか綺麗なんだよな――っと、

「いい感じだな」

ざくざくと砂を踏みしめて駆け寄ってくるソラに笑顔を向ければ、少女も嬉しそうに微笑み返す。

「はい！　このエリアのモンスターなら、油断しなければ余裕があると思いますっ」

「だな。となれば残る問題は……」

攻略開始からしばらく、徐々に近付いてきた砂の塔を見やり腕を組む。

「私は初めてですけど……その、そんなに強かったんですか？」

どうもソラの中では、俺は『初心者の皮を被った形容し難い常識外れの無茶苦茶を笑顔でやらかすテンションのぶっ飛んだ異次元の戦闘狂』みたいなカテゴライズをされている節がある。

非は認めるにしろ甚だ不本意な評価ではあるが……彼女としては、そんな俺が過去に一人で挑戦後「無理ゲー」と評した相手に疑問を抱いている様子だった。

「まあギミックがソロだとしんどいってのもあるんだけど……アレはヤバいよ。今までの連中とは

まさしく〝格〟が違う」

俺が思うに、この流転砂漠の主であるボスモンスターはこのゲームにおけるストッパーだ。しっかりとレベルを上げてパーティを組み、綿密に役割と作戦を決めて、装備やアイテムを潤沢に用意して挑む。そうして初めて渡り合うことのできる、いわゆる〝大きな壁〟というやつ。

「二人なら倒せるんでしょうか……」

不安そうな呟き。笑い飛ばせればいいのだが、今回に限っては俺も明確な自信が持てないでいる。……前回までのソロチャレンジは、マジで大敗続きだったからな。オンラインゲームにおける、ソロプレイの限界ってやつを突き付けられた気分になったものだ――しかしながら、

「一応の、勝算はアリ」

いつもよりは控えめな反応を返すが、それでもソラにとっては心強いものだったのか。少なからず表情が明るくなる――が、その勝算の中身を聞いた後で、彼女がどんな反応をするのやら……。

「終点も近いから、そろそろボスの説明を始めようと思うけど――初めに結論を言っとく」

「？」

これまでがそうだったこともあり、おそらくソラは無意識に今回もそうであると思い込んでいるだろう。それは今回の攻略道中も然り――つまりは俺が主、ソラが補助といういつもの布陣。

だが、今回は違う。

「このボス戦――ソラが要だ」

【流転砂の大空洞】のボスエネミーである【砂塵を纏う大蛇《ダスティ・ワーム》】は、全長およそ三十メートルを超えるであろう超巨大モンスターだ。

同系統の大型モンスターである【デザートサーペント】も埒外の巨体ではあったが、この更なる規格外と比較してしまうと大人と子供――否、赤子ほどの差があると言っても過言ではないだろう。

『蛇』と名がついてはいるが、碧色に染まるその威容はもはや『龍』と言っても不足なし。手足のない長大な胴は、太い部分などまさに大樹の如く。末端の尾先ですら、人など撫でられただけで擦り潰されるような質量の化身だ。

ＨＰが設定されている以上、矮小な人の身でもダメージを与えることはできる。しかし、その桁外れの巨体に見合った桁外れのタフネスは、推して知るべしと言えよう。

特徴的なのは、まず頭部。鶏のソレを百倍威圧的にしたような巨大なトサカを備える代わり、奴には目が存在しない。かつては目玉が収まっていたのかもしれない――と思しき、眼窩の名残のような部位が残されているだけだ。

続いて胴回り。首元から尾の先へかけて螺旋を描くように大きく発達した鱗が『刃線』を形成しており、全体図はまるでアホみたいに凶悪なドリルのよう。

言うまでもなく、撫でられたら穴が開くどころか塵と化す。ソースは俺。

最後に尻尾。刃のラインを形成する鱗が一際発達しており、ささくれ立ったそれらは大蛇が一度その尾を振るえば極悪の散弾と化す。

なお、擦りでもしたら塵。ソースは俺。

総じて「ラスボスかな？」と言いたくなるほど、間違っても初心者エリアに出てきていいようなビジュアルではない。そしてそのラスボスビジュに違わず、ステータス面もまた理不尽の権化だ。

戦闘時、表示される奴のＨＰバーは脅威の五段重ね。

ちなみに俺が相打ち覚悟でどたまに【歪な鉄塊鎚】のクリーンヒットをくれてやったところ、見事その一段目の百分の一程度を削ることに成功した。馬鹿じゃねえの。

流石にそこまでぶっ飛んでいればアホでもわかる。つまりこの【砂塵を纏う大蛇】は正面戦闘を意図したデザインではない――初のギミックボスだ。

早々にソロ攻略の匙を投げた俺は、ソラを連れて決戦を挑むその日のために攻略法を求めて何度かの特攻を繰り返した。そうしてある程度は攻略の糸口を掴んだところ、俺の所感は「二人ならおそらく無理ゲーではないだろう」といった具合で――


「――――っ…………ぁ、ぅ」


そうして満を持してボス戦に挑む俺たちは、落ちては昇る流砂の壁を砂まみれになりながら潜り抜けた先で――ソイツと対峙していた。

息を呑むような巨体と相対するのは、ソラも初ではない。大窪地で相対した『白』を思えば、この【砂塵を纏う大蛇】の威容も劣るというもの……しかしながら、〝一〟に過ぎない矮小な人の身より見上げる〝千〟と〝万〟に、果たしてどれほどの差があるものか。

掠れた声を漏らして固まってしまう少女を、責められる者などいないだろう――傍に立つ俺の袖へと伸ばされた手は、果たして無意識か否か。

「――大丈夫」

袖へと縋り付くよりも早く、小さなその手を掴まえる。力を込めて握ってやれば、呑まれていたソラは驚いたように肩を跳ねさせた。

「——っす、すみません、私……！」

「気にしなくていい、初見は俺もビビった」

たっぷり一分近くも呆けていたら、当然のようにすり潰されましたよハハハ。

「作戦は飛んでない？」

「っ……はい！」

「なら大丈夫だ。ソラには俺がついてるし、俺にはソラがついてる——二人で逆に、あのデカブツをビビらせてやろうぜ？」

ソラの手を握ったまま、こちらを静観する【砂塵を纏う大蛇】へ啖呵を切るように、二人分の拳を突き付けて言う。少女は一瞬呆けて——次いで、どこか力の抜けた笑みを浮かべた。

「……ハルさんは、やっぱり凄いですね」

「だろ？　精一杯カッコ付けてるから、もっと褒めて？」

おちゃらけたように言えば、クスリと笑うソラの表情にもはや緊張はない。どちらからともなく結んだ手を離し、俺たちは揃って武器を構えた。

「覚悟は？」

「できました」

「準備は？」

「いつでも！」

「よし——ならやってやろうぜッ‼」

「はいっ!!」

静観していた大蛇がそろそろ痺れを切らす、その直前。先んじて覚悟を決めた俺たちが一歩を踏み出して——先陣を切るのは、俺ではなくソラ。

勢い良く飛び出した彼女の足音に反応して、大蛇が臨戦態勢を取る。鎌首をもたげて身体を撓めるその様を見れば、次の瞬間にはその巨体が少女へ飛び掛かる光景を容易に想像できるが——

「お前の相手はこっち、だ……——ぞッ!!」

直立するまま振り上げていた得物——【白欠の直剣】が、空を切る最中でその姿を変える。

《クイックチェンジ》——本来ならば為し得ない速度で叩き落された【歪な鉄塊鎚】は、砂地を叩いたとは思えないような轟音を上げて俺の足元を爆砕——その瞬間、

「掛かった……！」

ソラをターゲティングしていた大蛇が瞬時に獲物を切り替えて、音の爆心地へと突っ込んで来る。目を持たないことも相まって、サーペントやサッカー同様に音でこちらを捕捉するのだろうと推理することは容易だった。

ソラと擦れ違うようにして、埒外の巨体が俺へと迫り——

「——ッハ、遅ぇんだわ」

悠々と宙へ身を躱した俺は大蛇を見下ろしながら、吊り上がる口角を抑え切れず嗤った。

◇Status◇

Name：Haru　Lv・44⇩62

STR（筋力）：30　AGI（敏捷）：280⇒420（＋10）　DEX（器用）：150⇒200（＋10）
VIT（頑強）：5　MID（精神）：5　LUC（幸運）：10
◇Skill◇
・全武器適性
《クイックチェンジ》《ピアシングダート》
・Active
《クイット・カウンター》New!
・Passive
《体現想護》《重撃の操手》《アクセルテンポ》《ボアズハート》
《軽業》⇒《韋駄天》Up!《ジャンブルステップ》《キャリーランニング》

無茶なトレイン狩りが功を奏し、大幅にレベルを上げた俺のステータスは前回【砂塵を纏う大蛇】に挑んだときから飛躍的に向上している。

蛇というだけあってか、巨体に見合わない瞬発力を発揮するコイツには散々に辛酸を舐めさせられたものだが——今の俺なら、逃げ回るだけなら余裕がある。そう確信を持てた。

劇的に伸びたステータスも勿論だが、なにより大きな変化は俺のビルドの大黒柱とも言える《軽業》の進化に他ならない。新たに《韋駄天》の名を得たこのスキルは、『AGI補助の際、DEXに100の固定値を加算する』という前身からガラリと性質を変化させた。

その性質とは、『高速機動の持続経過時間に比例して減衰するDEXの倍化ブースト』——簡単に言えば、高速機動の初動に限りＤＥＸの数値が二倍になる。

一定以上の速度で動き続ける限り上昇幅は刻一刻と減少していくが、今の俺なら五秒程度は現状のＡＧＩが許す最高速度で身体制御が可能だ。

更に言えば《韋駄天》は常時発動型のパッシブスキルであり、クールタイムなどは存在しない。つまり一瞬でも高速機動を中断すれば、次の初動からはまた最大効果を発揮可能――つまりデメリットなんてゼロに等しい、神オブ神スキルなんだよなぁ!!

更にはレベル60にしてしれっと〝最速〟のボーダーラインを踏み越えた俺は、足だけならば先達のレベル上限プレイヤーに匹敵――というか、ぶっちゃけ上回る。

アホみたいなステータスのインチキボスだろうが、対する俺もアホみたいな超過々剰ＡＧＩだ。

もはや逃げ回ることなど造作もないッ…………はず!!

「おう好きなだけ相手してやんよ――かかってこいや木偶《でく》の坊ッ!!」


――背中に届く轟音と、もはや聴き慣れた不敵な叫号。それらを置き去りに砂を蹴るソラは、焦りに駆られるのを抑えて冷静に目を凝らしていた。

これまでに相対してきたボスとは根本的に異なるこの戦い。ハルは『ギミック戦闘』と称していたが、ゲームに疎いソラでも理解できるよう簡潔に示された作戦はしっかりと頭に入っている。

役割分けは至極単純――ハルが【砂塵を纏う大蛇】を引き付ける間に、ソラがあるものを一つずつ破壊していく。ただそれだけのこと。

「砂壁の近く……目立つ碧色の……！」

教わった特徴を反芻しながら、知らずとも『見れば一発でわかる』らしいそれを探して、流砂の壁沿いを走査していき――

「っ……見つけた！」

砂地に浮かぶ異物――歪な菱形を大蛇と同じ碧色に染めるそれは、人間大ほどもある巨大な鱗だ。あり余る存在感から、それが単なる背景オブジェクトでないことは明白。淡く発光し、渦巻く砂塵を侍らせているその様子を見れば、確かにゲーム初心者だろうがすぐにわかるだろう。

「ひとつ、めっ!!」

両手で提げた直剣を握り込み、躊躇なく踏み込んだソラが鱗に斬撃を見舞う。まるで鉄を打ち付けたような硬質な音を響かせ、半ば弾かれるように剣撃は逸れて――

「……っ！」

衝撃に逆らわず身体を捻り、踵を支点に逆足で砂を蹴飛ばしながら勢い良く反転。

反動と遠心力を存分に乗せられた二の太刀が奔り――響き渡るのは、けたたましい破砕音。

寸分違わぬ位置を続け様に打たれ、派手に砕けた鱗の全体に罅が走る。光と共に周囲に侍っていた砂塵が一斉に散り、ソラが一つ目の目標破壊を確認した瞬間――

「――――――ッッッ!!」

「ッ――ぁ、ぅ……っ!?」

砂漠を揺るがす圧倒的な咆哮が空間を駆け抜け、強制的な硬直がソラの身を絡め取る。

剣を取り落とし、反射的に耳を塞いでしまった彼女が視線を向ける先――ハルが引き付ける大蛇の様子に、変化が起きていた。

変じたのは姿ではなくその周囲。まるで砕けた鱗からその主人へと宿先を移すように――いや、実際そういうことなのだろう。破壊されるまで鱗に侍っていた砂塵が、大蛇の巨体を取り巻いた。

その変容は事前に聞かされていた情報通り……けれど非現実的な威容をより一層のものと化したその姿に、思わず意識が奪われ――刹那、地上から鈍色の一閃が凄まじい勢いで撃ち上げられた。

凶悪な風切り音を上げる大斧が砂塵を突き破り、質量の暴力によって大蛇の下顎をかち上げる。さすれば大蛇から上がるは、先ほどの怒りの咆哮とは明確に異なる悲鳴――目を見張るソラの視線の先、小さな影が自ら投じた大斧を追いかけるように空へと躍り出た。

落下する大斧とすれ違いながら、いまだソラには呑み込めていない手法を用いて、手元に喚び出した武器を足場に宙を駆け上がって行き――辿り着くのは巨体の頭上。

度重なる跳躍によって、信じ難いことに大蛇を見下ろすに至ったハル。その手に握られるのは、武具と呼ぶには荒々し過ぎる大鉄塊。

「――――ッダらァアアッ!!」

咆声、そして轟音。

落下の勢いと規格外の重量、更にはズルを用いて実現した最速の振り。全てが相乗された渾身の一撃が大蛇の頭部を叩き、冗談のようにその巨体が吹き飛ばされた。

呆気に取られ、結局足を止めてしまったソラが言葉を失っている――と、反動に煽られながら落下するハルと目が合って、

「っ……！」

悪戯っぽく笑いながらVサインを突き出した相棒に触発されて、ソラは固まっていた両足を蹴飛ばすように走り出した。呆けている場合ではない——余裕そうなハルの様子とは裏腹に、刻一刻と追い詰められつつあるのはこちらなのだから。

並のボスモンスターであれば簡単に吹き飛ばしそうな先ほどの一撃を受けて、大蛇のＨＰは微かに削れた程度。対していまだ被弾していないはずのハルのＨＰバーは一割ほどが失われ……そして今この瞬間も、ジリジリと減少を続けている。

「あった、二つ目……！」

視界の隅で減り続ける彼のＨＰこそ、このボス戦におけるタイムリミットだ。

【砂塵を纏う大蛇】との戦闘におけるギミック、つまりプレイヤー側が遂行しなければならない仕掛けは『戦闘エリア内に設置された鱗を全て破壊する』という単純明快なただ一つのみ。

真円を描く流砂の壁内へランダムに配置される鱗は全部で七枚。『壁の近くに配置される』、『発光していて目立つ』という二点から、捜索難度自体はそれほど高くない。

しかし一枚また一枚と破壊するにつれて、先ほどの大蛇の変容を皮切りに加速度的にプレイヤーに与えられる負荷が増大していく。

一枚目では大蛇の周囲に持続ダメージを与える砂塵が発生、そして二枚目では——

「っ！」

鱗を砕いたソラの足元で、もう見慣れた砂のあぶくが弾ける。襲撃を察知して咄嗟に跳び退れば——少女の目前で、宙へ跳ねた【サーペントサッカー】の鰭刃が勢いよく空を切った。

一匹で終わりではない。それを皮切りに次の瞬間、周囲の砂地が一斉に沸騰を始める。

反射的にその場を離脱したソラは、背後で跳ねた夥しい数の気配に悲鳴を上げそうになりながら、次の目標を求めて無我夢中で砂を蹴る。

ただでさえ手の負えないボスの強化、次いで鱗を砕く不埒者を追い立てる無数の牙——駒を進める度に熾烈を辿る戦いは、まだ始まったばかりだ。


「——クッソがぁッ……!!」

反射的に飛び出す悪態を意識する余裕も、ソラが五枚目を割った辺りでとうに失っている。

同じタイミングでバーサク状態に入った大蛇はいまだ俺の速度に追いついて来られないままだが、追いつかれずとも縋られている時点でジリ貧を強いられるのだ。

巨体がすれ違う度、攻撃自体は躱せども奴の周囲に侍る砂塵が俺のアバターを容赦なく削り取っていく。痛みはない——が、嫌になるほどリアルな大量の砂に嬲《なぶ》られる感覚と、なによりも無数の砂粒がこちらの視覚を潰してくるのが最悪だ。

仮想の身体は眼球に砂どころか泥を塗られても大事に至るなんてことはないが、それでも目になにかが迫るか触れるかすれば人間は反射的に瞼を下ろしてしまう。

相手が呆れるほどに巨大なため見失うことこそあり得ないものの、だ。致命的なタイミングで瞬きを強制されたら、その瞬間に轢き潰されてゲームオーバーは避けられない。

……ソロで持ち堪えてる俺すげぇって浮かれてたけど、パーティ組んだところでコレどうにかなんの？　適性まで鍛えた盾役なら、この天災の化身みたいなクソボス受け切れんの……？

　このボス戦、もし突破することができたら攻略動画を探してみよう。そんな風に現実逃避をしつつ、展開した短剣を踏み付けて空中三回転捻りを決めた後に飛来した尾刃を大斧で撃ち落とす。

　スイングの勢いそのままに斧を投げ捨てて空いた手で、俺は腰のベルトポーチから回復アイテムを引き抜いた。ちょうど人差し指ほどの大きさの試験管に満たされた赤色の薬品――治癒魔法と並び、アルカディアの基本的な回復手段である魔法薬《ポーション》だ。

　封蝋された栓を親指で跳ね飛ばし、瓶ごと突っ込む勢いで薬品をあおれば、爽やかなミントの香りと比して不自然なほど無味な液体が口に広がる。

　これですっかり回復また元気に踊れるぜ――となればなにも問題はないのだが、このゲームのポーションはそこまで頼りになるアイテムではなく……いや、もうぶっちゃけあってもなくても変わらない程度には役立たずな代物だ。

　即時回復ではなく継続回復である時点で緊急時の逃げ道にはならないどころか、安静にしていないと著しく回復力が落ちるとかいう『その仕様いる？』と苦言を呈したくなる心折設計。

　加えて効果満了までキッチリ百秒かかるという、アクションゲーム的には欠伸が出るほどの遅効性――端的に戦闘時の効果を述べれば、百秒で全体ＨＰの十パーセントしか回復しない。

　初心者用の安価な初級ポーションであることを踏まえても、正直言ってゴミ。更に当然ながら重ね掛けは不可、なおかつ効果終了後に追加で百秒の再使用待機時間《リキャスト》あり。ゴミっていうか、ちり。

　ちりも積もればなんとやらと言うが、積もるのを待たずして巨体《やま》が殺しに掛かってきている現状では焼け石に水だ。文字通り気休め程度にしかならない。

そんなものを余裕ゼロな迎撃行動の合間に挟んでまで必死に飲み下している——ということはつまり、マジで限界ギリギリ死亡まで秒読みってな現状というわけだ。

チラと見やれば、視界端に表示されたＨＰバーは既に三割を切り危険域に突入している。

ステータスバー下部に表示されたヒールアイコンがジワジワと業務を全うしているが、回復量を帳消しにして余りある砂塵が、容赦なく俺を死へと引きずり込もうとして止まない。

ソラの治癒魔法が恋しくなるが、あっちもあっちで俺と同じかそれ以上の修羅場である。継続的に微量なＨＰが減り続ける俺とは異なり、相棒のステータスバーはガックンガックン減ったり増えたりを繰り返していた。

二枚目の鱗を割った時点で出現するようになったサーペントサッカーの群れは、四枚目を割った時点で更にその湧数が跳ね上がる仕様だ。鱗を探して常に移動しながらの迎撃を余儀なくされ、その相手が常時二桁に上る群れともなれば対処は容易ではない。

ましてソラは、俺のような敏捷特化ではなくバランス型。速度で振り切ることもできずに応戦を強要される——何一つスキルの恩恵が与えられていない、剣一本だけで。

間断なく動くＨＰの様子から、袋叩きに遭っている少女の姿が目に浮かぶ。キツイ役を任せた自覚はある——が、まさかソラにコイツとタイマン張らせるわけにもいかないのだから仕方ない。

逃げに徹さず相手をするのはこれが初めてだったが、相棒の様子を確認しようなどと目を向ける余裕さえない始末だ。この役回りはどう足掻いても必定だった——と、

「っ……六枚目！」

俺と鬼ごっこを続けていた大蛇がピクリと頭を震わせて、怒りの咆哮を上げる。初回のような強制スタンはないが、ありありと激しい怒りが見て取れるその様相はこれで六度目——

ソラが六枚目の鱗を破壊した合図だ。

しつこく飛来する尾刃を打ち落とし、躱しながら、残りＨＰを確認——……ギリギリ、か？

「上等だコラッ……！」

とぐろを巻いて身を撓め、一息に突っ込んでくるビルの如き巨体を宙に飛んで回避。浮いた身体を打ち据えようと行きがけに跳ね上げられた尾を手慣れた空中跳躍で避けて見せれば、心なしか無機質な爬虫類の顔にも苛立ちが……いやわかんねえわコイツ目すらないし。

ともあれ、ようやくここまで辿り着いた。

六枚目。全部で七枚の鱗の内、残すところ一枚となったここが【砂塵を纏う大蛇】攻略におけるターニングポイントであり、俺がソロで到達できた限界地点でもある。

そもそも単純な話、ただ全ての鱗を破壊して回るだけなら俺が大蛇をぶっちぎってマラソンすればいいだけのこと。ステータス二割増し《スペクテイト・エール》も計算に入れれば、ソラを抱えて走るのも不可能ではない。

ならばなぜわざわざ俺がコイツを釘付けにして、ソラに走らせるような策を取ったのか？

——その答えは、

「……ッ、やっぱそう来るよなあ!!」

これまで一つ、また一つと数を減らしていく己が分け身を気にしながらも、目前の俺を健気に追い回していた大蛇が突如その巨体を翻す。その行動ルーチンはやはりペアで挑む今回も変わらず。

——これこそが、俺のソロ攻略を不可能たらしめた最悪のクソ要素だ。

おそらく最後の鱗がある方角へと首を向けた大蛇が、勢いよく砂へと飛び込み潜行を——させるわけがねえんだよなぁ⁉

「オッラァ‼」

砂中へ飛び込もうとした巨大な頭部を、横薙ぎに振るった【歪な鉄塊鎚】で殴り飛ばす。相変わらずダメージは微々たるものだが、妨害できればそれでいいのだ。

六枚目を破壊したタイミングで、コイツはとある強制アクションを取ろうとする。それが今しがた試みた砂への潜行であり、最後の鱗への瞬間移動である。

とにかく殴り続けることで比較的簡単に妨害可能ではあるが、こちらへの反撃も防御も回避も取らず、一心不乱に最後の鱗の元へ駆けつけようとする大蛇がそのアクションを完遂した時点で、コチラの敗北がほぼ確定する。

このド畜生、どう足掻いても追いつけない瞬間移動で先行したかと思えばとぐろを巻いて鱗を死守。加えて砂塵のダメージフィールドを全力展開してくるのだが、スリップダメージの量が跳ね上がるだけでは飽き足らず、その効果範囲は戦域全体——そんなもの、ただの死刑宣告である。

流石に理不尽過ぎる大砂塵は大蛇にしても必死の所業なのか、命を削るように奴のＨＰも減少していく。が、膨大なボスのＨＰとタダでさえ消耗しているプレイヤーのＨＰ、どちらが先に尽きるかなど火を見るよりも明らか。

なにをどうしてもこちらが先に力尽きるし、妨害しようにも近付けばダメージが加速してほぼ即死なので殴りに行くわけにもいかない。つまり、ラスト一枚へ辿り着かせてしまった時点でギミック不達成が確定するわけだ。

かくして、俺はここで詰んだ。どれだけ全力で駆けたところで瞬間移動に勝てる道理はなく、潜行の妨害はできてもそれと並行して鱗を目指すことができない。

ならばあらかじめ全ての鱗の位置をマラソンで把握して、ラスト一枚に投擲でスナイプかましてやろうと悪知恵も働かせたのだが……二時間以上も戦域内を駆け回っても六枚までしか見つからず、七枚目は六枚壊した後に出現するのではという推測が脳裏を過《よぎ》った瞬間に心が折れた。

「まあ途中までキャリーしても良かったわけだ……がッ!!」

手段を選ばずクリアするのもやぶさかではない――だが、ようやく訪れたソラの見せ場である。ダメなら再挑戦すればいいだけなのだから、どうせなら最初から最後まで自分の力でやらせてやりたいと思ったのだ。

もはや俺へと見向きもせず、七枚目の元へ潜行を試みる大蛇の頭をひたすらホームランし続けながら、反撃を考慮する必要をなくして幾らか得た余裕で辺りを見回す。

七枚目の鱗も、それを探して駆け回っているソラの姿も見えない――しかし今もなお忙しなく増減を繰り返す少女のステータスバーが、その奮闘ぶりを如実に伝えているようだった。

「――ふぅ、ッ……!!」

脚に噛み付いた一匹に直剣の鋒を突き落とし、横合いから飛び出した次弾をスレスレで躱す。「まだか、まだか」と逸る心で目をやる先、右手の指輪が光を灯した瞬間――足を止めて防戦に努めていたソラは駆け出した。

「《ヒールライト》――っ……！」

地点指定型の治癒魔法を進行方向へ展開、現れた緑光のベールを突き破るように駆け抜ける。ハルに言わせれば『役立たず』らしいポーションとは違い、ソラの魔法は即時回復型――しかし結局はルーキーが取得できる程度の低級魔法、回復力は実用に足るものの様々な面で足枷がある。

中でも最大の問題は、単純に発動待機時間が長い点。魔法発動までに掛かるタメはおおよそ八秒、十にも満たないその数字はしかし、瞬間的な駆け引きの連続する戦闘の只中では恐ろしく長い。

後ろから見ているだけのときは気付けなかった――けれど実際に前線に身を置いて、ソラは圧倒的な体感速度の違いに驚いたものだ。

あっという間だったはずの八秒が、焦れるほどに遠い。加えて魔法は発動待機中に術者の集中が途切れると、当然のように発動失敗《ファンブル》してしまう。

特に不得手を感じるでもないが、魔法の思考操作を保ったままだとあまり激しく動き回ることができない。足を止めて、迎撃に専念するくらいが精一杯だ。

「こんな、ことならっ……！」

もっと敏捷値《AGI》にステータスポイントを振っておくんだった。たらればの後悔が、わずかに速度が足りずサッカーの追撃を振り切れないその身を満たす。

被弾しながら走り、足を止めて治癒魔法を起動しながら耐え、また走る。ひたすらその繰り返しで、身も心もボロボロになりながらソラは砂漠を駆けていた。

控えめに言って満身創痍……けれども支援に徹していたこれまでの冒険では得られなかった高揚

感、充足感に溺れるように、砂に塗れた少女の顔には笑みが浮かぶ。

「これじゃハルさんのことを言えません……ねっ!!」

沸き立った足元に直剣を突き入れながら、自身の頬に浮かぶ笑みを自覚して苦笑いを一つ。

最近では随分と落ち着いたものだが、出会ったばかりの頃に見せていた相棒の狂態を脳裏に浮かべて――流石にあそこまでは行かないまでも、惨憺たる状況の只中で笑ってしまう自分に呆れる。

少しは気持ちがわかってしまった手前、高笑いくらいは多めに見てあげるべきか。ハルに対するドン引きのラインに多少の修正案を挙げつつ――砂と人喰魚に塗れたソラの瞳が、それを捉えた。

「――っ、七枚目……！」

これまでとは様子が異なる、一際分厚い砂塵を侍らして光り輝く大鱗。ハルがついぞ見つけられなかったと憤慨していたが……窪地のように抉れている周囲を見るに、六枚破壊するまでは砂中に埋まっていたのかもしれない。

「っ、これ……」

鱗周囲の状況を見て、反射的にソラは足を止めた。鱗を中心とする窪地――蟻地獄のように砂が滑り続けるその真円は、まるで侵入者を捉えて逃さない自然の顎門。

これまで少しずつ培ってきたソラのゲーム勘が言っている。

――あぁ、多分これ、脱出できない。

いまだサッカーの襲撃は止まず、この蟻地獄に飛び込んだ途端にそれが止む保証もない。しかも襲撃が続行した場合、窪地の中心に落ちることになるソラは完全に砂に囲まれてしまう。

そうなれば足元だけではなく、全方位から襲われることに――

『――――――――』

「ぁ……」

遠くから、声が聞こえた気がした。それは大蛇の咆哮か、あるいは対する小さな者の咆声か。

砂塵に紛れて主の判別も利かない、風にも劣るその小さな音が、

――ゲームなんだからさ、楽しもうぜ。

圧倒的なこの世界にソラが気圧される度、勇気付けるようにハルが口にする言葉。

それを、なぜだか思い起こさせて――

「っ……‼」

窪地の縁で己を堰き止めていた躊躇を蹴り飛ばし、ソラは勢いよく蟻地獄へと足を踏み入れた。

思った通り、流れる砂はまるで滑り台のようにソラの身体を下方へと流していく。空中跳躍なんて異次元の技術を身につけたハルならば話は別だが、ソラではおそらくもう登れない。

事実上の死地へ飛び込みながら――ソラの顔に浮かぶのは、笑み。

「ゲームなんだから――」

砂流に流される身体をなんとか制御して、直剣を大きく振りかぶる。砂が沸き立つ見飽きた光景が、滑落するソラを包囲する――が、もう気にしない。

どのみち視界端に映る相棒のステータスバーが、もう猶予がないことを伝えている。ならばもう、飛び込むしかないのだ。

そう、どうせなら――現実の自分ではなし得ないような冒険を！

「楽しまないと、ですよ……ねッ‼」

滑落の勢いを全て乗せた、大上段からの振り下ろしが最後の鱗を打ち付ける。

これまで六枚の鱗を砕いてきた直剣が、これまでと同じように大鱗を砕き――これまでにない、爆発的な光と破砕音を撒き散らして、砂塵を諸共にソラを呑み込んだ。

「ッ――!?」

遠くで響いた爆砕音と共に、突如立ち上がった光の柱。

目を剥く俺を置き去りに、容赦なく戦場が変遷を遂げる。

まず変わったのは大蛇の様子。怒りに身を焦がしていた奴が突然その身を強張らせて、警戒するように周囲へと首を巡らせ始めた。先ほどまでのように執拗に七枚目の元へ向かおうとする様子も、それどころか傍に佇む俺を襲う様子すら見せない。

そしてこれまで散々に俺を嬲り続けた砂塵。ダメージ源となっていた大蛇の纏うものだけではなく、戦場全体に吹き荒れていた砂塵の全てが光の柱を中心に吹き散らされるように晴れていく。

そしてなによりも、【流転砂の大空洞】におけるランドマークにして、ボス戦の舞台を形作る巨大な流砂の塔が――崩壊を始めた。

「やった……ぽい、な？」

ここまで明確に状況が動けば流石にわかる。おそらくソラが七枚目の破壊に成功した、ということだろう。そしてそれはつまり――

「さて……こっからは初見だぞ」

この先に求められるのは、完全なるアドリブであるということだ。しからばまずはギミック突破後の展開が如何なるパターンのものかを、この後の推移から素早く特定してそれから――

「…………あ？」

思考を巡らせていた俺は、無意識にふと疑問の声を上げていた。

というのも、流砂の塔が天辺から崩壊していくにあたり腹の底まで響くような地響きが起きていたのだが――なんか、まだ続いてますね？

流砂の塔は綺麗さっぱり崩れ去った後だというのに。

「…………あぁ？」

というかこの地響き、この砂漠の振動する感覚……一つ、覚えがある。直近、それに追われる形で経験した俺としては、思い出さずにはいられない。

傍で鳴き声が響いた。首を向ければ目に映るのは――つい先ほどまでの圧倒的王者たる風格はどこへやら。怯えたように身を縮こまらせる【砂塵を纏う大蛇】の姿で……違和感が膨れていく。

俺の予想としては、鱗を全て破壊した時点でイベントに移行、からの戦闘終了。あるいは、なんらかの大幅な弱体化を受けた大蛇と改めて殴り合う……といった展開を思い浮かべていた。

どちらもこういった超大型ボスモンスターとの戦闘においてはありがちな展開だが、コレはどうも様子がおかしくないだろうか。

このゲームにＢＧＭは存在しない。しかし今、俺の脳内ではとある曲が大音量で流れ始めていた。

なんだったかな、コレ――あぁ、思い出した。これは確か、小さい頃に母上に内緒で父上と鑑賞した、わりとエグい内容の……。

「――モンスターパニック映画かな？」

次の瞬間、俺の目に飛び込んできたのは砂漠が爆発したとしか形容できない異常な光景。

そしてその下から現れるのは、赤。赤、赤、赤赤赤赤赤赤赤赤赤赤――文字通り無数の、乾血のように黒ずんだ赤の巨体。

突如現れた、夥しい数の【デザートサーペント】の大群が……流砂の壁を失った戦場の真円を狭めるかのように――雪崩れ込む。

目指す先は目算で一点、俺の傍でついに狂乱の悲鳴を上げ始めた大蛇の元だろう。一直線に奴を目指す奴らの目的なんざ知るわけもないが、この状況で確実なことが一つだけある。

それはつまり、このままではどう足掻いても轢き潰されるということだ。

そしてその未来はおそらく、戦場の中心近くでボスとやり合っていた俺よりも――

「ッ――ソラ……!!」

光の柱が立ち上った地点。中心部と外周のおよそ中間地点にいるであろう少女のもとへ、先に。提げていた直剣を無造作にインベントリへ放り込み、全力で砂を蹴り付ける。過剰なまでにポイントを注ぎ込まれたＡＧＩが足元で弾け、盛大に砂地が爆ぜた。

光の柱はとうに消えているが、その方角ならば覚えている。直線距離を走るだけなら、俺の敏捷値であれば大した時間は掛からない。

《韋駄天》の効力がみるみる減衰していき、砂地も相まって下手をすれば足が絡む。

最高速度でスリップなどしようものなら、耐久皆無のこの身はおろし金にでもかけられたように消し飛ぶだろう——が、今は速度を緩めることはできない。

思わぬ異常事態に、数秒とはいえ硬直してしまった自分が恨めしい。推測されるソラの現在地に俺と津波のどちらが先に辿り着くか——正直、ギリギリだ。

「ッ——んのッ……!!」

一歩で数メートル……下手すれば十数メートルもの距離を駆ける超高速の疾駆は、もはや『駆ける』と言うよりも『跳ねる』と言ったほうが正しいだろう。

現実ではあり得ない走法が、続ければ続けるほどに脳の制御を乱してくる。《韋駄天》を使用して尚且つ五秒。それが装備補正込み430を誇るAGIのトップスピードを、俺が従えられる限界で——

「ッづぁ——!?」

それ見たことかとでも言わんばかり、入射角を誤った踵が砂地に抉り込み体勢が崩れる。

咄嗟の修正など許されないコンマ一秒のスリップで——転倒などと生温い表現からかけ離れた挙動でもって、身体が斜め上へと跳ね上がった。

瞬間、思考が消し飛ぶ。いかん、マズい、ヤバい——意味のない言葉を吐き出し始めた脳を置き去りに、俺の身体は、

「——《クイックチェンジ》」

もうほとんど、自動的に動いていた。

空の手に呼び出した【歪な鉄塊鎚】を握り込んで——次の瞬間、本来は俺の腕力に余る超重量が反映される。腕が引っこ抜かれるような激甚な衝撃を歯噛みして堪えながら、視界の端で二割を切っ

ていたＨＰが更にその七割方も消滅するのを確認。

自重を超える重量に引っ張られ、乱回転していた俺の身体が単一方向への回転に収束して――

《クイックチェンジ》。身体を撓めて伸ばした手の先、足元へ喚び出した短剣を蹴り付けて、強制的な回転運動から離脱。無茶苦茶な身体駆動に全身が軋み、更にＨＰが削れるが――生き残った。

「ッッッしゃおらあッ‼」

砂地を爆散させる勢いで着地、制動を省いて再び駆ける。数秒のロスは痛いし正直自分でもなにをどうして切り抜けたのかサッパリ理解できていないが、生きてるしまだ走れる――重畳‼

ついで事故率軽減のために脚の回転数を落とす、つまりは跳躍距離を伸ばして歩数を削る。

もう完全に『人の走行』を逸した挙動だが、速度を落とさず制御には気休め程度の余裕ができた。

さて、流石にそろそろのはず……ほら見つけた――助けに来たぜ、お姫様！

「ソラッ‼」

色合いの似た砂地でも、なお輝く金の髪。

唐突かつあんまりな状況に『逃げる』という思考すら飛んでいたのだろう、立ち尽くしたままサーペントの大津波を茫然と見つめていた少女は、俺の声に弾かれたように振り返った。

「は、ハルさっ、なん、あれっなん……⁉」

目をグルグルさせながら必死に大群を指さすソラだが、生憎と問答はしていられない。彼女の狂乱は悪いが後に置かせてもらい、俺は駆け付けるままに手を伸ばす。

「――頼む‼」

ただ一言。『咄嗟に意図を読み取る能力』に関して俺が信頼を寄せる少女は、今回もまた――

期待に違わず、瞬時に応えてくれた。

「っ、《スペクテイト——」

伸ばした手に縋る小さな手を引き込み、抱え上げる。状況が状況なためか、あるいは俺が鬼気迫る顔をしていたためか、ソラは恥ずかしがりもせずに腕を回して、

「——エール》!!」

躊躇いなく、切札を切った。

身体を包む燐光に目もくれず、顔を上げた先には既に蠢く壁。接触まではもう秒読み状態で——

「掴まってろッ!!」

「っ……!」

ギュウと押し付けられる感触も体温も、言っちゃ悪いがそんな場合じゃない。身体に回した腕にキツく力を入れたソラをしっかりと抱えて、俺は躊躇いなく空へ飛んだ。

AGI数値430。更に《スペクテイト・エール》による増強分を加えれば、実数値は500オーバー。

そして現在攻略の最前線をひた走るトッププレイヤーのうち、最速を誇る者の数値がおよそ350——つまり単純計算で、その五割増しとなるバケモノステータス。

踏み切りの余波で盛大に砂地を吹き飛ばしながら、高々と舞い上がった俺たちの身体は——悠々と、津波となって押し寄せた大群の上を取っていた。

「飛ん……っ!?」

腕の中でソラが驚きの悲鳴を上げる——そりゃそうだ、なんせ俺だってビックリしてんだから。

「マジか……!」

想定外の高度まで飛び上がった我が身をなんとか制御しつつ、抱えたソラを落とさないように。もう抱えるとかいうレベルではなく抱き締めてしまいながら、俺もまた焦りの声を上げていた。

いや待て、垂直距離で二十メートルは飛んだぞ⁉　跳躍力強化のスキルがあるとはいえ、半分跳べれば御の字とサーペントの頭を足場にするつもりで踏み切ったのに――

「っ、結果オーライ……！」

驚きはしたが、結果的に危機は脱した。津波の奥行きはそれほどでもなく、このまま飛び越して背後に着地すればもう轢き潰されることはないだろう。

「……いや、だから本来はどう攻略すんだよコレ」

もはやなにかを根本的に間違えてるとしか思えない有様だ。眼下に広がる地獄のような光景に、思わず呆然と呟いてしまう。

「っ……っ……！」

――と、落下が始まって唸りを上げる風切り音に、腕の中でソラが声にならない悲鳴を上げた。自ら空中へと進出した俺は別として、そりゃ生身で飛んだり落ちたりは怖いに決まっている。

「悪いソラっ、片手離すぞ」

空中跳躍は片手フリーが最低条件。無言でより一層固くしがみ付いてきたソラを右腕で支えつつ、我ながら奇怪に身を撓めた珍妙な姿勢で足元に武器を喚び出す。

数度の減速を経て砂漠へと降り立ち、目を回しているソラを下ろしてやれば……へたり込んだ少女は、駆け付けたときに見たボロボロの姿より更に憔悴して見えた。

「いや、ごめん。まさかあんな跳べるとは思わず……」

俺だって抱えられてノータイムで二十メートルも跳躍、からの落下を経ればこのくらい――いや、まあ空中跳躍を会得する前の俺ならの話。

　素直に頭を下げると、顔を上げたソラはぶんぶんと首を振って――口を開こうとした次の瞬間、彼女は凍りついたようにその動きを止めた。

　ソラの視線が向く先は、俺の向こう側…………うん？　そういえばなんか、背後が騒がしい――

「――……は？」

　まるでおぞましいものを見たような、初めて見るソラの表情。

　動揺に揺れる瞳が向く先を追って、振り返った俺もまた時を止める。繰り返しになるが、今度は疑問符を付けずに断定しようか――モンスターパニック映画だ、これ。

　呆然と俺たちが視線を向ける先――大蛇が、喰われていた。

　砂の世界で突如として幕を開けた、情け容赦なしの弱肉強食――否、強肉弱食。

　一対一で相対しているときにあれほど無敵を誇った威容は見る影もなく、無数のサーペントに群がられた【砂塵を纏う大蛇】が、抵抗の余地すらなく蹂躙されている。

　絡みつかれ、喰らいつかれ、引き裂かれて……絶対的な数の暴力を一身に受けて、悲鳴すら満足に上げられないまま――グチャグチャに。

「っスゥ――…………ちょっ……と、これは」

　刺激が、お強いんじゃなくて……？

　突如始まったハードな怪獣スプラッタ劇を前に、自失していた俺は遅まきながら傍らへと目を向ける。俺にコレを知らせた相棒はといえば――あぁ、まあ、うん。

今更ながら、アルカディアはゲームだ。この世界は現実ではなく、いわばデジタル制御された夢の世界。現実世界と見分けがつかない仮想世界である。

さて、いくらゲームだ虚構だという前提条件があったところで、それ系の光景に耐性のない人間が、ディスプレイ越しではなく自らの目と耳と肌でソレに相対したとする——どうなるだろうか？

「っ、……はっ……ぅ……っ」

「ソラ」

へたり込んだまま目を見開き、過呼吸でも起こしたようにおかしな呼吸を繰り返す少女。俺はその傍らにしゃがみ込み、肩に手を置きながら目を合わせようと覗き込む。

「大丈夫、落ち着いて」

話し掛けるが、多分聞こえていない。パニックを起こして似たような状態になった人間を現実で目にしたことがあるのだが、その時と大差ない様子だ。

——あのさぁ、俺的にはあの臨場感過多なショッキング映像も神ゲー要素の範疇だけどさぁ……。

初めて抱くかもしれないこのゲームに対する批判を胸中で洩らしながら、視線の先で起きる惨劇に釘付けになっているソラを引き剥がすように、その頭を抱き寄せた。

努めて気楽に背中を叩いてやりつつ、大丈夫だから、ゲームだからと繰り返す。程度は違えど俺とて込み上げるものがあったのだ、小さく震えている身体を笑う気にはなれない。

ソラを宥めようと苦心する間も、肩越しに目を向ける俺の先では状況が動き続けていた。

数十……下手すれば数百ものサーペントの津波にさらわれて、既に大蛇は食い尽くされたのか赤に飲まれた碧色は見つけられない。

　――そして、あろうことか第二幕が始まった。

「おい、おい…………」

　さて、俺をあれだけ苦しめてくれた大蛇君は、おそらくキレイに完食されてしまったようである。なぜわかるかって？　――そりゃもう、今度はサーペント同士が果てない共食いを始めたからだよ。無数が一つに群がる光景も強烈だったが、無数が無数と喰い合う光景も負けず劣らずに強烈だ。もう完全に地獄の様相……こんなん夢に見るっつうの。

　これ、最後の一匹まで喰い合う感じか……？　なんかそれっぽいよなぁ……。

　だとすれば、多少は時間的猶予がありそうだ。その間にソラを落ち着ける……こともできるかもしれないけど、もういっそのこと――

「ソラ、マジでキツいなら一旦ログアウトしよう」

　聞こえ……てはいるらしい。微かに反応が返ってきたのを確認して、穏やかな声を努めて続ける。

「身体は俺が守っとくから、落ち着いたらまたログインしてくればいい」

　アルカディアは仕様として、街などのセーフティゾーン以外でログアウトするとその場にアバターが残される。からっぽのアバターでも攻撃されたら当然ＨＰは減るし、死亡すればデスペナルティは避けられない。しかも安全策を欠いた横着者への罰則めいて、ペナルティの量は上乗せされる。

　しかしまあ、緊急事態に際したのならば、仲間が守ってやればいいだけのこと。

「いやあれはしゃーないって。男ですらビビるレベルのスプラッタをいきなり生で見せられてさ、そりゃ女の子にはキツかろうよ」

なにかしら返答をしようと試みているのはわかるが、口元が不自然に痙攣するばかりで言葉が紡げずにいる。仮想世界でもそんな症状が出るものなのか、見た感じパニック性痙攣症のそれだ。

とにかく、返答を求めたところで無理なものは無理だろう。普段よりいっそう喋り倒す勢いで、『気にしないから気にすんな』と刷り込む。

実際ソラはなにも悪くない。あんなもの急に見せつけられて、トラウマ発症して運営に問い合わせ連打しても許されるだろう案件だ——っていうか、俺はそうするぞ。

健気で可愛い相棒をこんな怖がらせやがって覚悟しろよ、こちらは戦う準備ができている……!!

「な？　てことでほら、後はお兄さんに任せて少し休憩しておいで」

決定事項のように言い渡すと、ソラは顔を上げて——あぁ、そんな泣きそうな顔してくださんなよ、庇護欲が噴火しそうだ。

「ん、ほら」

流石に己が身の異常は理解しているだろう、短く促してやればソラは小さく頷いてみせた。手を震わせながら、ログアウト画面を呼び出して——呼び出して、動かない。

「……ソラ？」

時間にして、おおよそ八秒。訝しんで声を掛けた——直後、緑光のベールが俺たち二人を包む。

それはせめてもの置き土産——思考もままならないだろうによくもまあと驚く俺をよそに、ソラは一度こつんと俺の胸に額を押し当ててから、ログアウトボタンを叩いた。

「…………」

こちらに寄りかかるソラの身体から、ストンと力が抜ける。彼女の意識がログアウトし、抜け殻

のアバターが残されたのだ――というか、

「……あんまり健気なの、勘弁してくんないかなぁ」

こちとら世界一チョロい存在たる思春期男子ぞ？　女子が消しゴム拾ってくれただけで恋に落ちるような生き物なんだぞ知らんけどさ。

腕の中に残ったアバターが、物理的な重さ以上のものを両腕に伝えてくる。

この先どういう展開になるかは知らんが、これで『いやごめんやっぱ死んじゃったわー』など絶対に許されないなコレ。あれだけ盛大に格好付けたのだから、彼女の半身は死ぬ気で守らなければ。

「……よっこいせ、と」

意識をなくした人間は重い。話には聞いたことがあるが、なるほど確かに。重いというか、自らバランスを取ってもらえないために、こちらの負担が増えるということか。

もはや手慣れたお姫様抱っこでソラのアバターを抱え上げ、もう随分と数の減ったサーペントの群れを見やる。力尽きたものから燐光となって消えているため、喰い散らかされた死体が散乱するような地獄絵図にはなっていない。

そのため視覚的には幾分マシな状況に落ち着きつつある――が、どうにもこのままで終わる気がしない。おそらくはサーペントが最後の一匹になった時点で、〝なにか〟が起こる。

そしてそれからしばらく、俺の推測は確信に変わった。

「あー……そういう感じ？」

血みどろの共食いを制したのだろう、ただ一匹の【デザートサーペント】が天高く勝利の雄叫びを上げる――変化が始まったのは、その瞬間だった。

　まるで大木がへし折れたような異音をあげて、その身体に亀裂が入る。頭部をはじめそれは瞬く間に全身へと走り――やがて、その巨躯が割れ始めた。

「……ウツボじゃなくて、お前も『蛇』――あるいは、『竜』だったわけだ」

　それは脱皮であると同時に、羽化のようでもあった。明確なトリガーなど詳しい事情は知る由もないが――先代を喰らい、同胞を喰らい尽くした果てにあるのだろう、進化。

　赤黒い砂の鎧を纏った外皮を脱ぎ捨て、現れたのは見覚えあるものよりも輝かしい碧色。頭部に備えるトサカ、全身に螺旋を描く刃線はいまだ未発達ながら……その成長後の姿を俺は知っている。

　唯一明確に【砂塵を纏う大蛇】と異なる点として眼窩に翠色の目玉を備えたソイツは、纏わりつく脱殻を煩わしそうに振り落として――悠々と、首をもたげる。

　唖然とその『進化』を見届けた俺の視界の内。新たな大蛇となったそいつの頭上に、ステータスバーがポップした――その名は、【砂塵の落とし子《バスティード》】。

「砂塵の落とし子、ねぇ……」

　随分と意味深な名前なことで……表示されるＨＰバーは、二段。五段重ねとかいう先代大蛇の畜生加減に比べれば、随分と弱体化したように思える。

　見た目もまあ……様々な部分が明らかに成長途上といった感じだ。滑らかな光沢を帯びる外皮も、脱皮したてということでそれなりに柔らかそうに見える――しかし、なんだろうかこの嫌な予感は。

　見るからに厳ついボスを前座にして、戦闘後半にお目見えする『不完全形態』という属性を持つボスには幾らか思い当たる節がある。

　例えば、そいつは見た目通りに前座のボスよりも弱かったりする。

例えば、そいつは見た目とは裏腹にアホみたいな高ステータスを与えられていたりする。

そして例えば——そいつは虚弱な肉体とは引き換えに、なんらかの反則技《チート》を持っていたりする。

「——ッ⁉」

完全に反射——否、己が予感に従って、俺は咄嗟にその場を飛び退っていた。

直後、後退した俺の眼前に——嵐。

「ぶっわ⁉」

突如巻き起こったのは砂嵐、いや砂の竜巻。大量の砂が擦れ合うけたたましい擦過音を撒き散らして、【デザートサーペント】の巨体すらも簡単に飲み込むであろう砂の柱が吹き荒れた。

同時に巻き起こった突風に煽られて、宙に浮いていた身体が流される。ソラのアバターを守るように抱え直し、慌てて姿勢を制御して着地を——あぁクソ、マジか……！

顔を上げた先、先ほどまでとは別ベクトルで『地獄』と化した光景に乾いた笑いがあふれる。

……いや、もうお腹一杯だよ——なんだこれ⁉

それは言うなれば、竜巻の群れ。大小様々な無数の砂竜巻が無秩序に駆け回る様は、『世界の終焉』を問われて想像するであろう景色の一つ。

なにが笑えるって、俺にファーストアタック仕掛けてきたアレが小さいほうだってところだ。大きいものではこの現象を引き起こしたであろう【砂塵の落とし子】どころか、全長三十メートル超の【砂塵を纏う大蛇】さえ余裕で飲み込んでしまえるようなサイズである。

大蛇がフィジカルの天災だとすれば落とし子は——いやそんなことはどうでもいいってかフィジカルの天災ってなんだよ混乱してんな俺‼

「くっそクリア条件がわからんッ……！　なにすりゃ正解なんだよ、マジでもうこれラスボス並みのボリュームじゃねえか!!」

竜巻が巻き上げる暴力的な砂塵のカーテンからソラのアバターを庇いながら、いよいよもってこれまでの規格から逸脱したゲームメイクに悪態が口から飛び出した。

——てか結局全域ダメージゾーンかよ……!?　吹き荒れる砂塵もフレーバーではないようで、注視すれば俺たちのＨＰが僅かずつ削れていく様に気が付く。

それは以前ソロで経験した、命懸けの大蛇のそれに比べればまだ有情な減少量。しかしそれでも確実に、ゲームオーバーへと誘うタイムリミットであることに変わりはない。

「ソラさんマジファインプレー……ヒール貰ってなかったら即アウトだった……！」

全快とまではいかないが、それでも七割がたＨＰは回復している。ソラのほうは半分を割っているが、ＶＩＴの数値がＨＰの数値にも作用するため内在量は俺より多いはず。

減り方から察するに——猶予は五分、いや四分といったところか。

「考えろ……！」

この気が狂ったゲームメイク、行き着く先はどこだ。

この局面からアレを倒せというのなら——それは難しい。相手の強さどうこう以前に、ソラのアバターを抱えたままでは武器が振るえない。意識がない以上しがみついてもらうこともできず、かといって無秩序に致死の竜巻が行き交う砂漠に放り出す気など更々ない。

だからその場合は詰み——限界まで命を繋いだ後で……格好付けたてまえ死ぬほど恥ずかしいが、ソラには『ダメだった』と頭を下げる他ないだろう。

御免被りたいルートの一つを結論付けて、他の可能性を探り——ッだぁあああクソが鬱陶しい!!

「おいどうしたよアルカディア……！　突如としてクソゲー極まってんぞ!!」

乱立する上に「設定ミスってんじゃねえの」と因縁付けたくなるレベルの速度で好き勝手な挙動を描く竜巻に、全力の回避行動を余儀なくされて思考もままならない俺は悪態を叫び散らす。

竜巻もそうだが相変わらずこの砂塵がクソの権化だ。周囲を見回してなにかしらのヒントを掬い上げようにも、視界が悪過ぎてそれどころでは——ッ!?

「っは——ちょばらがぁッ!?」

襲い来る竜巻から必死に逃げ続けていた俺の足を、前触れなくなにかが跳ね上げた。制動叶わず抱えたソラ諸共に勢いよく転がってしまい——地に叩き付けられた全身から、猛烈な違和感。

「なん、硬……!?」

砂地にダイブした感覚とは明らかに異なるそれに目を回しながら、放り出してしまったソラのアバターを探し慌てて周囲を見回す——そして、気付いた。

「あぁ……？」

——あるはずのものが、なくなっている。いや、正確には減っている。それはこの【流転砂の大空洞】において散々俺を苦しめ、翻弄し、同時に支えてきたもの——つまりは、砂。

常にあふれかえっていた砂粒がごっそりと足元から消失し、砂岩の肌が顔を覗かせていたのだ。

なるほど、俺は別に跳ね上げられたわけではない。踏み締めれば微かに沈むそれまでの砂地と比して、硬い岩肌の感触にそう錯覚しただけ。

「なにが……」

起こっているのか。傍らにいたソラを抱き寄せながら、混乱する頭を無理矢理回して現状を探る。

ここに至り、『なぜ気付かなかったのか』と異常に思うほどの変わりようだ。全てではないが、【流転砂の大空洞】内部を砂漠と称するにたり得ていた砂の海、そのほとんどが消失している。

一体どこへ消え——いや、そうか。

今まさに俺の視界を塞ぐ、嫌気がさすほど濃密な砂塵。そして相も変わらず荒れ狂う砂の竜巻。これらのリソースに費やされて、フィールドが変化した——

「——ッ！」

一つ、可能性が過った。ゲームにおいて、大規模な地形変化という要素は稀だ。そして自然ではなく人の手によりメイキングされたそれは、ほぼ確実になにかしらの『意図』を孕む。

そう、例えば——なんらかの『道』の出現を告げる報せ……だとか。

ならばあるはずだ。このクソみたいな視界不良の中で——否、視界不良であるからこそ、このゲームはゲームである以上『それ』をなんらかの形でプレイヤーに伝える義務がある。

ヒントがあるはずだ。

目印があるはずだ。

戦場のどこにいても必ずプレイヤーの目に映る形で、『それ』を示すなにかが——

「————」

相棒のアバターを抱いて立ち上がり、そばを掠める竜巻すら無視してフィールドに目を凝らす。

——ただひたすらに、没頭する。

高速機動の最中、時折経験する感覚。意識が背中から抜けて、まるで三人称視点で世界を俯瞰しているかのような、知覚の糸が空間を巡っていくような、あの感覚を手繰り寄せる。

今の状況で目に映るものなんて三つしかない。砂塵、竜巻——そして全身から淡く光を放ちながら、天蓋へと屹立する【砂塵の落とし子】だけ。

そして、この中で明確な動きがあるものは、一つだけだ。それは——

「…………………………ッハ」

その答えを両眼が捉えた瞬間、無意識に乾いた笑いが漏れた。

そのわかり難さに——デザイナーの意地の悪さに、我ながら嫌な笑みが抑えられなかった。

一つ、正面から迫る竜巻を回避する。大きく横に跳んで躱した俺は——もう、立ち止まらない。

「好き勝手に振り回しやがって、上等だ——死んでもクリアしてやるからなぁッ!!」

どう考えても【砂塵の落とし子】が従えているのだろう、乱立する竜巻の数は文字通り無数。一定ですらなく、立ち昇っては解けてを繰り返しており規則性など皆無に見えた——そう、見えた。

しかし一箇所、ある程度の範囲内でやけに竜巻が密集している地点があったのだ。気付けたのは完全に偶然、たまたま視線と思考が噛み合っただけ。

密集具合の他に明確に異なる点はもう一つ。その範囲にある竜巻だけがいつまでも解けることなく、無秩序を偽装しながら一定のパターンをなぞっている——気がする。

正直『これしかない』と思っちゃいるが確証はない。が、もう同時に余裕もなけりゃ猶予だってありゃしないのだ。この天災の真っ只中で落ち着いて熟考なんてできるわけねえだろ舐めてんのか。

最後の最後で気張ってくれたソラのおかげで、ＨＰはなんとか保つ。鬱陶しいほど進路を妨害してくる竜巻を舌打ち交じりに避けながら、限界速度で砂漠を——砂を失った元砂漠を駆ける。

しかして、その先にあったものは――

「――ッ……ビンゴ!!」

消えない竜巻が乱立する戦場の一角。守るように形成された暴風の中心――巨大な扉が、砂岩の大地に伏せていた。

伏せていた、という表現は間違いではない。その扉――むしろ扉というよりも六角形の巨大なマンホールのように見える――は、壁ではなく地面に設置されているから。

最後の防壁としてデザインされたであろう大量の竜巻による多重防壁を、過剰なＡＧＩにものを言わせ『鬱陶しい』の一言で突破。

見つけてしまえば呆気なく辿り着いたゴールには、しかし扉としての役割を果たすための取手らしきものが見当たらない――が、こちとらもう砂はうんざりだ。狼狽してやる気にすらなれない。

遠慮も躊躇もしねえぞ、このこれ見よがしにデザインされた亀裂はそういうことだろ？　おぉ？

「……《クイックチェンジ》」

寝かせたソラのアバターを背後に庇い、掲げた両手にもはや【白欠の直剣】よりも愛剣――いや愛鈍器してる気がしないでもない【歪な鉄塊鎚】を召喚。

「はぁあぁあぁあああああ…………」

ハッキリ言うよ、もう疲れた。流石に限界キャパオーバー。なにが初心者エリアだ初心者泣くわ。レイドボスかよテメー。要素盛り過ぎだよ、やりたい放題のインディーズゲームかよ。あと砂はクソ。ギミックのメイキングもクソ。なんだかんだ楽しんだけどそれはそれとして総じてクソ。

なにより健気に頑張った美少女を不必要に怖がらせてログアウトに追い込んだのは――

「許さん――二度と来るかこんなエリアぁッ!!」

あらん限りのフラストレーションを込めた大鉄槌を怒りのままに叩き付ければ、扉は呆気なく爆発四散するように砕け散った。

流石にもうＨＰの猶予もなければ、後ろ髪引かれるような要素も皆無。間違いなく本戦闘において望外のＭＶＰとして崇めるべき相棒の御身を丁重に抱き抱えて……砕いた扉の先に姿を表した、見慣れた転移門《ポータル》の光へ向かう。

そして青い光の渦へ躊躇うことなく飛び降りようとした――

「――――………………」

そんな俺を、砂塵を伝い届けられた『声』が引き留める。

「あぁ……?」

それはまるで、歌。風の音、あるいは笛の音――なにかに例えることが難しいそれは、わりとキレ気味であった俺の足を止めるほどの不可思議な引力を湛えた歌声だった。

なんだ？――口から疑問が溢れるよりも先に、これまでで最大規模の『変遷』の予感が俺を襲う。

もう随分と距離が離れ、砂塵の奥に朧《おぼろ》の影としか映っていなかった【砂塵の落とし子】の巨躯、その頭頂。なにかが瞬いたのが見えた瞬間、それは起こった。

目に見えない力の波が円状に、爆発的に広がる。落とし子を中心に起こったその波動が、俺たちの身体をすり抜けていき――遅れること、一拍。

直感に従って剣を突き立てた俺が、己が身を少女の防壁と化した瞬間――砂の轟風が突き抜けた。

誠に遺憾ながら、これまでで一番『あ、死んだ』と思ったかもしれない。

流転砂漠の中央、広大な真円を描く戦場の外周まで奔った力の波動。それに触れた砂塵の嵐が一斉に解け、後を追うように莫大な砂の奔流が押し寄せる。

耐久ステータスなどもはや些事。ちっぽけなプレイヤー一人の防壁が果たしてなんの役に立つというのか。瞬時に砂に飲み込まれ、瞬く間にＨＰを散らして爆散——するものと思われたのだが。

「…………もうなにが起こっても驚かんよ」

まるで意思あるかの如く左右に分かたれ、俺たちのスレスレを奔り抜ける砂流の壁。それを見た俺は『もうどうにでもなれ』とばかり脱力し、突き立てた愛剣に縋るままズリズリと崩れ落ちる。

……というかもう、『歌』の引力なんざ振り切ってさっさと転移門へ飛び込んでおけば良かった。

ここからの展開が如何なるものであれど、流石にこれ以上は付き合ってなどいられない。

今度こそなにがあろうと即座の撤退は確定事項。ただ少し——ほんの少しだけ、誤魔化しきれない好奇心に負けた俺は門の縁に足を掛けつつ、戦場の外周部へと雪崩れ込んでいく流砂を観察した。

そうして時間にすればおよそ十数秒……俺たちを囲んでいた流砂の壁もいつしか途切れ、途方もない質量の砂津波が戦場の外円へと到達する。

一瞬、そのまま周囲の砂漠へと雪崩れ込んでいくもかのと思ったが——

「あぁ、はい……なるほどね」

そこで起きた変化に、俺は『至極納得』と我ながら疲れ切った息を零した。

【流転砂の大空洞】——その象徴たる、絶えず流転する砂の巨塔。

ギミックの要であった七枚の大鱗はおそらく、なんらかの超常的な力で『塔』を支える楔だったのだろう。その全てが砕かれたことで、流転する砂はその力を失い崩落した。

そこからモンパニ&スプラッタを経て誕生した【砂塵の落とし子】は、これもおそらく【砂塵を纏う大蛇】の後継……というか、玉座を奪い取った逆賊の王といったところか。

つまりこれは新たに戴冠したヤツが、自らその玉座を――否、城を築くための儀式のようなもの。揺蕩う砂の円環が螺旋を描くように立ち昇り、絡み、溶け合いながら、天蓋へと至る。まだらな表面も徐々に違和感をなくし、その姿はものの数十秒で……。

「元通り……ってか」

身を起こし、苦々しく呟いた俺は、平穏を取り戻した元戦場の姿に白い目を向ける。流れを見てなんとなく……まあ推測の域を出ないが、ある程度はこのボス戦の背景が理解できてしまった。

言うなれば、この場において『主人公』となるのはプレイヤーではなく――

「……答え合わせは、また後ほどってことでいいかな」

徐々に砂が帰りつつある砂岩の地に、いまだ途切れぬ歌声が響く。簒奪者の勝利の雄叫びにしては風情過多なその調べを背に、俺は今度こそ【流転砂の大空洞】に別れを告げた。

最後に一度だけ振り返って見た新たな王蛇は、こちらへ一瞥すらくれることはなく。再び微かに吹き始めた砂塵に霞むその姿は、どこか神聖さをも感じさせた。

「……お達者で」

疲れ切り、気の抜けた一言は砂塵に吹き散らされて流れてゆく。

心の中で「二度と来るか」と再びぼやいて――俺は相棒を抱き抱えたまま、光の中へ身を投じた。

◇【流転砂の大空洞】を踏破しました◇

◇称号を獲得しました◇
・『砂海の走破者』　・『簒奪見届け人』

◇スキルを獲得しました◇
・《順応走破》　・《浮葉《うきは》》

◇スキルが成長しました◇
・《ジャンブルステップ》⇩《フェザーフット》　・《キャリーランニング》⇩《護送健脚》

◇Status◇
Name：Haru　Lv・62⇩65（30）
STR（筋力）：30　AGI（敏捷）：420（＋10）　DEX（器用）：200（＋10）
VIT（頑強）：5　MID（精神）：5　LUC（幸運）：10

◇Skill◇
・全武器適性
《クイックチェンジ》《ピアシングダート》
・Active

《クイット・カウンター》《浮葉》New!

・Passive

《体現想護》《重撃の躁手》《アクセルテンポ》《ボアズハート》《韋駄天》

《順応走破》New!《ジャンブルステップ》⇩《フェザーフット》Up!

《キャリーランニング》⇩《護送健脚》Up!

——目を瞑ってしまう。近接転向の特訓が実るか否かの、最大にして唯一の問題。

いや、正確には本当に唯一かどうかもわからない。まずはこれをどうにかしない限り、そういった問題点がいくつあるのかすら判断できないのだ。

やるしかない。相棒として、男として、あれだけ格好付けて啖呵を切った以上は、なにがなんでも導かなければ嘘というもの……では張り切って参ろうか、レッスンワンッ！

「さぁ来い遠慮なく！　目を開けてようが閉じてようが全部躱してやるから心配いらないぞ!!」

「ふぇぅう……っ！」

しかして、少女の遠慮を残さず吹き飛ばすべく努めてテンション激高で臨んだ俺に対し、「萌えキャラかな?」と変な笑みが漏れそうになる気勢でもって一生懸命に剣を振るうソラさん。

腰が引けているとか、そういう次元ではない。まず見てねぇ——いや相変わらず目を閉じてるんだから当たり前なのだが、この至近距離で微動だにせずスルーできてしまう見事な剣筋だ。

それを見て思わず零れそうになる、気色悪い笑みをド真面目な顔で必死に制しつつ……あちらも間違いなく真面目かつ必死でやっているのだろう相棒に、俺が掛けるべき言葉はただ一つ。

「いいぞ、その調子だ！」

——そして、もう一つ。

「悪くない太刀筋だ、センスを感じる！」

——更に、もう一つ。

「少なくとも映えてはいる！　自信を持って！」

——終わることなく、一つ、ひとつ、ヒトツ。

俺が小さいころ、偉大なる母上殿が言っていた。人は、おだてれば強くなるものだと。

それを聞いて、幼い俺はこう返したんだ。そっか、だからお父さんは運動会で走ったとき、周りのお母さんたちに応援されて足が速くなったんだね——と。

その日の内に我が家で裁判が開かれたのは悲しき過去の歴史として、一つの真理ではある。それを教訓に俺もバイトの後輩に仕事を教えるときなどは、激烈に褒めて伸ばす方針を取っていた。

変に厳しくして緊張させるよりも、とにかく優しく熱心に面倒を見てやるのが大事だ。それで良好な関係を築き『自分も頑張ろう！　応えよう！』という気になってくれれば、たとえミスをしようと叱るまでもなく自分で反省して次に活かしてくれる。

という自論をあるとき父上に語る場があったのだが、過去の無邪気なやらかしと併せてドン引きされた。いやまあ過去のことはさておき、お前は高校一年生にして一体なにを言っているのかと。

更にさておき、まあそういう理由で。俺は人になにかをコーチングする際は、むしろ『俺に教えさせてくれ』くらいの勢いで挑み掛かるのを常としているのだが——

「…………あ、あの……ハル、さん」

「ハイなんでしょう」

「えと……一生懸命なのは、とても、嬉しいんですが」

「はい」

「その……ちょ、ちょっと、怖いので……普段通りにしてもらえると、嬉しいです」

「ハイ」

【悲報】基本的に年上相手でしか発揮されていなかった俺理論、外見年下のお淑やかお嬢様系美少女を不必要に怯えさせゲームセット――


オーケー、真面目にいこうか。

「ぶっちゃけた話、剣を振るの自体に怖いって感情はある？」

「それはあんまり……むしろ、感情的には格好いいくらいの気持ちが……」

見た目によらずアグレッシブなのはわかっちゃいたが、これは本格的にお転婆タイプなのかもしれない。いいね、そういうことならモチベーションには常に期待が持てそうだ。

「そしたらー……相手が怖い？　いや、今は俺が的だもんな――あ、え、もしや俺を相手にすることにマジで恐怖を抱いていらっしゃる？」

「さっきのハルさんは正直怖かったです」

「ほんとゴメン二度としないから許して」

冗談に冗談で返されたことから、俺をモンスター連中と同列に見ている可能性はないと考えていいだろう――即ち、目を瞑ってしまう癖に相手は関係ない。

「うーん……」

顎に手を当てて唸れば、ソラは恐縮したように肩を下げ……かけて、気を張り直すように口を引き結んで顔を上げる。

　俺が口酸っぱく「遠慮するな」と言ったことを律儀に守っているのだろう。健気が過ぎて無限に口角が上がりそうになるが、見るからに力みが入っていて苦笑が先に来てしまう。

　遠慮は回避しても、結局は緊張で固くなってしま…………………ふむ？

「ソラさん、ちょっと一旦それ返して」

「へ？　あ、はい、どうぞ……」

　一つ思い付いたことがあったので、渡していた直剣を返してもらう……というか、一旦預かる。《クイックチェンジ》を発動させ、一度インベントリに送還——

「…………え、と……？」

　したかと思えば、パッと目の前に両掌を差し出した俺を見て、ソラは当然の困惑顔。唐突なのはわかっちゃいるが、唐突に閃いたのだから仕方ない。

　まさかとは思うが、これで解決が見えるのならば儲けものだ。

「手、出して。両方開いて、はいひらひらー」

「な、え………ひ、ひらひらー……？」

　脱力を促すように、極限まで力を抜いて両手を適当に振り回す。素直な少女も遠慮がちかつ控え目ながら追従して、傍から見れば二人揃って完全なる不審者だろう。

が、周囲には暢気に草だか木の実だかを食んでいる猪連中しかいない。気を遣う必要もゼロだ。

「んじゃ、はい。もっかい持ってみようか」

「はぁ……」

　そうして、再び喚び出した【鉄の直剣】の柄を差し出す。キョトンとした顔をハテナで一杯にしながら、ソラは手を伸ばして受け取り――

「…………あ、あの……？」

　華奢な手で柄をしっかりしっかりしっかり握ったあと、差し出したまま剣を放さない俺を見て困ったように首をかしげた。対するこちらは、予想を超えた予想通りに変な笑いを漏らすしかない。

　いやはや、どんだけだよ――脱力させた直後にこれっすか、ソラさん。

「あのさソラ」

「は、はい」

「人ってさ、死ぬほど力籠めようとすると結構な割合で目瞑っちゃうじゃん」

「そ……うです、ね……たぶん……」

「…………………」

「…………………」

「……………………――んぐふっ」

　あぁ、なるほど、なるほど。まあそうだよな気付いてないってことは無意識だよな。

　心底不思議そうな彼女の様子に吹き出しかけたのをなんとか堪え……握らせた剣を引っ張ってみる。軽くではなく、ソラが体勢を崩さない程度に、わりと強く――参ったな、ビクともしねぇや。

　つまるところこの美少女、無意識のまま万力の如く、柄を固く固く握り締めていらっしゃるのだ。

即ち、彼女が気負って剣を振るう際に必ずと言っていいほどギュっと目を瞑ってしまうのは――

「力み過ぎですね」

「…………はい？」

「力み過ぎです」

「…………」

「剣を絞め殺さんばかりにステータスの限界まで力んでるから、スイング時の気合と相まって自然と目を閉じてしまっているだけかと推測されます。多分きっとおそらく」

「…………」

「ほら、一回だけ振ってみ？　リラックスして、力抜いて、気負わず、ブン！　じゃなくてスッって」

「…………っ」

――スッ。

「……………」

――スッ、スッ。

「……………」

――スッ、スッ、スッ。

「……、……はぁ、ぅ……っ!!」

そして我が相棒は、顔を真っ赤にすると剣を抱えたまま崩れ落ちた。

いやまあ、そうね……上か下かは明言しないが、あまりにも斜めな〝原因〟過ぎてビックリしたよね……俺としてはアッサリ解決して気が抜けたくらいで済むが、本人は恥ずかしかったのだろう。

一時間足らずで見事に目瞑り問題を克服してしまったソラさんは、『ただ力み過ぎていただけ』とかいうまさかの事実にしゃがみ込んだままプルプルと震えていらっしゃる。かわいい。

「バカみたいです……！　わたし……!!」

「ま、まあまあ……そういうこともあるって」

「なんか……なんかすごく疲れるなって思ってたんです……！　手が痺れるな、とか……緊張しているからだとか、そんな風に……！」

そりゃそうだろう。常に全力全開フルパワーとか、俺でも数十秒で息切れるわ。

というか、素振りだと目を瞑っていなかったのはアレか。目の前に相手がいるかどうかが問題なのではなく、単にフォームを確認しながらで『お試し感』が強かったから力が抜けていただけか。

格好いいと言ったり、前で戦いたがったり——なにかしら、『剣』や『剣士』に対する思い入れでもあるのかね？　無意識にそこまで力が入ってしまうというのは、理由がありそうなものだが。

「解決……と見て、いいかな？」

「ぅ……大丈夫、だと、思います……」

「そ、そこまで恥ずかしがらんでもいいのでは……一生懸命が過ぎたんだと思えば、可愛らしいもんだって。へーきへーき」

「恥ずかしいですよ……！　気負い過ぎて勝手に潰れていただけなんて……！　バタ足に必死過ぎて溺れてたようなものじゃないですか……！」

「なにその例え絶妙だな。センスあるわ」

「ふぐぅ……！」

「あーはいはいごめんてわかった次いこうぜ次！　この調子で適性ツリーもサクッとゲットだ！」

かくして、最大にして推定唯一の問題はまさかの展開でアッサリ突破。

羞恥のままに自信をポンコツと誇るソラを元気付けながら、俺は意気揚々とレッスンツーへと彼女の手を引いていくのだった――それが、次なる曇りソラへ至る修羅の道とも知らぬまま。


――ということで、一日目。引き続いての特訓初日。

「大丈夫だソラ強気で行け！　今のステータスなら、直撃さえしなけりゃ跳ね飛ばされても一発くらいは耐えられるはず！　多分ッ!!」

「最後の一言が怖過ぎるんですけどぉっ!?」

結局のところ、スキルの獲得を目指すのであれば実戦……それもボス戦が手っ取り早くて望ましいということで、レベルに物を言わせて修行の第一歩に選ばれたのは【土埋の大猪《ベアリィ・ボア》】。

スパルタを気取っているわけでも、悪ノリを我慢できなかったわけでも断じてない。少女の運動センスに関する評価は撤回するつもりなどないし、慣れが生じれば人並み以上の度胸も見せる。

そんなソラであればきっと――

「いいぞ、そこだいけ！　格好いいぞソラさん輝いてるぅッ！」

「それやめてくださいって言ったのに、もうッ！」

やってやれないことはないと、確信があったからこそのソロチャレンジであった。


――という俺の期待に、討伐タイム五分弱という見事な戦果を叩き出したソラさん。そんな彼女を連れて、繰り出したるは第二ステージ【岩壁の荒地】。

道中にたむろしている爬虫類だの両生類だのをしばき倒しつつ、ド畜生蝙蝠はソラさんから短弓を借りた俺が下手な鉄砲数撃ちゃ当たるスタイルで悉《ことごと》く撃退。

そうして辿り着いた、二度目となる小ぢんまりとしたボスエリアにて——

「まっ……待って……待って、くださ……！」

「なるほど、これが追いかけ回される側の視点か……」

ロリコン疑惑は払拭すると言わんばかり、蟹蠍こと【砂喰の大蠍《サンドイーター》】が今回ランダムターゲティングしたのはソラではなく俺。

つまり連結式鬼ごっこ（？）は順番を変え、俺←蠍←ソラという形に相成ったのだが——困ったことに、敏捷が足りていないせいでソラさんが思うようにボスへ追い付くことができない。

加えて俺も足を止めてのタンクなどできようはずもないので、ジグザグ走行やら回避盾やらを試して自分なりの足止めを試みてはいるのだが……。

「ふむ……流石にまだ早かったか？」

「速い、ですっ……！　二重の意味でぇっ……！」

道中のトカゲ相手だったりは、なかなかどうして様になってたんだがなぁ。

……そして、半泣きのソラからお説教を頂戴しつつの休憩を経てネクストステージ。

「——ハルさんなんて嫌いですぅッ！」

「オッケー俺が悪かったちょっと待てすぐに片付けるから本当にちょっと待って‼」

とりあえず流れで行くだけ行ってみようぜ——そんな風に軽く連れ出した俺が間違っていた。

そりゃまあそうというか、先刻トラウマを植え付けられたばかりである。武器を変え志新たに挑めばなにかが変わるかと思ったが……よくよく考えずとも、そもそも空飛ぶ鳥を相手に『弓』から

『剣』では弱体化してるまであるではないか。アホか俺は。

とまあそういうわけで、結局ラストの【大翼の鳥群】は俺がほぼワンマンで蹴散らし——

「……許して、あげます」

「……ありがたき幸せ……！」

時を変え、場所を変え、舞い戻った酒場でお詫びの飲み物を奢りつつの平身低頭を経て、なんとか相棒の表情を可愛らしい拗ね顔まで回復することに成功。

ソラは可愛いが怒らせると普通に怖いという事実を、胸にしかと刻みつつ。挽回の意も兼ねて、俺は彼女の近接転向にとことんまで真摯に付き合うことを誓ったのであった。

その後、システムに見放されたかのようにスキルが得られず、日を追うごとに表情を失っていく相棒を見て……俺がひとり震えていたのは、また別のお話。

Part.1

キャラクターデザイン公開

メインキャラクターたちのデザインラフを特別公開！

Illustration：くろでこ

ハル

『アルカディア』をプレイするために青春をバイトにつぎ込んだ大学生。

ソラ

ハルがゲーム内で出会った美少女。素直な性格の持ち主。

カグラ

ハルに興味を持った古参プレイヤー。魔工師。

斎

現実世界の〈ソラ〉と親しい女性。

あとがき

書籍版からの方は初めまして、壬《み》裕《ひろ》祐《たすく》と申します。

Ｗｅｂ版から引き続きの方は、またお会いしましたね。壬裕祐でございます。

まずはどちらの方におかれましても、この本を手に取ってくださり、ありがとうございます。


当作品『アルカディア　サービス開始から（以下略）』は元々「小説家になろう」様というサイトで連載させていただいております作品を書籍用に手直しをしたものでございます。

メインの物語はそのままに、担当編集さんや校閲さんのお力をたくさん貸していただき、読みやすく読みやすく読みやすく……と、一生懸命に整えさせていただいた形です。


電子の海からこの物語を拾い上げ、声を掛けてくださった出版社様。

そして好き勝手に頭の中を描き上げることしかできない「Ｌｖ．１物書き」へ、アレコレ丁寧にレクチャーをしてくださいました担当さん。

そしてそして、未熟な作者のイメージを的確に掬い上げ、キャラクターたちに魅力たっぷりの『姿』を与えてくださいましたイラストレーターのくろでこさん。

そしてそしてそして、編集部の皆様や校閲さん、営業さんなど、本作に関わっていただいた全ての方々にこの場を借りてお礼を申し上げます。願わくば、このご縁が末永く続きますように。

さて、サッパリ締め括ったように見せかけつつ、しれっと続けさせていただきます。語りたいことは多くありますが、今回は当作品を描き始めた理由について触れようと思います。

当作品『アルカディア（以下略）』は気取った言い方をすればエチュード、畏まった言い方をすれば習作として連載を始めた物語でした。

とある物書き仲間の友人に唆されて多くの目に触れる場所へ挑戦してみようと思い立ち、まずは難しいことを考えずに好き放題な物語を描いてみよう……そうして暴れ散らかした結果、こうして書籍化という大事件に発展してしまうのですから、現実は小説より奇なりというものでしょうか。

そういった理由から、この物語には一人の物語中毒者の頭で勝手に上映されていたストーリーがそのまま丸ごと百パーセント詰め込まれています。

情けも、容赦も、配慮も、一切ございません。どこまでも突き進む主人公《ヒーロー》ハル、彼を健気に追いかけるヒロインにしてもう一人の主人公ソラ、夢のようなゲーム世界、果てのない広大な世界を自由に駆ける冒険、賑やかな日常、熱く滾るバトル、甘く切ない恋模様、自由に各々の信念を持ってそれぞれに歩むキャラクターたち――〝好き〟を煮詰めた、欲張りセットです。

好き勝手、やりたい放題から生まれた〝習作〟という肩書きは、短所ではなく長所。

あれも欲しい、これも欲しいという欲張りな皆様へ、力一杯に続く物語をお届けできればと。

それでは最後になりますがもう一度、この本を手に取ってくださった皆様と、書籍化に向けて尽力してくださった全ての方々に感謝を――いつかまた仮想世界で、お会いできることを信じて。

壬裕祐

アルカディア
サービス開始から三年、今更始める仮想世界攻略

2024年6月30日 初版発行

【著　　者】壬裕 祐

【イラスト】くろでこ
【編集】株式会社 桜雲社／新紀元社編集部
【カバーデザイン】須貝美華
【デザイン・DTP】株式会社明昌堂

【発行者】福本皇祐
【発行所】株式会社新紀元社
〒101-0054　東京都千代田区神田錦町 1-7　錦町一丁目ビル 2F
TEL 03-3219-0921 ／ FAX 03-3219-0922
http://www.shinkigensha.co.jp/
郵便振替　00110-4-27618

【印刷・製本】中央精版印刷株式会社

ISBN978-4-7753-2155-3

※本書は、「小説家になろう」（https://syosetu.com/）に掲載されていたものを、改稿のうえ書籍化したものです。